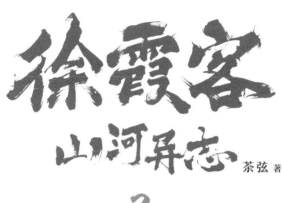

徐霞客
山河异志

茶弦 著

3

人民文学出版社

图书在版编目（CIP）数据

徐霞客山河异志 . 3 / 茶弦著 . -- 北京：人民文学
出版社 , 2021

ISBN 978-7-02-015143-1

Ⅰ . ①徐… Ⅱ . ①茶… Ⅲ . ①长篇小说—中国—当代
Ⅳ . ① I247.5

中国版本图书馆 CIP 数据核字 (2019) 第 060760 号

责任编辑　卜艳冰　　张玉贞

出版发行　**人民文学出版社**
社　　址　北京市朝内大街 166 号
邮政编码　100705

印　　刷　杭州钱江彩色印务有限公司
经　　销　全国新华书店等

开　　本　890 毫米 ×1240 毫米　1/32
印　　张　10
字　　数　235 千字
版　　次　2021 年 8 月北京第 1 版
印　　次　2021 年 8 月第 1 次印刷

书　　号　978-7-02-015143-1
定　　价　49.00 元

如有印装质量问题，请与本社图书销售中心调换。电话：010-65233595

人 物 表

● **徐振之**　号霞客，自幼喜好搜罗奇书，偏爱各类地理方志、山海图经。并练就了一身攀岩登高、观测山脉水势的本事。

● **许 蝉**　外号"小知了"，徐霞客之妻，出身书香世家，偏偏痴迷于刀剑功夫。一心想为四处冒险的徐霞客保驾护航。

● **汤显祖**　身手不凡的戏剧作家，已完成《紫钗记》《邯郸记》《南柯记》《牡丹亭还魂记》四部杂剧传奇，但常常苦于故事还没写完，就被听书的客人纠缠不放，只得施展拳脚，逃之夭夭。

● **朱常洛**　万历的庶出长子，太子，因自小得不到父爱、饱受冷眼而愈发勤政。

● **朱常洵**　万历的三子，福王，年纪不大但一身脾气。其母郑贵妃是万历最宠爱的妃子。

- **客印月** 朱常洛之子朱由校的乳母，一直期望朱常洛能纳自己为妃。擅长易容术，模仿他人时惟妙惟肖。

- **赵士桢** 明代火器研制专家，所发明的迅雷铳、掣电铳、火箭溜、鲁密铳、鹰扬炮影响巨大，著有《神器谱》等。在一起爆炸事故中丧生。

- **许学夷** 许蝉之父，明代诗歌评论家，与徐霞客翁婿情深，时常结伴出游。

- **钱谦益** 东林党人，明代万历三十八年探花，好名、好利的体面书生。

- **戚 金** 抗倭名将戚继光的子侄，自幼投身戚家军击杀倭寇，战功赫赫。在戚家军受诬陷被围剿后，称病辞官。脾气既火暴又倔强。

- **俞百川** 明朝开国将领俞通海之后，鄱阳湖水寨寨主。为人心胸狭窄，个性粗莽。

- **努尔哈赤** 清朝奠基者，于万历四十四年正式称汗，建立后金，割据辽东地区。

目录

第一章 疯魔杖

初春，寒意料峭。

经历了一冬的冰封，整座洛阳城昏昏沉沉，还未彻底从长眠中苏醒过来。朔风虽残，却依然凛冽，掠过一排排瓦房屋舍，肆无忌惮地撞击着百姓家的门窗。

洛阳城位处中原腹地，居天下之央，千百年来，于此建都设邑的王朝不下十余。因历代的大兴土木，城中不乏琼楼精阁。然而再雄伟的楼宇、再雅致的阁院，一到那所敕建的福王府面前，都会黯然失色。

王府中镂金错彩、碧瓦朱甍，无一不彰显着凌人的盛气。那肆虐的朔风吹到这里，似乎也收敛起张狂，不敢去撼动那排五间三启的朱漆大门。

眼下时节还没到惊蛰，外头连野草都难冒出青芽，朱门内的牡丹花却早已团团怒放。姚黄魏紫，争奇斗艳，如几道缤纷的花毯，穿过重楼累榭，直通王府的后苑。

这后苑是福王朱常洵纵情声色的寻欢场。放眼望去，玲珑多姿的太湖石宛若一围画屏，将那如镜的碧水环抱其间。池畔筑有一座鸳鸯厅，厅名"神仙居"，内中陈列奢华，视野开阔。透过那薄似蝉翼的帷幔，静可观莲荷妖媚，动可赏锦鳞嬉畅，令人心目俱宽。

与别处不同，这神仙居的门窗堪称摆设，任它寒冬腊月也照样洞开大敞。凉意初生，混有龙涎、伽南等名贵香料的兽金炭，便会源源不绝地运来，填入四角的鎏金炉中焚烧，直烘得厅内暖香阵阵。

入夜，神仙居灯火通明。拱顶的藻井饰以掐丝珐琅，正中雕着一条探爪扬须的蟠龙，龙嘴里还衔着一盏八宝琉璃灯。灯光映耀下，溢翠流丹，好似孔雀翎片片开绽；周边的数圈小华灯有如众星捧月，环列点缀，璀璨生辉。这般堂皇的营建，别说民间，哪怕在紫禁城里都不常见。可此处的主子深得当朝皇帝宠溺，一道圣旨下来，御用监的大批巧手匠人便千里迢迢地从京师赶来，不惜工料，不计成本，起早贪黑地造了数月，这才使得福王朱常洵满意。

较之以往，朱常洵长胖了不少，他身上只罩了件纱衣，头发随意散着，鞋袜也不愿穿，懒洋洋地翘着脚，窝在一张堆云软榻中。除了这位爷，榻上还坐着两名美艳侍女。左边那个玉腕轻摇，为他缓缓打着扇；右边那个捧着一串葡萄，仔细地剥皮去籽后，再逐一投入朱常洵口中。

朱常洵嚼了几口葡萄，忽然嘟哝了一句。他声音不大，又含糊不清，也就是边上的两名侍女才能勉强听个明白。可朱常洵这句说完，便没再开口，因为他知道施长乐有副顺风耳，用不着多费力气。

果不其然，仅须臾光景，一名唇角挂笑、目露精明的青衫人，便迤迤然踱至厅上。此人正是施长乐，他不止办事得力，吃喝玩乐的本领也是一流，故而来王府还不到一年，就颇受朱常洵的赏识，被视为心腹。

施长乐向北一揖，轻轻道："殿下可是要赏曲？"

"不错，"朱常洵说着，抬眼一瞥，"那帮乐伎呢，怎么迟迟不见进来？"

施长乐微微笑道："她们已被我打发走了，不会再来。"

"哦？"朱常洵目光一冷，"这件事，你可没向本王打过招呼。"

"殿下责备得是，此事确是我擅作主张，"施长乐笑意未减，不慌不忙道，"可原来那些乐伎，翻来覆去地，只会奏几曲陈腔滥调。我琢磨着殿下也该腻烦了，便另买了一支乐班回来，好让殿下换换口味。"

言讫，施长乐举掌拍了几下，厅外便款款走入一队女子。这队女子上穿窄袖紧衫，下着轻罗褶裙，腰间露出一段小腹，平滑白嫩，婀娜诱人。她们身上穿得虽少，脸上捂得倒多，每名女子皆以薄纱半掩了容颜，只留了一双媚眼露在外面。

朱常洵的目光从这些女子的身上依次扫过，发觉她们之中竟有半数褐发碧眼："还混着胡姬？嗯，有点意思。"

施长乐道："回殿下，这新置办的乐班里，一半中土女子，一半西域佳丽，胡汉相混，却能水乳交融，正所谓眼观燕瘦环肥，耳聆夷韵异曲，自然别具一番情趣。"

朱常洵心中满意，不禁摇头笑叹道："不愧是长乐先生，你这享乐的功夫，普天之下难出其右啊。"

"殿下说笑了，我所擅长的，仅是一个'寻'，这乐子寻回后，还得由殿下来享。"施长乐说完，又朝那些胡姬汉伎挥了挥手，"把看家的能耐都使出来，若让福王爷听得顺耳，好处少不了你们的。"

"是。"众乐伎脆生生齐应，皆退至厅中的角落里，各取了乐器调音紧柄。

既然是混乐班，除琵琶箜篌外，自然也不缺胡笳羌笛。丝弦一拨，奇韵陡生，悠扬婉转，玉叩珠鸣。朱常洵只听得眯眼舒眉，手掌也不由自主地在大腿上轻轻打起了节拍。

一曲终了，朱常洵这才回过神来，见施长乐还在笑吟吟地望着自己，不免好奇："还有别的事儿？"

"尚有二事要禀。"

"说吧。"

"是。"施长乐从怀中掏出一沓银票，与账单一并呈上，"前月的皇庄田赋、盐茶矿税以及放印子钱的利息，皆已收讫录账，请殿下查点过目。"

每张银票的面额都不小，又是厚厚一沓，可朱常洵接来后，却似抓了一沓草纸，随手扔在榻角："长乐先生不仅是个好管家，还是个好账房，经你操办的事，本王素来放心，还查点什么？"

"谢殿下厚爱，"施长乐拱了拱手，又向朱常洵意味深长地笑道，"这第二件事是，连城公子与夫人柳无瑕已到府上，如何区处，全仗殿下安排。"

一听这话，朱常洵目光骤亮，他于这对夫妇的兴趣，显然比那些胡姬更大："怎么不早说？赶紧设宴娱宾！"

福王府中的一切都似乎与众不同。仅一盏茶的工夫，童仆们便走马灯似的，端着各色酒菜来到神仙居，一份送呈朱常洵榻前的小案，一份摆上了厅内的雕花长几。

等众童仆退下，朱常洵一改平日里的玩世不恭，让侍女取来金簪玉带，替他束发扎衣。

盐商柳家在那三晋大地上可谓名门望第。上代当家柳延年急症过世后，因独子柳无忧年幼痴傻，其姊柳无瑕只得独挑大梁。然而柳无瑕毕竟是女儿身，不便抛头露面，所以柳氏的家业和生意，实为夫君钟连城来操持。

这钟连城于经商一道，端的是把好手。数年过去，柳家非但没有中落，买卖还越做越大。渐渐地，连城公子与无瑕夫人家喻户晓、声名远播，竟成了时人津津乐道的神仙眷侣。

他们之所以有这偌大的名头，固然是因逼人的富贵，可更缘于那异常恩爱的深情。一个器宇轩昂，一个风华绝代，如胶似漆，羡煞旁人。

当施长乐再回到神仙居时，身后便多了一男一女："回殿下，连城公子和无瑕夫人在此。"

朱常洵抬眼望去，只见那钟连城风度翩翩，果然一表人才；旁边柳无瑕白衫白裙，玉容玉貌，真好似白玉无瑕。

还没等二人参拜，朱常洵已连称久仰，降榻来迎。

夫妇二人正要屈身回礼，却发现朱常洵脚上未着鞋袜。要知那会儿讲究个男女大防，寻常女眷出门会客已是逾礼，更何况面见之人还光着脚？柳无瑕面上由红转青，急忙将脸扭到一旁。钟连城亦觉不妥，眉头不由得微微皱起。

朱常洵见状，笑道："是了，无瑕夫人乃大家闺秀，见不得旁人的脚丫子，都赖本王所虑不周，唐突了佳人。"

钟连城只当他反话正说，赶紧赔笑道："福王爷言重了。内子久居深闺，未见过大世面，殿下不拘小节……"

岂料朱常洵突然板起了脸："谁跟你不拘小节？本王就是故意的。"

"这……"钟连城心头一颤，后面的话，全卡在了嗓子眼里。

瞧出他的窘态，施长乐便上前道："连城公子想必也博古通今，怎么把曹孟德之旧故给忘了？"

在福王的威压下，一向精明倜傥的钟连城竟似换了个人，只觉得脑中混沌一片："什么旧故？还望先生见教。"

施长乐摇头晃脑道："昔年，曹操得知谋士许攸前来投奔，大喜之下，跣足出迎。而今殿下正是效仿旧事，这才故意赤了双足，以示对贤伉俪的尊崇。"

"知我者，长乐先生也。"朱常洵说完，又换上了一副和颜悦色的样子，"方才本王开个小小的玩笑，连城公子不会见怪吧？"

钟连城总算大松口气："岂敢岂敢。"

"那就好，"朱常洵将手一招，"客套话且不多说，二位远来劳顿，先请入席吧。"

说完，朱常洵自顾自回到榻前小案后，施长乐便引着钟柳二人，来到那长几旁落座。

自古以来，晋商便以豪富称著，钟氏夫妇乃其中翘楚，哪怕再稀有的海味山珍，对他们而言也是司空见惯。然而此时，二人望着眼前菜肴，却有大半叫不出名字。

朱常洵高举玉杯，向钟柳二人遥敬："请。"

钟连城忙端起酒杯一饮而尽，又道："殿下见谅，内子向来滴酒不沾，所以她那杯，还是由我代饮吧。"

"久闻连城公子惜玉怜香，今日一见，果不虚传。"朱常洵笑罢，话锋却一转，"可你是你，她是她。凡事都有个头一回，之前不会喝酒，今日不妨就学它一学，再说那酒劲儿又不烈，难道尝上一口，便会醉死人？"

钟连城还欲再说，柳无瑕却摆了摆手，她轻叹一声，慢慢端起酒杯，小抿一口后放下："小女子量浅，福王爷海涵。"

朱常洵连连点头："既然无瑕夫人开了口，那本王肯定要海涵的。来，二位再尝尝王府厨子的手艺。"

柳无瑕与钟连城互视一眼，暗忖道：这朱常洵的名头，可比他们夫妇大多了，朝野之中哪个不知福王爷的厉害？像这么个连当朝太子都头疼的混世魔王，却专程将自己二人从晋地解州请到洛阳，恐怕绝非吃顿饭那么简单。想到这儿，钟柳二人心下忐忑，皆未敢动箸。

朱常洵鉴色辨貌，已猜出他们在想什么："瞧二位的模样，莫非在害怕本王？"

被道破了心思，钟连城面上一僵，赶紧掩饰道："不敢，我们对于福王殿下，唯有敬畏耳。"

"敬畏？说得好听罢了。"朱常洵笑了笑，再饮下一杯酒，目中露出几分惆怅，"唉，其实本王心里都清楚，这世上除了父皇和母亲，能拿我朱常洵当好人的，几乎没有多少。本王犯了错，自然难逃那恶贯满盈的骂名；就算偶尔行个小善，也会被世人讲成别有用心、另有图谋……"

施长乐接言道："世俗之人见识浅薄，而连城公子和无瑕夫人俱为通达之人，定能明白殿下的苦衷。"

"不错，"朱常洵点点头，又向钟柳二人道，"本王原来在京师的确闯过不少祸，可谁还没有个年少轻狂的时候？自打就藩这洛阳封地，本王便有心浪子回头，于是四处寻访高洁之士，以求见贤思齐、择善而从。闻知贤伉俪的佳话，本王心中十分仰慕，这才冒昧请来，只为亲睹二位风采。"

施长乐也帮腔道："殿下所言，皆为肺腑，二位不必多虑了，安心用些酒菜吧。"

钟柳夫妇将信将疑，也不好再推辞，只得各取了象牙筷，慢慢吃用起来。

酒过三巡，钟连城渐觉心安。其间，朱常洵除了劝柳无瑕饮下几口酒外，倒也没什么傲慢越礼的言行。

此时的钟连城，已不似之前那般拘谨，神态愈发自若，举止也越来越潇洒。朱常洵见状，便手指厅角，问道："连城公子，本王那新买的乐班可还使得？"

"岂止是使得？"钟连城半是恭维，半是由衷道，"这等胡汉乐班，钟某还是头一回见识。说来惭愧，我夫妇也不算小门小户出身，可踏入王府后，却觉得自己原来是那井底之蛙，方知海天之大。"

朱常洵"扑哧"一下笑出声来："长乐先生你听，堂堂连城公子，居然自比成井里的蛤蟆。钟连城啊钟连城，谁不知你家是解州巨富？怎么着，这般哭穷扮惨，该不是怕本王找你借银子吧？"

柳无瑕出身名门，自然不像那小家碧玉般唯唯诺诺，她见丈夫屡遭福王戏谑，忍不住回道："我家相公说的是实情，在福王爷面前，敢称富道贵的只怕屈指可数。旁的不提，单是那院中牡丹、池上莲花，便令人叹为观止。"

朱常洵装作不解："牡丹如何？莲花又怎么？"

钟连城唯恐柳无瑕有个言差语错，忙接过了话茬："内子的意思是说，此时虽为早春，但天气尚没回暖，就连草芽都未能萌生，王府之中却是繁花遍地、枝叶葱茏，任谁见了，都不免啧啧称奇。"

瞧朱常洵抬眼示意，施长乐便道："贤伉俪此番可是走眼了。

那院中池内，皆是以绸绢扎制而成的假叶假花。"

钟柳二人齐怔："竟是假叶假花？这倒真没瞧出来。"

施长乐轻描淡写道："若不能以假乱真，便用不着花费那么多银子了。一片树叶，造价五两；鲜花稍贵些，要四十五两。那些巧手匠人扎制成型后，还得勾勒出叶脉花筋、点缀上嫩芽细蕊，这样远远望去，才能栩栩如生。"

钟连城心中一颤，柳无瑕也暗暗咋舌。仅一片叶一朵花，就要五十两之多，而王府中花繁叶茂，堪称不计其数。至于那全部的花费究竟几何，夫妇二人别说是算，就连想都不敢想。

望着二人的神情，朱常洵颇为自得，又指着琳琅满目的菜肴道："那几样家常小炒，还合二位口味？"

"殿下说笑了，"钟连城叹道，"若这样的还叫家常小炒，那世上便无山珍海错了。不怕殿下笑话，这满桌的菜肴，钟某也就认得其中三道。"

"哪三道？说来听听。"

"油爆墨鱼花、蜜汁海参盅以及那道牛腩羹。"

朱常洵又将目光转向柳无瑕："夫人呢，难道也只认得这三道菜？"

柳无瑕没有开口，只是轻轻点了点头。方才她见桌上菜品太过奇异，便没敢动箸，单挑了那认识的三样夹取了几筷。

岂料朱常洵竟抚掌大笑："二位又走眼了。长乐先生，你快跟他们说说吧。"

"是，"施长乐哂道，"好让贤伉俪知晓，这两道并非什么墨鱼、海参，其名分别为'溜须拍马'和'油嘴滑舌'。"

钟柳夫妇相视一望，心里暗道：这菜名当真古怪。

施长乐好似他们肚中的蛔虫，马上又道："二位有所不知，那两道菜名皆为殿下所取，正所谓大巧不工，听着虽不甚讲究，却是极为贴切。"

钟连城道："这其中玄机，还请长乐先生相告。"

施长乐抬手一指："烹饪那道'溜须拍马'，需寻一头三个月大的小马驹，从其背上活剜一条里脊，再找一百条鲶鱼，鱼身皆弃，只留双须。等那两百根鱼须取好，便掺入里脊肉中，反复拍打成糜，经过三蒸三焯，切作花刀薄片，最后入锅熘煸即可。这道菜口感脆嫩，边缘卷曲，确实像是油爆墨鱼花，也无怪乎贤伉俪会认错。"

看似寻常的一道菜，居然要耗费一头马驹和一百尾鲶鱼。钟连城愣了半晌，又问道："那这'油嘴滑舌'……"

"这道菜倒没那般繁杂，只需用几片猩唇，制成海参的模样，至于参背上遍生的肉刺，实为金丝雀的舌尖，有舌有嘴，嫩滑油润，故名'油嘴滑舌'。"

拨雀舌、割猩唇、剜马脊、摘鱼须……若非施长乐讲明，夫妇二人哪猜得出这盛宴之下，竟有这一番血腥残忍。震惊之余，柳无瑕只觉胃里一阵翻腾，别说再去碰，就连看都不忍再看一眼。钟连城懂得夫人的心思，知那"牛腩羹"也定是什么匪夷所思的食材，索性闭口不提。

然而他不问，施长乐却偏要讲："那道美味的羹汤里头，自然也不是牛腩。药铺里的郎中喜欢称其为'紫河车'，说白了，就是初生婴儿的胎衣。"

"婴儿……胎衣？"

钟连城目瞪口呆，柳无瑕面色惨白，用手死死捂住嘴巴，拼命克制，不让自己当场吐出来。

朱常洵饶有兴趣地看着她："无瑕夫人连连干呕，倒像害喜之兆，莫非有孕在身？"

钟连城强颜笑道："内子并无身孕……"

"既非怀孕害喜，那为何还欲呕吐？难不成是嫌本王这些菜肴太差？"

"不敢不敢，殿下所备的酒菜精奇无俦，奈何内子口味素来清淡，无福消受。"

"可惜啊可惜，"朱常洵从面前羹中夹取一块肉，"哧溜"吸进嘴巴里，故意嚼得"咯吱"有声，"这玩意儿可是大补，据说还有养颜益寿之奇效。"

钟连城无言可对，只得附和了两声。

朱常洵抹了抹嘴，突然向钟连城揖道："本王有个不情之请，不知当不当讲？"

钟连城慌忙起身还礼："殿下客气了，有事但讲无妨。"

"那本王可照直说了，"朱常洵瞥了瞥柳无瑕，嘴角露出一抹笑意，"是这样，紫河车的美味，向来为本王所嗜。可此物极为难得，就算本王，也不是想吃就能吃上的。"

"这紫河车虽说难得，但门面大些的药馆多半有备，况且在民间，也不乏那身怀六甲的产妇，若殿下肯费些心思去寻……"

"说得轻巧。铺面上卖的不新鲜，民间寻访来的更要不得。这人有高低贵贱，胎衣自然也分三六九等。若是蠢姑丑妇所产，别说拿来吃，光是想想都嫌恶心。只有那等闺秀名媛的，才配入本王的口腹。嘿嘿，你们夫妇二人早晚得生个娃娃，所以本王就想提前打个招呼，等日后无瑕夫人诞下子嗣，胎衣千万要替本王留好。单瞧她一身细皮嫩肉，那东西的滋味，也定然是鲜美无比。"

这番话下流至极，柳无瑕自幼养尊处优，何曾受过这等羞辱？直气得两颊绯红，咬牙恨道："福王爷可是皇室贵胄，言语上还请自重些！"

朱常洵扭头一瞧，见钟连城也是一副敢怒不敢言的样子，遂打个哈哈，嬉皮笑脸道："怎么一点玩笑也开不得？本王跟你们逗趣呢。"

施长乐也道："殿下生性诙谐，二位莫要当真。"

钟连城不是傻子，怕接下去朱常洵再闹什么妖蛾子，便要偕夫人离席："福王殿下，此时夜色已深，我夫妇不敢再叨扰……"

"急什么？"朱常洵拖着长腔道，"二位远道而来，屁股还没坐热就走，传扬出去，世人又要说本王招待不周，怠慢了贵客。好了好了，方才是本王口无遮拦，向你们认个错，别这么不依不饶的。"

施长乐也劝道："殿下把话都说到这份儿上了，二位若还执意要走，就有点不识抬举了。"

话虽不中听，却是实情。夫妇二人再恼，也不敢当真驳了朱常洵的面子，只得强忍着心中不快，双双回到位置上坐好。

"这样才对嘛，"朱常洵说完，又向一边打个响指，"吟珠，弄玉。"

一直静候在榻旁的二侍女转上前来，向朱常洵齐道万福："殿下请吩咐。"

"连城公子和无瑕夫人依然拉着脸，怕是还在怪罪本王，这样吧，你俩跳上支舞，让他们乐呵乐呵，"说着，朱常洵挤了挤眼，"记住，要跳'最好看'的。"

"明白。"二侍女会意，嫣然一笑，皆解开了外衫，缓缓褪在地上。

钟连城只瞧了一眼，便赶紧将目光移开。原来，这二侍女身上所剩下的衣物，决计不会超过一握。

她们身上穿得虽少，面上却无半点羞涩之貌。纤腰轻摆，莲步款动，一对玲珑有致的玉体便呈现在宾客眼前。

不得不说，这吟珠和弄玉确是世间难得的尤物。她们该胖的地方胖，该瘦的地方瘦，明眸皓齿，玉润珠圆，就连眉梢眼角都满含着万种风情。

施长乐端起酒杯，向钟柳夫妇笑道："若非沾二位的光，施某岂能大饱这场眼福？来，我得敬贤伉俪一杯。"

"施先生不必客气。"钟连城面无表情，身子动也未动。

柳无瑕也知施长乐是在揶揄，可当着朱常洵面上不好发作，一腔恚忿无处可施，只得拿自己撒气，一把扯过酒壶，满斟一杯，仰头饮尽。

朱常洵权当没瞧见，只是向吟珠和弄玉招了招手："别让贵客久等，开始吧。"

"是。"

吟珠、弄玉齐应一声，起舞翩翩。她们的腰肢柔若无骨，随意扭上几扭，便极尽娇妩之态。曼妙袅娜中，二女顾盼流波，四只桃花般的媚眼如丝，似能勾魂摄魄。

那群胡汉乐伎也当真识趣，都没用吩咐，一见二女跳起那妖冶之舞，便齐刷刷地将律韵一转，改奏了靡靡艳调。这曲子简直有种奇异的魔力，时而似呢呢女儿语，时而似窃窃私房话，缱绻缠绵，难舍难分，就好像有只温柔的小手，在不停地撩拨心弦。任谁听了，只怕都要面红耳赤、想入非非。

在这艳曲的烘托下，二女的娇躯如水蛇般狂舞，只见她们绕着长几扭腰摆胯，恨不得将身体的每一寸肌肤，都尽情卖弄在钟连城眼前。

大凡是个女子，就难以忍受这等场面，柳无瑕自然也不例外。若在解州地界上，有人敢这般明目张胆地诱惑自己的夫君，她定是不会善罢甘休。可惜这次是在福王府，所以柳无瑕只得把满腹的窝火和怒气，一杯接着一杯地尽数发泄在酒里。

其实她本不必如此着恼，因为她的夫君钟连城虽睁着眼，却目不斜视，宛若高僧入定，丝毫没有意乱情迷。

朱常洵之所以这样安排，实则是想让素有君子之风的钟连城出个丑，岂料他果真名不虚传。又观瞧了一阵，钟连城仍是正襟端坐、神色如旧，朱常洵大失所望，不由得长叹一声："连城公子，你不该姓钟，实在是应该姓'柳'的。"

柳无瑕面上一片酡红，已然有了几分醉意，听到这话，还以为朱常洵是讥讽钟连城"倒插门"，当即便横眉冷对道："我夫家虽非望族，但好歹是书香门第，单凭他的人品才识，就可与柳家门当户对，既非入赘，又何须更名换姓？"

"无瑕夫人多虑了，"朱常洵摇头笑笑，抬手挥退了两名侍女，"不瞒夫人说，这吟珠、弄玉的艳姿一舞，就连阅女无计的本王都有些招架不住。谁知她们使出浑身解数，你那相公仍然视若无睹，如此行径，着实出人意料。所以本王不禁有点怀疑，莫非这连城公子，是那坐怀不乱的柳下惠复生？"

柳无瑕哼了一声，脱口道："我相公又非好色的登徒子，那等庸脂俗粉，怎配入他的眼？"

她这话里话外，不光对二侍女嗤之以鼻，无意中将朱常洵也一并骂了。

施长乐闻言，知道好戏就要开场，只是眯着双眼，笑而不语。

钟连城暗自叫苦，急忙向朱常洵赔罪："内子醉了，请殿下……"

"醉后才能吐真言嘛。"朱常洵若无其事地将二侍女唤至软榻坐了，一手搂着吟珠的腰，一手摸着弄玉的腿，"说到好色，本王自然是当仁不让。但这对娇滴滴的小可人儿，明明是天姿国色，夫人为何说她们是庸脂俗粉？"

柳无瑕豁出去了，也不去理会钟连城屡屡使来的眼色，又抓起酒来一口喝干，将空杯"砰"的一声墩在几上："只会搔首弄姿，跳些不堪入目的艳舞，不是庸脂俗粉是什么？"

"啧，貌似有些道理，"朱常洵装模作样地点点头，"无瑕夫人自非庸俗女子，却不知你那双巧手上，有什么高雅的技艺？"

"这手上会得也不多，"柳无瑕缓缓举起手掌，用那蒙眬的醉眼打量着，颇有些孤芳自赏的意味，"不过是调香烹茶，莳花抚琴罢了。"

"好一个纤纤擢素手。雅，果然高雅得很。"朱常洵夸赞了几声，突然两腿齐伸，竟把一双光脚搭在了榻前小案上，"素手柔荑是雅，本王这脚丫子为俗，无瑕夫人，难得今日有此机缘，不如咱们来它个'雅俗共赏''手足相依'？"

柳无瑕秀眉一蹙："何为雅俗共赏？手足相依又是什么？"

朱常洵挑衅似的，将十个脚指头频频勾动："就是用你那高雅的两手，替本王揉揉这低俗的双足，这便是'雅俗共赏''手足相依'。正所谓'十指不沾阳春水，今为本王捏脚丫'，这要是传扬出去，也不失一桩风流韵事。"

"你……"柳无瑕勃然变色，"你说什么？"

钟连城忙道："娘子休急，这只怕又是殿下的玩笑之语。"

"连城公子错了，"朱常洵冷冷道，"这一次，本王可没跟你们开玩笑。"

"这……"钟连城怔了怔，又向施长乐道，"施先生，殿下他……"

"没听懂吗？"施长乐道，"殿下正是要你娘子捏脚。识时务者为俊杰，劝二位最好乖乖从命。"

哪怕是个泥人，也会有些土性。钟连城涵养再好，也禁不住这一而再、再而三的羞辱。只见他慢慢挺起胸膛，不卑不亢道："福王殿下，得饶人处且饶人。我夫妇自问无甚得罪处，还请你不要欺人太甚。"

"跟这种无耻之徒有什么好说？"柳无瑕羞恼至极，早已不顾一切，从头上拔下发簪，陡然倒转了簪尖，抵在自己的咽喉上，"朱常洵你听着，别人怕你，我可不怕！我柳无瑕清白的名节，岂容宵小玷污？你若敢逼，大不了我一死明志！"

朱常洵乐道："夫人瞧着柔柔弱弱，想不到还是位节烈女子。放心吧，本王何等身份？欺男霸女的事是不屑做的，只有叫你们心甘情愿，方可显出本王的能耐。"

朱常洵说完，从榻角抓起那沓厚厚的银票，朝着钟连城晃了几晃："连城公子倒是帮着劝劝，本王不白使唤你夫人，只要她肯替本王捏脚，这王府中上个月的收入，便都是你们的。"

要知道，朱常洵深得万历帝宠溺。来洛阳封地前，万历生怕这宝贝儿子受委屈，不但提前为他修建王府、开办皇庄，并且还颁下圣旨，赐给他良田两万顷。然而在当时，整个河南的田地加起来都不够，最后还是从山东、湖广等地划拨了一些良田过来，这才勉强凑足了数额。不光如此，朱常洵还坐拥江都到太平沿江的杂税；川蜀的矿税、茶税；两淮精盐每年一千三百引，合计五十二万斤；再加上他在各处开设的赌场、妓院、放贷的柜坊等，单是一个月所赚的银两，就足以让普通人家几辈子花天酒地。

面对那沓巨额的银票，鲜有人会不动心。换作财迷些的，别说是捏脚，就算把自己老婆当场卖了都不带眨眼的。可钟连城绝非常人，所以他将头一仰，冷笑道："说句托大的话，我们夫妇虽不比殿下那般富可敌国，但几十万两银子还是拿得出的。更何况在钟某眼中，内子乃无价之宝，要她去给别人捏脚，那是万万不能！"

有婿如此，夫复何求？柳无瑕没再说话，只是含情脉脉地注视着钟连城，心中无比欣慰。

"连城公子不缺钱，本王又有言在先，不能强逼……啧，这倒难办了。"朱常洵拍了拍脑袋，望向施长乐，"长乐先生还有法子没？"

"我试试吧。"施长乐走上前，从朱常洵手中接过银票，又来到钟连城面前，"连城公子也别一口回绝，凡事都有个商量。"

钟连城大袖一拂："此事没得商量！"

"好个理直气壮，"施长乐慢条斯理道，"连城公子，你可是欠了我们福王府一笔账，在债主面前，实在不该这般理直气壮的。"

"欠账？"钟连城一怔，"我几时欠过你们的账？"

施长乐笑道："连城公子真是贵人多忘事，我给你提个醒，去年十月初八，你可是在这洛阳？"

"不错，可我那趟是为了谈生意而来，与你们福王府并无交际。"

"你那趟生意，确与福王府无关，可之后的事，就和我们大大有关了。"

钟连城稍稍一想，脸色登时变得有些难看："之后我便回解州了，并没有什么事。"

施长乐冷笑一声："看来连城公子的记性确实不好，我再给你提个醒，回解州之前，你还到一处精阁中吃了顿饭，住了一宿。"

听施长乐道破自己的隐私，钟连城不由得大惊，脱口道："你怎么知道？"

这话一出，分明是承认确有其事。施长乐见目的达成，脸上的笑意更盛了："那地方实为福王府名下的产业。你在那儿白吃白玩了一整夜，早上醒来，却拍拍屁股走了，天底下岂有这般欺负人的道理？行了，闲话不必多说，那里吃顿饭三百两，睡一晚七百两，手头若是宽裕，就请连本带利地把欠账还清。"

那究竟是什么地方，一晚的吃住竟要花费白银千两？况且钟连城身上向来不缺银票，一千两对他而言，并不是什么太大的数目，为何又要赖账不给？柳无瑕越听越感觉不对劲，默然望着钟连城，目光中满是不解。

钟连城似有些心虚，额头不停地冒汗，慌不迭道："好，多余的话不用说了，我认栽、我认栽就是！欠一千两，连利钱也加上，共还你一千五百两，这只多不少，从此咱们两清……"

"一千五百两？连城公子，你是在打发要饭的？"施长乐皮笑肉不笑道，"照我们'福记'的规矩，放贷给一般人，利钱五分，按天算利。连城公子不是一般人，所以得高些，一天要九分利。"

钟连城只骇得面如土色："一天……九分利？"

"是啊，不信你去打听打听，我们素来是明码标价，童叟无欺。"施长乐说着，从怀里摸出一只小巧的金算盘，"噼里啪啦"打了起来，"我帮连城公子算算。这一千两的欠款，一个月的本息是一万三千二百六十七两。本上加本，利上滚利，两个月应是十七万六千零三十一两。嗯，三个月就更多了，得仔细算下……有了，两百三十三万五千五百二十六两。咱们殿下向来爽快，我也不好斤斤计较，这样吧，给你打个狠折，从去年十月初八到今天，我就算三个月整，再掐头去尾抹个零儿，只收两百三十万两好了。"

听这数额如此巨大，就连柳无瑕都是瞠目结舌，方才饮下的酒水，全都化作冷汗出了。钟连城更是肉跳心惊，好似被抽去了脊梁骨，"扑通"一声，跌回座位上。

施长乐低下头，笑嘻嘻地问道："怎么样，方才那事能不能商量？若能，不但这沓银票是你的，那欠账也会一笔勾销；要是还不能嘛，那咱们就公事公办，你们的家底我也打探过，现银加上产业，回头再把那几套大宅院一卖，也勉强能还上那笔钱。"

钟连城汗如雨下，喘了几口粗气，突然像变了个人似的，猛地跳起来，从施长乐手中抓过银票，死死揣入怀中。

柳无瑕从未见过相公如此狼狈，心中十分难受。她虽是一介女流，却极有骨气，宁可倾家荡产，也要争回这口气来。于是，柳无瑕轻叹一声，温言宽慰道："没事的相公，一晚的吃住就要上千两，这本已是讹人。退一万步讲，哪怕真的要还，咱们变卖了家产还他就是。钱没了，咱们再挣。就算挣不着，茅庐草舍、粗茶淡饭，我也一样陪你过。"

钟连城还没开口，朱常洵已拍着巴掌大叫起来："这话真是感人，连本王听了，都险些掉下泪来。"

"无瑕夫人用情之深，可谓感天动地，"施长乐说完，嘴角又泛起一丝冷笑，"不过，夫人若知他那一千两是怎么花掉的，恐怕就不会说出那番感天动地的话了。"

"不！"钟连城两眼通红，竟有些歇斯底里，"不能说！不能说……"

"那可不成！"施长乐打断道，"此事要是不说清楚，咱们福王府讹人的恶名，岂不就坐实了？无瑕夫人有所不知，你这好相公那晚吃了一桌琳琅盛宴，又与美人同榻而眠。宴是海珍鲍翅席，人是福记名下数家青楼中共举的花魁，这般待遇，难道不值一千两？"

"妓女？"钟连城只觉头晕目眩，"不是的，不是的……她跟我说过，她是京中高官养在那里的外室……"

施长乐眼中满是嘲弄："好个自作多情的连城公子，你该不是把她当成红颜知己了吧？当然，也不怪你瞧不出她的身份，她不但精通琴棋书画，举手投足也尽显大家风范，要不也不会成为花魁。唉，连城公子也真是的，要知这古往今来，最不该欠的，便是那风流债。"

柳无瑕面色苍白，怔怔地听了半晌，一颗泪珠在她眼角越聚越大，终于"啪嗒"滴落下来："相公，他说的……是真的？"

钟连城浑身一颤，方记起柳无瑕还在身侧："娘子你听我解释，那天晚上我身无分文，正不知如何是好，就碰到了那个女人……"

柳无瑕泪眼婆娑，直盯着钟连城双目："每次外出，你都带足了盘缠，怎么会身无分文？"

"这……"钟连城低下了头，不敢与她正视，嘴里也开始吞吞吐吐，"这个……"

"他不好意思讲，那我来替他说，"施长乐接过话来，"那次连城公子谈好生意后，便一头扎进一家赌坊，把身上的财物输了个精光。"

柳无瑕目光一斜，又逼向了施长乐："既然是我夫君的事，你又怎么知道得这般详细？"

施长乐道："自然因为那家赌坊，也属于咱们福记的产业。"

事到如今，柳无瑕胸中了然，她虽恨钟连城拈花惹草，但更恨福王一党使奸要滑。他们于此时揭出钟连城的丑事，无非是想瞧笑话，越是这样，便越不能让他们得逞。想到这里，柳无瑕狠狠擦去眼泪，咬牙切齿道："我总算明白了，这定是恶人设下圈套，我夫君受到欺骗，一时糊涂，这才钻了进去！"

"他还一时糊涂？"朱常洵幸灾乐祸道，"要本王说，这里面最糊涂的，就是你无瑕夫人。你或许想不到，你这道貌岸然的好郎君，实则是个滥赌鬼、大色狼。在家的时候装得一本正经，可一有机会外出谈生意，便仗着别人不认识他，利用假名假姓嫖妓赌钱，好不风流快活……"

"一派胡言！"柳无瑕怒极，几步冲上前去，向朱常洵厉喝道，"我夫君绝不是那种人！"

"娘子……"钟连城正要跟过去，却被施长乐一把按住。

施长乐压低了声音，每个字都让钟连城不寒而栗："连城公子，咱们明人不说暗话。你那面具戴得太久，也该摘下来透透气了。实话告诉你，殿下只是贪玩，不会真拿你怎么样。只要将殿下哄高兴了，好处自不会少。可待会儿你若不肯乖乖配合，就不是身败名裂那么简单了！"

钟连城直愣愣打个冷战，彻底委顿下来。

见钟连城被施长乐唬住，朱常洵又笑道："他是哪种人，本王也不好说。不过本王觉得，这男人吃喝嫖赌倒也寻常，算不得什么十恶不赦的大错。可若是谋财害命，那便罪该万死了。"

"你什么意思？"

"无瑕夫人，令尊柳延年是突染恶疾过世的？可本王听说，令尊向来身强骨健，就算再厉害的急症，也不会让他一夜暴毙。所以本王猜想，这定是有人下毒谋害。"

柳无瑕怒极反笑："难不成福王想说，那下毒之人是我相公？"

朱常洵一伸大拇指："一点就透，果然冰雪聪明。"

"先父于我相公而言，情逾父子，恩同再造，家中如山的银两，也任由我相公随意花用，他有什么理由去谋财害命？"

"哪怕再多的银两，也要仰人鼻息、看人脸色，毕竟不如揽到自己名下花得自在。"朱常洵顿了顿，又道，"多说无益，夫人既然坚信连城公子不是恶人，那不如跟本王打个赌？若夫人赢了，本王就将那两百三十万两欠账一笔勾销；若本王赢了，夫人就要……"

柳无瑕鄙夷道："就要替你捏脚是不是？"

"本王虽舍得花钱，可捏个脚就要花上两百多万两银子，也着实有些心疼。"朱常洵说着，双手在吟珠、弄玉的屁股上拍打了几下，"这样吧，夫人要是输了，便脱成她们这样，来它个玉体横陈如何？"

"下流！"柳无瑕一口啐在地上。

朱常洵笑道："夫人未必会输，本王也未必会赢，你若真的相信连城公子，赌了这把又何妨？"

仅用一个赌注，就能免去那巨额的欠账，柳无瑕说不动心是假的。但此举关乎自己名节，她心中忐忑、左右为难，不禁回过头去，望向钟连城。

经过施长乐的威逼，钟连城不敢出声，只是冲着柳无瑕，郑重地点了点头。

柳无瑕原本就不信夫君会毒害其父，此时见他目光坚毅，更是别无他疑。她转过身来，向朱常洵正色道："输赢判定，得讲究真凭实据。福王若是巧言令色、颠倒黑白，那万不能作数。"

朱常洵即刻道："这个自然。必须是有凭有据，必须叫你们心服口服。"

"好！我赌便是，看你们能耍什么花招！"

"爽快！"朱常洵一挥手，"将人证带上来！"

约莫一盏茶的光景，一名十来岁的男孩被引进厅来，那孩子目光有些呆滞，进门后便左瞧右看，小嘴却咧着，傻呵呵地直笑。

钟连城和柳无瑕一瞧，双双大惊："无忧？"

原来这孩子竟是柳无瑕的亲弟弟、柳家的傻少爷——柳无忧。

听到有人叫自己，柳无忧分别向柳无瑕和钟连城打量了几眼，突然皱起眉头，跑到朱常洵面前："殿下，那两个人，跟我姐姐、姐夫有点像。"

朱常洵哈哈大笑："傻小子，那就是你的姐姐和姐夫。"

柳无忧也笑了："怪不得这么眼熟。"

"无忧，快过来！"柳无瑕上前一把揽过弟弟，向朱常洵怒视，"我弟弟为何会在这里？"

施长乐接言道："无瑕夫人放心，殿下对令弟关爱有加，他在这里吃得好玩得好……"

"你闭嘴！"柳无瑕叱了一声，又在柳无忧身上反复查看，"无忧，他们没把你怎么样吧？"

柳无忧摇了摇头，伸手指着二侍女道："他们给我吃好吃的，还让那两个漂亮姐姐陪我玩，我快活得很。"

"可你不是在家吗，怎么到了这里来？"

"你和姐夫就知道自己出来玩，不肯带我，我不开心，"柳无忧说着，又指着施长乐道，"结果那个好心的叔叔来找我，带我骑马，半天就追上了你们的车轿。可我恼你们丢我在家，不想去理你们，叔叔就从另一条道带我来这里见殿下了。哼，我可比你们早到了好几天呢。"

朱常洵招了招手："傻小子，到本王这儿来坐。"

柳无忧也当真听话，几下挣脱了姐姐的怀抱，爬上了朱常洵的软榻："殿下好，两位姐姐好。"

见弟弟不光对福王，对吟珠、弄玉更是十分亲昵，柳无瑕怒火中烧，厉声质问道："你们究竟想做什么？"

"本王不是说过吗？他便是人证，"朱常洵说完，扭头问柳无忧，"你爹死之前是什么模样，还记得吧？"

"记得。"柳无忧点点头，仰头躺在软榻上，扮成奄奄一息的样子。不多时，他手臂缓缓抬起，似要指向什么，同时嘴巴不停地张合，却只发出一连串的咳嗽声。等那咳嗽声过后，柳无忧便将两腿一蹬，手臂也顿时耷拉下来。

这一幕，柳无瑕并不陌生，柳无忧所扮的，分明就是父亲临终时的模样，尤其那抬手一指，简直惟妙惟肖。渐渐地，柳无瑕脑中闪过一丝狐疑，当时自己沉浸在悲痛中，未曾细想，现在回忆起来，父亲手指的方向，不正是钟连城所站之处？

想到这儿，柳无瑕不由自主地打个寒战。朱常洵见火候到了，便拍了拍手。紧接着，一名仆役就端着个大捧盒出现在厅门口。

施长乐上前接来，又当着柳无瑕的面打开，盒盖一揭，赫然露出几段骨殖："夫人，你要的物证在此。"

"这……这是……"

"夫人想必猜出来了，这正是令尊的遗骨。"

"你们竟敢……"柳无瑕又悲又怒，扬起手来就朝施长乐脸上掴去。

"夫人莫急，"施长乐身形一侧，便让柳无瑕挥来的巴掌落空，"我们私下取来令尊的骨殖，实属不得已而为之。如若不然，又怎知令尊真正的死因？夫人请看，这几块骨头表面俱是青黑色，况且仵作也查验过，确是毒渗入骨的迹象。"

"姐姐！"柳无忧也从榻上下来，飞扑进柳无瑕怀中，"爹爹他……死得好惨啊！"

柳无瑕只觉天旋地转，望着那盒中黑骨，眼泪簌簌流下。

施长乐见状，不失时宜地向柳无忧道："柳公子，现如今有福王殿下为你做主，你不必再害怕，将那个害死爹爹的恶人，告诉你姐姐吧。"

"嗯，"柳无忧使劲点了点头，一手拉着柳无瑕的裙摆，一手慢慢指向钟连城，"姐姐，是……是姐夫把爹爹给毒死的……"

之前朱常洵曾百般暗示明言，柳无瑕心中已有准备，可同样的话，再从自己嫡亲弟弟的口中说出，却是大不相同。饶是如此，柳无瑕这一时，也难以相信夫君会真的害死爹爹，遂抹了抹眼泪，恨恨地扫向施长乐与朱常洵："无忧，是不是他们逼你这么说的？"

"没有，"柳无忧摇了摇头，"他们待我很好的，没有逼我。"

柳无瑕转回脸来，又直直盯着弟弟的眼睛："若姐夫真是坏人，那原先你为什么没告诉姐姐？"

柳无忧垂下脑袋，喃喃道："我知道的，你们都当我是傻子。可我又不是真的傻，我还小，没什么力气，姐姐你又是个女的，现在咱们打不过他的。要是我把那晚看到的事情说出来，姐夫肯定很生气，会连咱们一起杀了的……所以我不敢说，就想等我长大了，能打过他了，再给爹爹报仇！"

"无忧，你……"钟连城似乎不敢相信自己的耳朵，双唇一阵哆嗦，后面的话，全都哽在了喉中。

柳无瑕急急问道："那晚发生了什么？快说与姐姐听。"

"那晚我本来要睡了，可听到窗外有蛐蛐叫，就跑出去捉，"

柳无忧一边说着，一边偷眼瞧着钟连城，"可那蛐蛐精得很，我一靠前，它就逃进草里了。后来，我沿着廊子，就寻到了爹爹房前。当时我听见爹爹房里还有姐夫的声音，就想去叫他帮我捉蛐蛐。那会儿我正要推门，又听见爹爹很生气地骂畜生，我以为爹爹是骂我贪玩不睡觉，吓得停在门口没敢动。再后来，就听里头打起来了，我赶紧从门缝里瞧，看见姐夫在爹爹喉咙上打了一拳，爹爹便不能说话了……姐夫打了爹爹后，又捏着爹爹的嘴巴灌了碗药，还说什么老东西压了他这么多年，一碗毒药已是便宜了。我当时很害怕，不知道姐夫为什么要害爹爹，我怕姐夫也要喂我喝毒药，就逃回了房间里。又过了好一阵子，姐姐便哭着来找我，说爹爹不行了，要带我去看他最后一眼……"

"你撒谎！"钟连城疯了似的冲上前，抓着柳无忧的肩膀猛然摇晃。

钟连城龇牙咧嘴，眼珠子瞪得血红，模样十分狰狞。柳无忧只骇得双眼紧闭，颤声道："我……我没有……"

"还敢胡说？"钟连城的两手仿佛成了钢箍，在柳无忧的双肩上死命捏着，"无忧，这些年我供你吃供你穿，待你不薄啊！你为什么要害我？为什么？你说！你说！"

柳无忧又疼又怕，"哇"的一声哭了起来："不要……不要杀我……救我……救救我呀……"

"柳公子莫怕，在这福王府中还轮不到他来撒野。"施长乐话音方落，便抓住钟连城的发髻一扯。钟连城只觉头皮剧痛，抓住柳无忧的两手就不由自主地松开了。

柳无忧趁机扑入柳无瑕怀中，大哭道："姐姐我疼……我好疼啊……"

柳无瑕紧紧搂住了弟弟，冷冷望着钟连城，那张原本熟悉的脸，却渐渐陌生起来。

见她目光变得异样，钟连城有些手足无措，向着柳无瑕走出两步："娘子，你听我说……"

"还说什么？"柳无瑕忙揽着弟弟退开两步，愤然道，"无忧从小到大，吃喝穿用，都是我们柳家自己的银子，几时用得着你们钟家来供？"

"我不是那个意思……"

柳无瑕不再理会，只是低下头，望着柳无忧道："姐姐最后问你一遍，你说的那些……都是真的吗？"

"是真的，"柳无忧鼻子抽动几下，举起一只手来，"我发誓！"

见弟弟那张傻憨憨的脸上浮现出几分认真，柳无瑕心中最后一丝希望也终于破灭了。她万念俱灰，又怔怔地望了钟连城一眼，可在那张脸上，却只看到了虚伪和欺骗。一直以来，夫君是她的骄傲，谁承想，这么一个坐怀不乱的正人君子，竟是个狂嫖滥赌的无耻小人。如此卑劣人品，还有什么是他不敢做的？

柳无瑕悲愤交加，只觉肝肠寸断："钟连城，你骗得我好苦……只恨我自己有眼无珠，竟将你这丧尽天良的白眼狼当成了好人！"

钟连城再想分辩，却被一直静观不语的朱常洵高声压了下去："这么说来，夫人相信连城公子是弑父真凶了？"

柳无瑕拉着弟弟跪下，声泪俱下："我们姐弟无甚能耐，求福王殿下做主，还亡父一个公道，让他老人家沉冤昭雪。"

"本王最恨的，便是那狼心狗肺的伪君子，自然要替你们做主的。不过嘛……"朱常洵说到这儿，故意停了下来。

"不过什么？"

"不过在这之前，夫人是不是要先把另一件事办了？吟珠、弄玉，你们说是也不是？"

吟珠、弄玉互视一眼，娇滴滴地齐应声"极是"。

一听这二女的声音，柳无瑕猛然记起方才那个赌注——若朱常洵能证明钟连城是弑父真凶，自己便要宽衣解带，供人观赏。一时间，柳无瑕彻底蒙了。要知道她宁可去死，也不愿在这大庭广众下袒身露体。

那边钟连城同样心急如焚，正要开口阻止，便觉后腰一阵刺痛。他打个激灵，扭头一瞥，就看到了施长乐那张唇角挂笑的脸。

施长乐的袖间，探出一把锋利的匕首，此时正牢牢抵在钟连城的腰间："要死要活，连城公子可得思量清楚。"

钟连城瞧得出来，施长乐那笑脸下透出十足的杀意，自己若不就范，他真的会毫不犹豫地捅下去。在这要命的威压下，钟连城哪里还敢反抗？腰杆一塌，整个人登时蔫了下来。

见柳无瑕仍旧不声不响，朱常洵渐觉不耐，索性从榻上下来，一步步逼到柳无瑕面前："正所谓愿赌服输，无瑕夫人拖拖拉拉，该不是想放赖吧？"

"生死事小，失节事大，此举无瑕万不能从，还望殿下主持正义，将那恶贼绳之以法。这份恩情，就让我拿命去抵吧！"

柳无瑕说完，将心一横，竟一头朝那案角撞去。

朱常洵早就防着这一手，急忙抓住她的手腕一拧，将柳无瑕生生扯了回来："无瑕夫人这就不厚道了，你寻死不打紧，但传将出去，世人定以为是本王逼死了你，如此恶名，本王可担当不起。"

见柳无瑕还在挣扎，朱常洵又加重了力气："实话告诉你，本王已没什么耐性了，既然无瑕夫人不讲规矩，那本王更是无所谓。

你当死了就能解脱？哼哼，你要名节，本王偏不给你。到时候，本王会安排下去，就说你与别人通奸，被人撞破了便羞愧自尽，最后照样能将你的尸首扒光了游街示众，让那群贩夫走卒、引车卖浆的，好好见识一下无瑕夫人那'冰清玉洁'的身子。"

这几句话，直叫柳无瑕毛骨悚然，她只觉一股寒意从脚底直冲入脑，四肢也渐渐僵硬起来："你……你这样颠黑倒白，就不怕遭报应吗？"

"坏事做多了，难道还差这一件？本王言出必行，不信你就试试。"朱常洵知她不敢再寻短见，便松开了手，又指着柳无忧冷笑道，"之后不但你会受尽千夫所指、万人唾骂，你这宝贝弟弟怕也不会好过。待本王抄了柳家，就把他赶到街上当叫花子。他傻里傻气的，倒是惹人可怜，说不定还能多讨些馊饭来吃……"

"我不要！"柳无忧害怕了，抱着朱常洵的腿叫道，"我不要当叫花子，我不要讨饭吃！"

朱常洵把腿一抖，将柳无忧轻松震开："你应该去求你姐姐，只要她肯守规矩，依照前约脱衣，你便能回到柳家，继续当你的傻少爷了。"

"姐姐，"柳无忧又跪在地上，爬向柳无瑕，"我要当少爷，不要当叫花子。姐姐脱吧，你快脱吧！"

柳无瑕与弟弟相拥而泣，泪如雨下："殿下，求求你了，无忧他……他还是个孩子啊……"

"他已不是个孩子了，"朱常洵冷冷道，"好了，废话不必多说，是要家破人亡，还是大事化小，皆在无瑕夫人一念之间。"

这一晚，柳无瑕如同从那九霄云天，跌入了万劫不复的深渊，悲怒惊恨，轮番涌入。此时的柳无瑕除了哭泣，脑海里混然一片，她扭过头去，无助地望向钟连城，一双失神的泪眼中竟瞧不出丝毫的情感。

钟连城惜命，不敢开口反抗，更不敢与柳无瑕的目光对视，赶紧低下头去，恨不能将脑袋钻进地缝。

柳无瑕又望了半响，嘴角扬起一抹苦笑："是了，连你这恶人都不在乎，那我还有什么好顾忌的？罢了罢了。"

说完，柳无瑕行尸走肉般从地上摇摇晃晃地站起："无忧，你把身子转过去。"

"为啥啊姐姐？"

"转过身去！"

柳无忧打个哆嗦，依言而为。

伴随着一声绝望的长叹，柳无瑕身上的衣衫开始件件滑落。每褪去一件，她便像被一把无形的利刃在胸口剜了一刀，待身上只余一件薄薄的亵衣时，柳无瑕的一颗心已是支离破碎，整个人早就麻木了，好似灵魂都被彻底剥离，光剩了一具空壳，孤零零地立在那里。

钟连城也没好到哪里去，战战兢兢，垂头丧气，活像一只被拔光了羽毛的瘟鸡。

朱常洵负起手，绕着柳无瑕打量了一阵，嘴巴里"啧啧"两声，脸上居然露出了失望之色："想不到……想不到无瑕夫人竟是徒有其表。"

施长乐明知其意，却偏要惺惺作态，与朱常洵一唱一和："殿下何出此言？无瑕夫人肤白胜雪，虽然身子瘦弱了些。"

"何止是瘦？她简直就是瘦骨伶仃，"朱常洵摆了摆手，冲施长乐坏笑道，"长乐先生也是风月场中的老手，岂不知那丰腴女子之妙趣？似无瑕夫人这等单薄的身段，慢说与本王这对玉润珠圆的妙人相较，就算放在青楼妓馆中，也不过勉强充个二流，卖不上什么高价去。"

"还是殿下英明，"二侍女靥然而笑，一步三扭地拥上来，挑衅似的望着柳无瑕，"这副皮包骨的模样，真亏她夫君受得了，不嫌硌得慌吗？"

这番浪言浪语，似一把把尖锥，生生将柳无瑕扎得回过魂来，她又羞又怒，赶紧双手掩怀，破口骂道："你们这对不要脸的贱人，好生不知廉耻！"

吟珠啐了一口，鄙夷道："你们柳家人倒知廉耻，大的脱成那样，小的还要死乞白赖地缠着我们姊妹。"

听她话里有话，柳无瑕不禁愣了："哪个缠着你们？把话说清楚！"

弄玉没理她，只是笑眯眯地走到柳无忧面前，伸出一根手指，十分轻浮地在柳无忧脑袋上点了一下："是哪个小色鬼老缠我们来着？倒是跟你姐姐说呀。"

柳无忧舔了舔舌头，望着二侍女的眼神，竟显得有些贪婪："我已把姐姐骗得脱衣服了，你们可要说话算话，再像上次一样陪我睡觉……"

"什么？"柳无瑕只觉耳畔炸雷骤爆，"轰"的一声，五脏六腑都震得错乱颠倒。

朱常洵笑了笑，颇有些幸灾乐祸："本王不早就告诉过你吗，令弟已不是个孩子了。好了好了，折腾这半天，也算是尽了兴，长乐先生，咱们别让无瑕夫人糊涂着了，你这便给她解解惑吧。"

"是，"施长乐将匕首收还袖中，冲钟连城假惺惺地道声"得罪"，再向柳无瑕侃侃而谈，"夫人有所不知，此事的前因后果，乃如此这般……"

柳无瑕浑浑噩噩的，任凭施长乐的话往耳朵眼里钻，木然听了半天，终于明白了个大概。

原来，福王一党早就想寻柳家的麻烦，不但提前设计了钟连城，还在夫妇二人赶到洛阳前，抢先一步，诓出了傻少爷柳无忧。柳无忧入王府后，福王一党就好吃好喝地哄着他，从他嘴里套出了不少柳家的内情。当听到柳老爷子临死前曾经失语，并且指向女婿钟连城这等细节后，施长乐感觉可以大做文章，稍加琢磨，便定出了一条"妙计"。

钟连城自然不会毒害岳父，柳老爷子那一指，应是放心不下儿女，拜托其撑起柳家之意。可在施长乐的编排下，此举便成了柳老爷子中毒不治，在回光返照时，拼尽最后一丝力气，也要指证"凶手"钟连城。

为使这桩诬陷做得逼真，施长乐还派人去乱葬岗挖了些枯骨，拿药水泡了，充当钟连城毒害岳父的"铁证"。

至于嫖赌之事，倒是没冤枉钟连城。也正因此计真假相掺、云山雾罩，才使得柳无瑕步步入套。柳无瑕虽然出身望第，但平时大门不出二门不迈，难知世上人心险恶。似这等尔虞我诈的手段，多少精明之辈都曾栽于其中，更何况一个久居深闺的女子？当钟连城虚伪的面具被撕下，柳无瑕方知受其蒙骗已久，有了这个底子，再加上"亡父遗骸"、嫡亲兄弟"言之凿凿"的指认，在她心中，钟连城的"恶行"，便理所当然地坐实了。

柳无忧有些痴傻，本无构陷他人的能耐。那些话自然也是施长乐提前编好，再一句句教他学舌演练。柳无忧不懂伦理纲常，让他诬骗其姊脱衣倒没什么，只是嫌那番"骗词"学起来太过麻烦，起初总不肯答应。哄他不听，吓他只会哭。施长乐纵有通天之谋，对这软硬不吃的傻少爷也实在无法。最后还是朱常洵有主意，索性派出那两名侍女，与他假凤虚凰地胡闹了一晚。

正所谓食色，性也，柳无忧初经人事，登时被诱得五迷三道，接下来几日，总是缠磨着二侍女求欢。见目的达到，朱常洵便以此为饵，向柳无忧重提了条件。尝过那等甜头，柳无忧哪里还觉得学舌麻烦？短短一天光景，就将那套谎言背得滚瓜烂熟。不得不说，这傻少爷当真难得，在施长乐的调教下，几通试演下来，无论神情还是语气，皆无大的纰漏。

柳无瑕素来将他当成懵懂无知的孩子，何曾想到自己这傻弟弟竟能瞒神弄鬼？这般阴差阳错下，便稀里糊涂地上了当。

施长乐道完因果，又别有用心地夸了柳无忧两句，说他大智若愚，骗起人来像真的一样，堪称天衣无缝。

柳无忧毕竟心智不全，听了这几句夸赞，便跑到柳无瑕面前自鸣得意："姐姐我厉害吧？我将你们都骗得一愣一愣的，看以后谁还敢叫我傻……"

"傻子……你这大傻子！"柳无瑕如疯似癫，劈手扇了柳无忧一个大嘴巴，抱起凌乱的衣衫，一面哭号着，一面跌跌撞撞地跑出厅去。

柳无忧被打蒙了，捂着脸呆立半晌，满腹委屈地想去拉吟珠的手："好姐姐，她怎么打我呀？"

吟珠赶紧抽出手来，冷脸嗔道："哪个是你的好姐姐？你姐姐早就跑了，还不去追？"

柳无忧一怔，又眼泪汪汪地朝弄玉看去："可咱们说好的，你们要陪我……"

"滚!"弄玉声色俱厉,猛然扬起了巴掌,"再赖着不走,我也赏你个大耳光子!"

"你们……你们都是骗子!我不跟你们玩啦!"柳无忧怕极了,倒退几步,转身便朝厅外追去,"我要找姐姐,姐姐等等我啊!"

事到如今,钟连城也无可奈何,掩面长叹一声,欲离开王府。

施长乐却身形一闪,堪堪堵住了厅门:"连城公子且留步。"

钟连城脸上的肉都抽搐起来,瞪着血红的眼珠子,咬牙切齿道:"杀人不过头点地!如今我钟连城已是颜面尽扫,你们还要怎样?"

施长乐不由分说,一把扯开他的衣领,从他怀中夺过了那沓银票。

"这是我的,我不能赔了夫人又折兵!还给我,快还给我!"钟连城疯了一般,歇斯底里地怪叫着,拼命去抢。

施长乐抬脚将他踹翻在地,又重重踏在他胸口上:"你的?这本是让柳无瑕替殿下捏脚的报酬,可她捏了吗?后来她当众脱衣,那是打赌输了的惩罚。愿赌服输,天经地义,又用得着什么钱了?"

钟连城气急攻心,竟"噗"的一声,喷出血来:"我没有输!那都是你们使奸耍赖……"

"连城公子,别那么大气性,"朱常洵抻了抻腰,懒洋洋地说道,"本王这对妙人的身子你瞧了,之前那风华绝代的花魁你睡了,至于那二百三十万两的欠账,本王也不打算追究了。如此算来,你非但没吃亏,还赚了个大便宜,你说是也不是?"

钟连城抹去嘴边的鲜血,挣扎着将身子撑起:"可我从未得罪过你们!你们为什么要这般处心积虑地算计我?为什么?究竟是为什么啊?"

"为什么?"朱常洵反问道,"先前你屡次三番往洛阳跑,谈的是什么买卖?"

钟连城一怔："洛阳一带，向来行销山西解池的解盐，我来此地，自然是为了柳家盐号的生意。"

"这便是了，"朱常洵面色一寒，目光也变得无比阴鸷，"钟连城，你听仔细了，原来之事，可以既往不咎。但如今本王就藩，之前那些惯例就得尽数改了。你回到山西，也给其他盐商带个话，从此以后，整个洛阳城，都要买我福记盐号专供的淮盐，绝不准一粒解盐入境。你记住，这次仅是警告，若再让本王瞧见你，就等着让无瑕夫人守寡吧！"

直到此时，钟连城才明白了他们真正的用意。福王一党大费周章，原来是想杀鸡儆猴，吓退山西盐商，好使得他们独擅其美，垄断洛阳全境的盐市。

"殿下的话都记下了？"施长乐说着，拖起钟连城便推出了厅外，"记下了就赶紧滚！"

钟连城脚底打个趔趄，头也没敢回，急急如丧家之犬，惶惶似漏网之鱼，屁滚尿流地，转眼跑个没影儿。

闹了这一通，朱常洵心里很是痛快。今夜此举，真可谓一石二鸟，不光羞辱了柳家，还把他们在洛阳的生意抢了过来。他越想便越是得意，遂伸出小指掏了掏耳朵，又朝角落里的乐班打个响指："接着奏乐，来点喜庆的曲子。"

一众乐伎不敢怠慢，忙操管调弦，刻羽引商。

在欢快的曲韵中，施长乐将抢回的那沓银票呈上。朱常洵接来，随手抽出几张，分别塞入吟珠、弄玉的怀里："你们皆是有功之臣，这是本王的赏赐。"

"殿下真会疼人。"

二侍女喜滋滋地收好，又赶紧献媚，去讨朱常洵的欢心。吟珠朝他怀里一钻，百般凑趣。弄玉也不甘其后，斟满一杯美酒，递到朱常洵唇边："难得殿下如此高兴，请多饮几杯。"

朱常洵左手揽着吟珠，右手接过酒杯，冲弄玉笑骂道："你这小妖精，想把本王灌醉吗？"

"这都被发觉了？殿下可真是目光如炬，"弄玉掩着嘴，哧哧笑道，"这一连几晚，殿下总是生龙活虎，我和吟珠都有些招架不住。若殿下醉了，我们姐妹也好歇上一歇。"

"那本王偏不遂你们的愿。"朱常洵伸手一扯，将弄玉也拉到榻上，抓着酒杯，向二侍女嘴里灌去。

这三人打情骂俏惯了，也不避旁人，嘻嘻哈哈胡闹了好一气才肯作罢。抚摸着怀中的软玉温香，朱常洵大生感慨："唉，回头想想，真乃今是而昨非啊。"

听他好端端的忽然拽起文来，施长乐便问道："殿下何生此叹？"

朱常洵微笑着坐起身来，目光却不经意地朝厅角乐班中瞥了一下："长乐先生你看，如今本王在这神仙居内，吃的是炊金馔玉，穿的是珠履华服，花不完的金银财宝，赏不尽的莺歌燕舞。任他什么名门豪商，在本王面前，照样像只哈巴狗般摇尾乞怜。早知这洛阳城如此快活，当初本王还赖在京师做什么？白白耽误了数年乐子不享，无端陪他朱常洛争来斗去地受些闲气。"

"殿下所言甚是，"施长乐点点头，深以为然，"想那庙堂之上，高不胜寒，昔时庄子为求逍遥自在，宁可'曳尾于涂中'。况且殿下此时荣华不尽，富贵无边，虽不是神仙，却胜似神仙。"

"说得对，"朱常洵一拍巴掌，大笑道，"所以本王想通了，还争什么？管他太子、皇位，本王统统不要了。人生苦短，行乐更须及时，当个快活的逍遥神仙，又有什么不好？"

施长乐附和道："人生在世的趣味，唯有吃喝玩乐，万事皆讲究个舒心惬意，何必再担风冒险、劳神费力的，非得去问那鼎之轻重？殿下放心，施某日后定会竭尽全力，再多寻些乐子供殿下来享……"

他话未说完，忽听厅角"铮"的一声，似有丝弦绷断。施长乐眉额一蹙，赶紧转身瞧去。

只见那乐班中蓦地立起个蒙纱女子，将手中断弦琵琶一扔，拨开其他乐伎，径直冲施长乐而来。

望着走到面前的女子，施长乐的眉头皱得更紧："怎么回事，不懂这王府的规矩吗？"

那女子一声未吭，居然趁施长乐不备，甩手抽了他一巴掌。

"大胆！"

施长乐又惊又怒，正要发作，却被朱常洵开口拦下。

朱常洵笑意不减，脸上也没露出半点意外的神色："长乐先生认了吧。她别说是打你，就算来打本王一个耳光，本王也得乖乖受着。"

"什么？"施长乐愣了，"她……她究竟是何人？"

"马上你就知道了，"朱常洵说完，向厅上环顾一遭，"无关人等，先行退下。"

"是。"

不止那群乐伎，就连二侍女也都识趣地告退。待众人散去后，那蒙面的女子已揭去了罩在脸上的薄纱。

一见那女子模样，施长乐顿时目瞪口呆："怎么……怎么会是……"

朱常洵走上前，似笑非笑地看了一眼施长乐："先生认得她？"

"不……不认得……"施长乐连忙道。

朱常洵瞧出他的不安，却没有点破："好让先生知道，这位便是本王的生母，翊坤宫的郑贵妃。"

施长乐急忙行礼："不知贵妃娘娘驾到，有失迎迓，还望娘娘恕罪。"

见郑贵妃还拉着张脸，朱常洵便打起了圆场："怎么了娘？咱们久别重逢，不是应该喜笑颜开吗？适才要处理柳家的事，所以孩儿虽认出了你，却有意拖着没说破。娘该不会因为这个，就要怪罪孩儿吧？"

郑贵妃望着朱常洵那肥硕的下巴，皱眉道："洵儿，才一年多没见，你怎这般胖了？"

朱常洵嬉皮笑脸道："自家孩儿若瘦成猴精，当娘的见了，少不得要心疼。因此孩儿特意养得胖些，以免让娘见了难受。"

"这贫嘴的毛病，倒是一点儿没改，"郑贵妃面上总算有了些笑模样，"听你这意思，娘一入厅便被你识破了？想我精通各种乐器，自问不会在弹奏上露出马脚。难道娘真的老了，就算艳服藏身、蒙纱罩面，也与那些年轻的乐伎格格不入？"

"娘想哪里去了？"朱常洵打个哈哈，"就冲娘的样貌身段，说是个妙龄少女也有人信。可有一点，任它如何乔装，娘这一身贵气断是掩藏不住的。你们刚进来时，孩儿便觉那班乐班中贵气冲天，再仔细一寻，这才恍然大悟，原来是娘混了那群小乐伎里面。正所谓仙鹤卓立于群鸡间，如此明显之事，孩儿又岂会认不出来？"

"越说越没个正形儿了，跟别人倒也罢了，在娘面前，怎么还这般不三不四地逗趣？什么妙龄少女，也不怕叫人笑话。"郑贵妃嘴上虽埋怨着，笑容却愈发灿烂，心里显然十分受用。

朱常洵哄完郑贵妃，又左顾右盼道："娘的身边，向来有崔文升寸步不离地伺候着，他人呢，怎还不见出来？"

话音方落，崔文升就从厅外闪身进来。他身穿粗布短打，腰后别着马鞭，扮成了车夫模样，冲着朱常洵单膝跪拜："劳福王爷惦记，奴才一直在外头候着，未闻主子召唤，不敢擅自现身。"

"这趟来的只有你们两个？"朱常洵摸了摸下巴，又向郑贵妃道，"你们要来，提前知会一声也便是了，为何还要乔装打扮，搞得这般悄悄摸摸？"

郑贵妃哼道："我若不悄悄过来，怎知平日里你躲在洛阳做些什么？"

朱常洵笑道："那娘想必也看到了，方才孩儿在玩乐之间，不但折辱了山西最大的盐商，还将他们连唬带吓地驱出了洛阳，怎么样，没让娘失望吧？"

郑贵妃苦笑一声："你好歹也是大明亲王，任他什么豪门巨富，都不配与你相提并论。洛阳是你的封地，想要什么，直接下道令旨霸来，至于像过家家似的那般麻烦？"

朱常洵摆了摆手："那样便无趣了，还是长乐先生出的这主意好玩。"

"好玩？那皇位是玩出来的？"郑贵妃说着，目光又转到施长乐身上，"是了，都怪这姓施的成天在你耳边灌些迷魂汤，将你那点争储的斗志，全给消磨光了。"

朱常洵忙道："长乐先生可是有大本事的，娘就算信不过他，难道还信不过孩儿的眼光？"

郑贵妃冷冷道："原来你将那什么孔学、王三诏的视为心腹，娘没有过多干预，可结果呢？要不是他二人出了昏招，你能被赶到洛阳？洵儿，近朱者赤，近墨者黑，你看看朱常洛招揽的都是哪种人？明着有叶向高支招周旋，暗里有徐振之出谋划策……"

朱常洵打断道："他朱常洛有张良计，我朱常洵就没过墙梯？放心吧娘，孩儿现在今非昔比了，我之所以看重长乐先生，自然有我的用意。"

"你如今翅膀硬了，娘的话不听了是吧？"郑贵妃说完，向崔文升示意。

崔文升会意，从怀里摸出把匕首，悄悄走到施长乐身后。

朱常洵冷笑一声："崔公公，这里可是本王起居之所，忌讳沾染血光。你在翊坤宫伺候了那么久，莫非连这点规矩都不懂？"

"这……"崔文升赶紧收回匕首，"奴才莽撞了，请福王爷恕罪。"

朱常洵换上副和颜悦色，又向郑贵妃道："就算娘看不上长乐先生，也犯不上要他的命吧？"

郑贵妃长叹一声："世上阳奉阴违的狗奴才多了去了，你敢保他没有二心？洵儿，娘都是为你好，对付隐患最好的法子，就是提前将其除去。"

施长乐刚在鬼门关走了一圈，闻听此言，更是骇得魂不附体："娘娘明鉴，我深受王爷知遇之恩，尚无以为报，怎敢生什么二心？我不过是个目光短浅的小人物，劝殿下安于现状、及时行乐，皆是为了伺候好主子，想让他开心自在。还请娘娘念我一腔赤诚，饶恕这一回吧！"

朱常洵帮腔道："你瞧，长乐先生也知错了，娘就饶了他吧。在洛阳的这些日子，也多亏他给我找些乐子，要不孩儿真要憋闷死了。"

郑贵妃瞪了眼施长乐，又强抑着愠怒，向朱常洵道："洵儿，你不要再执迷不悟了。什么安于现状，什么逍遥自在，都是在用钝刀子割你的肉……"

朱常洵心不在焉地点了几下头，突然耳朵一动："外头好像有动静。"

言讫，朱常洵大步踏出厅去，抬眼一望，便见十几名王府的侍卫正猫着腰，分散在院中各处寻找什么。

"你，过来！"朱常洵向离他最近的侍卫勾了勾手指头。

那侍卫有些踟蹰，但还是依言来到厅门外："参见福王殿下。"

朱常洵眯着眼问道："你们不好好值哨，在这里乱哄哄地闹什么？"

"这个……"那侍卫欲言又止。

"照实说！"

那侍卫慌得赶紧跪地："小人该死，请殿下息怒。之前因柳家三人出府，大门曾多次开阖，门口值哨的没留意，被一个汉子溜了进来。天太黑，咱们这王府又太大，那汉子一进来，便不知跑到哪里躲着了。大伙把前院各处都搜了个遍，可还是没找到人，没奈何，只得寻到了这里。怕惊扰了贵人，兄弟们没敢将火把点亮，不想还是被殿下察觉了。"

郑贵妃若有所思，上前问道："那汉子怎生模样？"

那侍卫回道："他身量挺高，却蓬头垢面、邋里邋遢的，手里还拖着一条木棍，像个叫花子。"

"拖着条木棍……"郑贵妃与崔文升互递个眼色，"莫非是他？"

朱常洵有些好奇，忙转向郑贵妃："怎么？娘认识那人？"

还没等郑贵妃接言，廊下花丛中竟跃出一个大汉，如苍鹰扑兔般冲上前来，抡起手中木棍，照着朱常洵便兜头盖脸地砸下。

事出陡然，一干人皆没反应过来，全愣在了原地。

那长棍呼啸着破风落下，眼见要击在朱常洵头顶。施长乐伸手急急一扯，及时把他拽退了数步。

"啪"的一声响，那棍头落空，直接砸在朱常洵脚下的砖地上。也不知那棍子是何种木料，非但未折断，反将那地砖硬生生击碎了两块。看到这情景，众人都倒抽了一口恶寒，若这一棍在朱常洵脑袋上砸实了，他只怕要头破血流，横尸当场。

施长乐不敢耽搁，一面将朱常洵往厅里推，一面冲侍卫大叫道："还愣着做什么？快保护王爷和娘娘！"

"拿刺客！"众侍卫回过神来，慌忙抽刀执杖，将那持棍大汉围在中央。

郑贵妃退到厅中，越想越后怕，也无暇理会外面，只是在朱常洵身上反复查看："洵儿，没伤着吧？"

"我没事。"朱常洵脸色惨白，显然也受惊不小，但他的眼睛却一直盯着厅外，向外头那些侍卫下命道，"留下活口，好让本王审问！"

"得令！"

侍卫里不少操着哨棒的，齐齐呼喝一声，当先朝那大汉围攻。那些拿刀的也不甘落后，匆忙中寻不到趁手兵器，干脆抢起巡夜的火把，权当短棒使用。

见朱常洵无伤无损，郑贵妃总算松了口气，对及时护主的施长乐，也不由得生出一丝好感："你这奴才也不算一无是处，念你救主有功，先前教唆王爷的罪过，就先记下，若敢再犯，我绝不轻饶。"

施长乐擦了擦脑袋上的汗珠："多谢娘娘开恩。"

朱常洵目不斜视地望着厅外，嘴里也道："孩儿就说长乐先生不错吧，他还有好些事，是娘想不到的呢。快，那汉子下盘空了，赶紧攻……废物！这都打不着？本王养你们这群废物是干什么吃的？"

众侍卫吃他这通喝骂，越发拼命起来，皆使出浑身解数，将那哨棒、火把暴风骤雨般朝那汉子招呼。那汉子也当真了得，面对这群凶如豺狼的侍卫，左格右挡，前攻后防，竟一时不落下风。

然而独虎再勇猛，也断难敌过群狼。又攻了一阵，那汉子非但没有突围，身上反挨了几棒，气得扯发撕衣，哇哇怪叫："我乃吃斋讨封的除魔金刚，专门打杀小爷那个魔头！你们再敢拦着，我就搬来十万天兵天将助拳！"

听他这一通乱喊，朱常洵等人皆莫名其妙，再仔细一瞧，那汉子确实有些异样，他棍法虽然凌厉，但神志似乎不太清醒，东一头西一头地乱闯乱撞，行迹癫狂，状若疯魔。

施长乐瞧出便宜，便出言诈他，胡乱指了一个方向喊道："那小爷要逃了，你还不去追？"

那汉子居然信了，也不顾身陷重围，大吼一声，急匆匆调头奔去："小爷休走！"

这机会实在难得，众侍卫哪肯放过？几个手脚麻利的赶紧冲到那汉子背后，挥起哨棒向他腿弯狠抽。

几根哨棒先后击到，在那汉子的腿上抽了个结结实实，那汉子禁受不住，双膝一软，当即趴在了地上。

"再打！"

侍卫们欢呼一声，又将棍棒落下。那汉子困兽犹斗，骤然翻了个身，舞棍横扫，竟一连打断了好几根哨棒。

摸着被震裂出血的虎口，侍卫们也杀红了眼，都操着断棒短棍，前仆后继地朝那汉子扑去，登时厮打成一团。

棍棒拳脚，如雨点般落在那汉子身上。起初他还能凭借一身蛮力相抗，后来力气用尽，渐渐难以招架，终被侍卫们制服。

此时，众侍卫也累得筋疲力尽，但仍不敢大意，怕那汉子再暴起反抗，便强打精神，将他抽了腰带，反剪双臂，连骂带攘地押进厅去："请王爷发落！"

朱常洵点了点头，便与郑贵妃等人来到那汉子面前打量。

一见到朱常洵，那汉子又喘着粗气拼命挣扎起来："打小爷！打……"

"老实点！"一名侍卫朝他腰眼上猛踢一脚，其余人也压肩扯头，将那汉子死死按住。

朱常洵反手指着自己："你说的那个小爷，该不会是我吧？"

那汉子眼睛瞪得像铜铃，只是狂吼大叫："我已有了神通，你拿命来吧！"

"什么乱七八糟的？"施长乐上前喝道，"你可知他是谁？"

那汉子喊道："他是小爷，他是我的仇人！我要打死他！"

"这倒怪了。"朱常洵狐疑地看了施长乐一眼，"这人有些面生，咱们之前见过他吗？"

施长乐摇了摇头，又向那汉子问道："你口口声声要打小爷，可那小爷姓甚名谁？你倒说说看。"

这样一来，竟将那汉子问住了。只见他愣了一阵，才嘟囔道："小爷便是小爷，哪有什么名姓？"

朱常洵哭笑不得："今晚是怎么了？刚送走一个傻子，又来一个疯子。"

"你才是疯子！"那汉子怒道，"姜太公已答应了，只要我将你打杀，不但能报仇，他还要封我当护法金刚！"

一直在冷眼旁观的郑贵妃突然开口呵斥道："少在这儿装疯卖傻！真当我不知吗？自打我们离京，你便一直跟在马车后面。我之所以没声张，就是想瞧瞧你要耍什么把戏。说吧，你前来行刺，是受了何人指使？"

"我不会刺什么，我只会使棍，我来就是为了打小爷。"那汉子说着，眼里竟流出了泪水，"那恶人害死了我老婆，可我又不认得小爷是谁……"

他这话越说越让人摸不到头绪。施长乐稍加思索，又向那汉子道："你方才说什么姜太公？"

"姜太公是神仙，他帮我掐指算过了，"那汉子转朝郑贵妃道，"说那小爷就是她儿子，只要我悄悄跟着她，就能报仇了。刚才我躲在花丛中，亲耳听见那胖子叫她娘，你们休想抵赖！"

施长乐恍然，难怪这汉子一出来就奔着福王下死手，原来是这么个缘故。他与朱常洵交换个眼色，又问道："那姜太公到底怎么说的，你就不怕他骗你吗？"

那汉子一瞪眼："神仙怎么会骗人？他还赐我一根法器，那可是天雷炼化过的枣木棍，专打妖魔鬼怪。"

施长乐望了望从他手里缴获的那根木棍，又道："如此坚硬的雷击枣木，也确实难得。神仙是不会骗人，不过人却能假扮神仙……"

郑贵妃打断道："你跟个疯子磨磨蹭蹭地有什么好讲？直接问那'姜太公'怎生模样便是！"

那汉子想了想，道："他挺瘦，头发黑，眉毛却是白的，还老爱眯着眼。"

眯眼、瘦弱、黑发白眉，还欲致福王于死地……这人会是谁？郑贵妃和朱常洵皆皱起眉头，陷入了沉思。

崔文升脑中灵光一闪，忙向郑贵妃道："奴才倒想起一个人来，东宫的那个老伴当，不正是这副模样？"

"你是说王安？"郑贵妃打个激灵，又追问那汉子道，"那人是不是四十来岁，下巴上也没长胡须？"

"我怎知他岁数？可他胡子很长，"那汉子瞥一眼崔文升，"说话倒像他，尖声尖气的像个婆娘。"

"这便没跑了，"朱常洵一拍巴掌，"胡子可以弄些假的粘上去，那尖嗓音却是改不了的，定是王安那厮。"

"那狗奴才敢这般妄为，必是奉了东宫号令，"郑贵妃转朝朱常洵道，"瞧见了吧？就算你想窝在洛阳当个太平王爷，他朱常洛也不肯答应。"

"娘娘说得是，"崔文升也道，"咱们正愁没有把柄，想不到他们竟会自己送上门来。行刺亲王可是掉脑袋的罪过，依奴才之见，不如将这疯汉押赴京师，当着万岁爷的面上去指认东宫。"

郑贵妃心里亦是这般打算，刚要点头，却见朱常洵笑着摆了摆手。

"那样没意思。仅凭一个疯汉的胡言乱语，是扳不倒东宫的。他朱常洛正是算准了这一点，才敢这般肆无忌惮。得了，反正闲着也是闲着，不如和这疯汉再聊两句吧。"说完，朱常洵便走到那汉子面前，居然俯下身去，拍了拍他的肩膀。

那汉子身子一扭，挣扎起来："打！我打死你这害人的小爷……"

众侍卫骇出一身冷汗，拼命将他按牢："这疯子太危险，还请王爷回避些。"

"不碍，"朱常洵手一摆，再向那汉子道，"有仇必报，倒是条血性汉子。只是冤有头债有主，你要报仇，可找不到本王身上。"

那汉子恶狠狠道："你是小爷，我就得找你报仇！"

朱常洵反问道："你之前见过我？知道我是什么身份？"

那汉子又被问住了，吞吞吐吐道："我……我……"

"这便是了，"朱常洵再道，"你被那个'姜太公'骗了，实话跟你说吧，他其实是只老狐狸精，本王之前降妖除魔时，曾将他洞中的徒子徒孙给灭了，他想找本王报仇，自己却没那个本事，所以才要借刀杀人，诓你来找本王的晦气。"

见朱常洵也神神道道地跑起了舌头，郑贵妃等人起初不解，但转念一想，他这般说定有用意，遂都耐下性子，旁观不语。

这招果然奏效，那汉子虽半信半疑，但目光中的敌意减了不少："那是个老狐狸精？怪不得说话尖声尖气。你要不是小爷，那你是谁？"

朱常洵笑道："没听他们都叫我'王爷'吗？本王便是玉皇大帝的三太子。"

"啊？"那汉子一怔，又看向郑贵妃，"我还听他们叫她'娘娘'，那她岂不是王母娘娘？难道这里是天宫？我闯到天宫里来了？"

郑贵妃好气又好笑："这都什么……"

"你猜得不错。"朱常洵赶紧拿眼神制止了郑贵妃，接着对那汉子道，"你抬眼好生瞧瞧，这里无论摆设还是用具，是你在人间所能见到的吗？"

那汉子朝四下张望，顿时被那金碧辉煌的陈设晃花了眼。

朱常洵趁热打铁道："你再想想，如今人间天寒地冻，可这里却鲜花遍地、温暖如春。还有，方才你早就躲在厅外，想来也见识了那群'奏乐神女'，若不是天宫仙境，怎会有这等奇景？"

那汉子虽疯，可他曾在花丛中藏身，亲眼见过那些以假乱真的绢花。那些制作精巧的绢花，就连见多识广的柳家人都难辨真伪，何况他一个疯疯癫癫的莽汉？那汉子本就笃信鬼神，又是一脑子糨糊，听到这儿，脸上浮现出几分惶恐的神色："我误闯天宫，该不会触犯天条吧？可……可都是那老狐狸精骗我来的……"

"别怕，"朱常洵面上肥肉攒动，难得挤出了一团和气，"天界中人，慈悲为怀。我等位列仙班，自然不会与凡人一般计较。放心吧，本王非但不会怪罪，还要为你寻到那真正的'小爷'，好让你大仇得报。"

"真的？有三太子助我，我就能打杀小爷报仇了！"那汉子喜不自胜，正要举手欢呼，方觉两臂被缚，"既然三太子不拿怪，这些天兵天将为啥还要捆着我？"

"是了，"朱常洵一扬下巴，"左右听令，速给这位壮士松绑。"

"这……"众侍卫你瞧我我瞧你，皆不敢动手。

郑贵妃也不放心，拉着朱常洵悄声道："洵儿，不可大意。"

"没事，料他赤手空拳，闹不出什么大乱，一会儿孩儿躲远些就是了。"朱常洵说完，又冲侍卫们喝道，"都聋了？赶紧照本王的意思办！"

"是。"

侍卫们无奈，只得替那汉子解了绑。那汉子揉了揉被捆得酸麻的胳膊，也没去拾丢在一边的枣木棍，身子一转便拔腿要动。

乍给那汉子松了绑，众侍卫便提心吊胆地戒备着，见他一动，皆有些草木皆兵，一股脑地拥上前，扒肩拧臂，又将他死死按住："干什么？"

"我饿了，那桌上好多吃的，我要去吃。"

众侍卫不敢擅专，皆扭脸去看朱常洵，见朱常洵点了点头，这才又把那汉子松开。

那汉子看来是饿极了，径直奔到之前柳家人吃剩的酒菜前，伸出两只脏手，向那些杯碗盘碟中抓去。

趁他大吃大嚼，朱常洵又唤过施长乐来："先生最有办法，你帮本王去套套他的来历。"

"好。"施长乐答应一声，走去陪坐在那汉子身旁，"壮士不必心急，只管慢些享用。"

酒肉下肚后，那汉子的心情放松了不少。施长乐再宽言细语地相陪，没费多大劲儿，便从那毫无心计的疯汉嘴里套出不少话来。他虽说得颠三倒四，但众人连蒙加猜，好歹也大致弄了个明白。

原来这汉子叫作张五，家在蓟州井儿峪。父母双亡，少小离乡，曾跟着一名老和尚学过拳脚棍棒。老和尚死后，张五便投在一家镖局里做事。谁承想去年镖局遇上大变故，生意倒了，张五也没了去处，只得回到老家。在返程路上，张五结识了一名叫小翠的姑娘，一来二去，两人动了真情，回到井儿峪便成了亲。

后来，宫里派人去蓟州黄花山翻修铁瓦殿，因现烧砖瓦，需要大量薪柴。张五听说后，觉得是个赚钱的营生，便砍柴运到黄花山卖。可天有不测风云，有次趁张五外出送柴，一名富家公子竟带了一伙恶奴闯入他家，最后兽性大发，将小翠生生奸污了。

小翠受辱后想不开，用一根麻绳寻了短见。等张五回来，只见到一具冰冷的尸首。遭此惨遇，张五肝肠寸断，想要寻仇，却不知那富家公子来历，光听四邻说随行恶奴皆称其"小爷"，别说名姓住址，就连相貌都没有看清。

张五越想越恨，慢慢发了癫，再后来就遇上了那"姜太公"。"姜太公"赐他法器"疯魔杖"，并指点他怎生寻仇。张五信以为真，便按照"姜太公"的指引，一路跟着郑贵妃的马车来到洛阳，这才有了今夜棍打福王之事。

听完张五所述，朱常洵若有所思，沉吟了半晌，冲身后将手一伸："把他那条棍子呈来，让本王再瞧瞧。"

"是。"一名侍卫越众而出，捡起那条棍子递与朱常洵。

朱常洵接来，横在掌中摩挲一阵，又屈指在那棍身上一弹，竟发出了金玉之声："这条雷击枣木棍状若薪柴，却坚硬如铁，也算难得一见的宝物了。难为东宫那伙人，倒也真舍得下功夫。"

郑贵妃蹙额道："洵儿，接下来你意欲何为？"

朱常洵抬棍指着张五，笑道："对于这位壮士的血仇，孩儿不能坐视不管，打算送他去那'小爷'身边，让他亲手将其杖毙。"

不只是郑贵妃等人，就连那张五都是浑身一颤："你知道小爷在哪儿？"

"本王当然知道，所以才要指点你一条明路。"朱常洵笑眯眯地望着张差，将那条枣木棍向他抛去。

张五伸掌抄来，呼呼抢个棍花，目眦尽裂："三太子快说，我这便去打杀了他！"

"不忙，"朱常洵摆手道，"那小爷的藏身之处，离这儿尚有千里之遥，日后本王自会派人送你过去。其实除了小爷那个主犯，手下那伙恶奴也是帮凶。眼下，那恶奴之一，便化名改姓，正躲在这厅上，你若着急报仇，不妨将他一棍打杀，也好先出上一口恶气。"

张五紧握着枣木棍，指节咯咯作响，瞪着一双血红的大眼，直直扫过厅上众人："是谁？"

"远在天边，近在眼前，"朱常洵遥手一指，指尖的方向居然对准了施长乐，"那个陪你饮酒吃肉的便是。"

"是他？"张五身子一扭，劈手就要去攥施长乐的衣领。

施长乐大惊，赶紧滚身挣脱，又冲着朱常洵高声大叫："殿下，此事可玩笑不得！"

因施长乐方才救过福王，郑贵妃对其也另眼相看，忙向朱常洵低声道："洵儿，这疯汉脑子糊涂，身手却着实不赖，若真让他闹起来，你那长乐先生，怕是性命不保。"

"娘只管耐心瞧着，待会儿你便明白了。"朱常洵说完又抬高了嗓音，朝张五道，"怎么，本王的话你不信？"

"三太子自然不会骗我。好恶奴，还我妻子命来！"张五"砰"地踢翻长案，暴喝一声，扬棍打向施长乐。

"殿下！你为何害我？"施长乐连滚带爬，堪堪躲过几棍，便想扑向朱常洵。

"护好王爷和娘娘！"

众侍卫不约而同地挡在朱常洵、郑贵妃面前，簇拥着他们急急后退。

与此同时，那张五也追了上去，棍头猛地一探，狠狠戳中了施长乐的腰眼。

腰上吃这一下，施长乐登时疼得歪倒在地，还没等他再度爬起，张五的枣木棍已"噗"的一声，砸在他的后脑上。这一棍当真狠辣，直把施长乐打得翻了几个滚。施长乐手脚哆嗦一阵，最后仰面朝上，脑后的鲜血越洇越多，眼见是不活了。

那张五见状，便将那枣木棍一扔，眼中流泪，嘴里却在狂笑："小翠，今日你的血仇算是报了一分……待三太子助我寻到小爷，你就能瞑目了！"

朱常洵招了招手："张壮士怕是累了，你们速速安排住处，带他去歇息吧。"

众侍卫领命，赶紧上前拉劝，将那又哭又笑的张五带下厅去。等他们走后，朱常洵小心避开地上那摊鲜血，朝施长乐身上踢了几脚。

施长乐一息尚存，嘴巴翕张了几下："为……为什么？"

朱常洵居高临下地望着他，冷冷笑道："长乐先生何必揣着明白装糊涂？既然到了这个地步，本王也该改口，叫你一声'郭家公子'了。"

"郭家公子？"郑贵妃一怔，"这到底怎么回事？"

朱常洵缓缓道："娘有所不知，此人在我就藩后，便毛遂自荐投靠了王府。我见他明明干练多谋，却甘心在府中当个下人，就留了个心眼，暗中派人去摸他的底。不得不说，此人的底细着实难查，直教我费了好一番功夫才查出，这位更名换姓的施长乐，正是那郭正域之子。"

郑贵妃将"郭正域"这名字自念了几遍，恍然道："我记起来了，这个郭正域任过东宫詹事，曾是那朱常洛的讲官。"

"对了，"朱常洵领首道，"查明这层关系，我当即猜出这'施长乐'实为东宫眼线，是朱常洛埋在我身边的暗桩。娘之前说得不错，这姓郭的化名入府，就是想以吃喝玩乐来消磨我争储的斗志，故而我非但没有拆穿，反将其重用。原先我有意做些荒唐之举、说些消极之话，自然也是为了让这姓郭的密报东宫，好继续麻痹那自作聪明的朱常洛。"

听到这儿，崔文升不禁赞叹道："殿下这招将计就计，可真叫奴才佩服。"

郑贵妃也点了点头："倒是娘错怪你了。"

朱常洵摆手道："娘说的哪里话？之前孩儿在京师，总是急于求成，这才被东宫钻了空子。来洛阳一年多，孩儿倒是想明白了，要做大事，必须隐忍。所以孩儿耐着性子韬光养晦，陪这姓郭的逢场作戏，就是为了等待机会，好给朱常洛致命一击。天可怜见，这机会总算被我等来了！"

言讫，朱常洵又低下头，满眼嘲弄地望着施长乐："郭公子，你确实是个好管家，本王原不舍得这么快就将你除去，可今夜那疯汉一来，本王便有了反击东宫的法子，怕走漏风声，也只好借刀杀你灭口了。你也别怪本王心狠，当年你爹因效忠太子，险些在'妖书案'中把老命搭上，你却不以为戒，偏要步你老子的后尘，如今命丧于此，也怨不得旁人，要怨，就怨你自己执迷不悟吧。"

施长乐已然开不了口，喉头再"咕噜"几下，终于断了最后那口气息。

朱常洵不再理会那具死不瞑目的尸身，转朝郑贵妃和崔文升道："眼下这暗桩已然拔除，咱们也得好好谋划一下，如何利用那疯汉张五，以其人之道，还治其人之身。"

崔文升想了想，道："那疯汉所说，倒有几分实情。娘娘还记得吧，朝廷确实在那蓟州黄花山上翻修铁瓦殿，咱们翊坤宫的管事太监庞保、刘成，此时便派在那儿当监工。"

郑贵妃点头道："确有此事。"

朱常洵又道："为保万全，咱们还得上些手段，瞧瞧那张五是否装疯。崔公公，之后你再辛苦一趟，去那井儿峪探清张五的底细。若这二事查实，本王就要送他潜入东宫，将那朱常洛杖毙棍底。"

郑贵妃犹自担心："就算那张五所言属实，可他毕竟疯头癫脑，万一失了手……”

“放心吧，”朱常洵胸有成竹道，“此事若成，咱们一劳永逸；要是他失手，也咬不出咱们。你想想，咱们一来是险些被闯门疯汉打死的受害者，二来又没露身份，就算日后追究，就让他们去找什么‘三太子’和‘王母娘娘’吧。至于那张五，将来无论成败与否，咱们都要把他神不知鬼不觉地除掉，最后死无对证，谁能奈我何？对了崔公公，还有一事，你得马上去办。”

崔文升忙道：“殿下请吩咐。”

朱常洵又瞥了眼地上死尸，微笑道：“放出话去，就说有疯汉闯入王府，打伤了本王，本王的心腹长乐先生也在混乱中颇遭重创，不治而亡。府中侍卫忙着救护本王，给了那疯汉可乘之机，最终让他逃出府去，至今下落不明。”

这番安排滴水不漏，郑贵妃心中无比欣慰，轻叹一声道：“洵儿，你真的长大了，不再是原来那个冒失的愣小子了。”

朱常洵哈哈一笑：“孩儿可不敢居功。能有今天这样，还不是全仗娘教导有方？”

第二章 梃击案

翌日天明，福王遇刺的消息便像一阵风，刮遍了洛阳城的大街小巷。

这等涉及权贵的奇闻逸事，素来为民间所喜。一传十，十传百，越传越广，越传越邪乎，就连城门口那瞽目的老乞婆，随口都能扯上几句，什么疯大汉金刚罗汉附体，一脚踹碎了王府大门，又一棍扫倒了五百侍卫，说得有鼻子有眼，就好似她盲眼复明，当夜在福王府中亲见一样。

朱常洵就藩以来，横征暴敛，巧取豪夺，洛阳父老对其深恶痛绝。他们在议论之余，少不得扼腕顿足，皆为那疯汉没能杖毙福王而感到惋惜。

百姓们事不关己，谈论也好，感慨也罢，无非是私下发些牢骚，过过嘴瘾。瞧热闹的不嫌事大，当地官员却是肉跳心惊。这福王爷在皇帝眼中的分量可谓朝野皆知，如今他在洛阳被打，万一龙颜震怒，整个河南官场恐怕都难逃干系。于是乎，豫地的大小官员全慌了神，纷纷从各处赶来请罪慰问，将那王府围了一层又一层。像督抚、布政、按察等大员，好歹还能瞧见王府大门；至于那些府州县的各级官僚，就只能和上司的随从挤在一处，在人圈外踮着脚后跟，提心吊胆地候着。

可甭管先来的还是后到的，莫说见朱常洵一面，连王府的门槛也没能跨进半步。众官员惴惴不安，巴巴等到傍晚，这才有个管事模样的露了面。

有道是"宰相家奴七品官"，更何况是王府中人？那些大员总算见人出来，也顾不上长幼尊卑，呼啦啦将那管事的围在中间，一面亲热地称着"老兄""老弟"，一面将各色打点之物朝他怀里拼了命地塞。

那管事的本是个瘦子，经这通半推半就，前怀登时鼓起个包，活似一只大肚子蜘蛛。既然收了财物，"大蜘蛛"便知趣地向一干官员透露起内幕，说眼下福王已无大碍，只因长乐先生遇害，殿下要为其操办后事，故而在此期间概不见客。

官场中人都身怀眼观六路、耳听八方之能，早就知道那施长乐乃福王爷心腹。众官员假惺惺跟着痛惜一番，又打算借着吊唁之名，想要入府打探。

"大蜘蛛"精明干练，岂会猜不出他们的心思？赶紧把细胳膊细腿齐齐伸开，当即结成一张"大网"，将众官员牢牢挡在外面。

众官员还欲央求，"大蜘蛛"却神秘一笑，嘴皮子上下翻碰，便为他们服下了宽心丸。原来福王爷已有令旨，说这次之事有惊无险，不想再深究了，命大小官员立即回任上各司本职，对下要约束百姓，严禁民间继续传播渲染；对上不得奏报天听，以免惊扰了父皇万岁，令他老人家无端跟着担心。

将这大事化小，正是这帮官员想提又不敢提的，没想到却被福王自己压了下来。"咣当"一声，众官员心中的大石总算落了地，对福王这番"仁孝"之举狠命夸赞了一通，便留下所携的财礼奇药，各自放心散去。

这出闹剧，本就是朱常洵一手策划。他见目的达成，便派人先将郑贵妃悄悄护送回京，崔文升也转道蓟州井儿峪，暗中查证疯汉张五的底细。

在等待消息的过程中，朱常洵没有闲着，变着法儿地试探那张五。或是日夜监视，或是灌酒套话，或是设计恐吓，最后就连严刑拷打都用上了，这才断定那张五并非装疯卖傻。

又过了一阵，崔文升神不知鬼不觉地，再度出现在福王府中。简单向朱常洵请了安，就开始诉说起蓟州之行的所见所闻。

原来"张五"是那疯汉的小名，他大号张差，确是井儿峪人氏，也确是个吃百家饭的孤儿。在他四五岁上，便跟着一位游方的老和尚离开了村子。走的时候没有跟任何人打招呼，乡亲们还以为他被人拐卖，都伤心难过了很久。

再等张差返乡时，身边已有了小翠为伴。村里人原本不知他离村那些年的经历，还是张差在摆婚酒时喝多了，自己说了个一五一十。

那老和尚当然不是什么人贩子，路过井儿峪时，见张差无依无靠，便将其收留，带他云游四海。老和尚会功夫，教了他一套达摩棍法，张差十分喜欢，一直勤学苦练。后来张差大了，老和尚也死了，他将老和尚下葬后，又开始孤苦伶仃地漂泊。

老和尚在世时，还能讨些斋饭供二人勉强度日，可他这一死，张差便没了生计。走投无路时，恰好遇上一家镖局招募人手。镖局的人见他五大三粗，棍法也使得精，当即将他留下。

好不容易有了落脚处，张差格外珍惜。他从趟子手做起，慢慢做到了镖师、镖头。走镖是刀口上舐血的买卖，有次镖局接了桩大镖，本以为能像往常一样平安送达，岂料半路上遇到了悍匪，押车的大小镖师尽数战死。张差的前胸被砍了几刀，后背也让人削下好大一块皮肉，昏倒在地，人事不知。众匪以为他死了，也没去细瞧，只顾拖着镖车走了，张差这才逃得一命。

听到这里，朱常洵心中仅存的疑虑也打消了。之前命人拷打张差时，确实见他身上有不少伤疤，原来是这么个缘故。朱常洵点了点头，示意崔文升接着说。

崔文升缓了口气，便把打探到的消息继续诉出。

那会儿张差从死人堆里醒来后，硬撑着寻到附近的农家，一直养了半个多月才能下地。待赶回镖局时，却发现旧宅院已然易主。原来因失镖之故，镖局变卖了产业，遣散了余下的镖师。

好在走了这些年镖，张差多少还剩下些积蓄。他不想再过打打杀杀的日子，便去原来的住处取了银两，决定先回老家再做打算。在返乡的途中，张差恰巧遇见几个泼皮将一名姑娘围了调戏。他眼里不揉沙子，当即凭借拳脚打跑了无赖。那姑娘获救后，对张差好生感激。这姑娘名叫小翠，本是大户人家的卖身丫鬟，只因当家少爷垂涎她的姿色，屡屡动手动脚，她实在受不了，才偷跑出来。可她举目无亲，没处投靠，只得用带出来的一点碎银子买了把胡琴，走街卖唱为生。

张差亦是无父无母，得知小翠那可怜的身世，不免惺惺相惜，本想教训那少爷一番，小翠却因怕惹麻烦，始终没有说出东家的名姓。但她见张差勇猛可靠，又受其搭救，早已将一颗芳心暗许。如此一来，二人越聊越投机，渐渐生出了好感。

他俩难舍难分，决定结伴同行。时日一久，那点如同火星的情愫，就自然而然地燃成燎原之势。情至浓时，二人私订了终身，打算一起回蓟州井儿峪，过那男耕女织的平淡生活。

等到了家乡，张差又拿出积蓄，在旧址上翻盖了新屋。乡亲们见他成人归来，还领回个漂亮媳妇，纷纷赶来道贺。夫妻二人心里高兴，摆酒宴请了父老后，开始了顺风顺水的小日子。

又过了数月，宫里派人去蓟州黄花山翻修铁瓦殿，因立窑烧砖，需要大量薪柴。张差听说后，便考虑眼下正逢农闲，不如砍柴送到砖瓦窑去卖，也好赚钱贴补家用。

张差身大力不亏，打柴也是把好手，从井儿峪到砖瓦窑百多里的路，他推着柴车昼夜就可打个来回。那日他送柴回来，便见自家院门被从内闩死，外面却围着一帮焦急不安的乡亲。张差预感出事了，也顾不上听乡亲们说什么，撇下空柴车，奋力撞断门闩冲了进去。穿过院内的一片狼藉，众人又匆匆赶到堂屋，竟发现衣衫不整的小翠晃晃悠悠地吊在一根麻绳上，已然悬梁自尽。

遭此祸事，张差悲从中来，从房梁上解下小翠后，抱着尸身便放声大恸。众乡亲也很难过，一面劝慰着张差，一面七嘴八舌的，将所知的事情说了出来。

那天下午，张差送柴未归，家中只有小翠一人。岂料不多时，周围邻居便听见张家院内，居然传出男子的打骂和小翠的哭叫。大伙感觉不对劲，相约赶来张家瞧看，却见张家院外把守着几名恶奴，一名锦衣男子正在院中，拖着苦苦挣扎的小翠朝屋内走去。

见有人过来，那几名恶奴便来踢打驱赶。村里的后生都在外头讨生计，眼下只剩些老弱妇孺，哪里是那伙恶奴的对手？待他们灰头土脸地爬起来时，才想到派人去报官。可村子离县衙很远，还没等官府的人赶至，院内那锦衣男子已将小翠奸污，并以长袖遮挡着面目，在众恶奴的护卫下走了出来。

乡亲们还想上前理论，又吃了恶奴一顿拳脚，管也管不了，拦也拦不住，只能眼睁睁看着他们骑上快马，扬长而去。乡亲们没看到那锦衣男子的模样，却听见众恶奴皆称他"小爷"，还听他说什么小翠原是他家的使唤丫头，这是对她偷跑出来的惩罚。等他们走后，衣不蔽体的小翠立马反锁了院门，谁知竟寻了短见。

再后来，官府的人总算赶到，却因说不出小爷的名姓和面貌，这桩惨案也只能不了了之。四邻见张差可怜，想要替他张罗小翠的后事，可张差谁也不肯用，扛起小翠的尸身浑浑噩噩地出了家门，也不知埋在哪处乱葬岗上了。

回到空荡荡的家中，张差又是悲伤又是悔恨，之前，他也曾问起小翠原来的主家，可见小翠不愿多提那段过往，便没再细究。可如今妻子受辱身亡，他虽知真凶"小爷"就是曾经的主家少东，却不知他姓甚名谁、家住何处。张差越想越是愤恨，遂钻起了牛角尖，不光恨极了小爷，还因乡亲们没有及时救护小翠，而迁怒于他们。一连几日，张差窝在家中号啕泣血、咒天骂地，渐渐地头脑开始不清不楚。又过了一阵，张差变得清醒的时候少，发狂的时候多，经常游荡在村中，挨家挨户打砸，翻箱倒柜地要找"小爷"。

开始时，乡亲们还同情张差家破人亡，都不跟他计较。可被他闹过几通后，大伙皆苦不堪言，只要远远瞧见他的身影就赶紧闭门阖户。张差在村中闹不起来，就疯头癫脑地跑出村去。再后来，乡亲们听说他跟一个"老神仙"走了，从此不知音信。

崔文升带来的这番消息更加详尽，同时也印证了张差之前所言非虚。朱常洵再无他虑，当即把提前谋划好的计策安排了下去。

按照朱常洵的指示，崔文升连夜启程，将张差从洛阳带至京师，暗中豢养在京郊的一处大宅内。唯恐自己身份暴露，崔文升又将庞保、刘成两名心腹宦官从蓟州黄花山抽调回来，命其对张差调教训练，确保行刺之事万无一失。

因张差不知禁中路径，庞刘二人就依照东宫的样子，在那大宅中建了些简易的屋舍、门廊，以供张差演练。不光如此，还托人描摹了太子朱常洛的画像，悬挂于张差寝处，好让他将"小爷"的模样牢牢记在脑中。

张差虽有些疯癫，可心中那份复仇之念却始终澄明。他不知训练自己的二宦是变姓埋名，更不知自己陷入了一个精心构设的圈套中。在日复一日的练习下，张差已将那些曲折复杂的路线熟记于胸，哪怕闭着眼睛，都能轻松避开岗哨，直奔那个被扮成"小爷"的木人前，一棍将其击得四分五裂。

春意阑珊后，夏令又临。过了晴雨均平的芒种，午月端阳已然在望。等到端午那天，家家户户皆要悬挂祛邪消病的艾菖，煮食糯软香甜的枣粽。民间有此习俗，宫中亦不例外。一进五月门，大内的御厨便着手忙活开来，包裹用的箬叶、苇叶要预先晾晒干净，掺入其中的豆沙、松子、胡桃仁也要千筛万选。皇室过节尤为隆重，除去各色食肴外，单这粽子一项，就得分帝后妃嫔吃的、拜神祭祖供的和赏赐近臣贵胄用的。

所需甚多，蒸煮粽子所使的薪柴自然也不能缺少。直到五月初四，外头的杂役仍在将一捆捆木柴运入宫中贮下，以备不时之需。

第二天便是端午佳节，就连太子朱常洛都难得感到几分闲适。他念在郭鲸、薛鳄平素里恪尽职守，便给其提前休了假，好让他俩玩个尽兴。郭薛二人俱无家室，生平所好不外乎饮酒划拳，怕人少清冷，便生拉硬架的，拖上了司更当值的侍卫长韩本用一同出宫，打算喝个痛快。

因太子不受待见，东宫守卫本就不严，这三人再一走，手下愈发松懈。偌大个慈庆宫里，除去朱常洛及其妃嫔子女，就剩了几名年迈的老宦官听候当差。

这一切皆被暗中监视的崔文升瞧在眼里。此等机会可谓千载难逢，崔文升不敢多耽，赶忙报知了翊坤宫。郑贵妃听闻，亦觉这是个良机，自忖无甚纰漏，遂将心一横，命崔文升抓紧操办。

崔文升得了授意，马不停蹄地赶到那处私宅，与庞保、刘成一起动手，将张差打扮成了送柴的杂役。那条雷击枣木棍，也插入了柴捆之中，和一根根木柴浑然一体，几乎瞧不出什么破绽。

出发前，崔文升又从怀中摸出个挂绳竹哨："张差壮士，此物要紧，你将它戴在脖子上吧。"

张差有些不耐："我去打小爷，戴这劳什子做什么？"

崔文升神秘地笑了笑："这竹哨虽不起眼，但可助你脱困。那小爷所居之地好比龙潭虎穴，一旦壮士陷入危难，就将这竹哨含入嘴中连吹三声，到时候，自然会有天兵天将下凡接应。"

"能招来天兵天将？"张差大喜，一把抓过竹哨就要往嘴里送，"那我先吹个试试。"

"不可！"崔文升脸色骤变，连忙拦下，"这法宝只能用一次，吹过之后便不灵了。先贴身收好，等你打杀了小爷再用不迟。"

见他说得郑重，张差信以为真，便把那竹哨老老实实地戴在项间。这番话能骗过张差，却瞒不了庞保、刘成。他二人知道，这崔文升虽是内侍，却懂医术、通岐黄，会炼制各色毒药，那竹哨上定是涂抹了什么要命的剧毒，只要张差往嘴里一塞，当场便会毒发身亡，最终死无对证，其背后的一干人等，就可高枕无忧了。

崔文升吩咐完毕，便提前抽了身。庞保、刘成则带了身负柴捆的张差，匆匆赶赴皇城北门。因他们有入宫的腰牌，看守厚载门的卫兵只当是杂役送薪，也不曾细瞧盘查，大手一挥便放了行。

三人入城后，转道东南，低头快步，直奔东华门而去。沿途难免遇到三三两两的都人小宦，但这阵子入宫送柴的比比皆是，众宫人不疑有他，都以等闲视之。

在抵达东华门前，庞保和刘成尚在盘算该如何混入，岂料一到地方，竟发现那里并无守卫。二宦喜出望外，忙拉着张差进去。

跨过金水河，二宦就不敢再朝里走了。庞保替张差卸下背上柴捆，又将那根雷击枣木棍抽出来递了过去："张差壮士，非是我郑进不仗义，人多惹眼，恐坏了大事，接下来的路得你自己闯了。"

"本就是我自己的事，"张差手攥枣木棍，瓮声瓮气道，"我要亲手将那小爷打死，你们别管了，都走吧。"

边上刘成见状，又指着前面的徽音门道："门内的路径，跟咱们先前演练过的一模一样，待会儿你叫开门，径直冲进去，撞着一个打杀一个，直到打死那小爷为止。对了，事成之后，千万记得吹响那竹哨，好让天兵天将救你出去。"

"我晓得。"张差点了点头。

"很好。"庞保与刘成相视一笑，再向张差拱手道，"那我便和登云兄弟先行告辞，预祝壮士大仇得报。"

说完，二宦便趁着无人发觉，悄然远去。

眼下已是黄昏，天边残阳如血，余晖投在张差身上，将他那条孤独的影子拖得老长。重重的红墙，仿佛一层又一层的樊笼，只身来此行刺，无异于踏入了一片有来无回的死地。又怔立了片刻，张差突然轻叹一声，原本呆滞的眼神居然变得有些哀伤。

此时的张差似换了个人，哪里还有什么疯癫之态？只见他抹了把脸，目光中只剩了坚毅和决绝。张差倒拖着枣木棍，一步一步缓缓向徽音门走去。

天地之间，宫禁之内，皆寂静得有些可怕，只听那棍头摩擦在砖地上，发出"沙沙"的凄响。

风萧萧兮，易水寒，壮士一去兮，不复还；探虎穴兮，入蛟宫，仰天呼气兮，成白虹！

"砰"的一声大响，那厚重的徽音门便被张差一脚踹开。门内一名老太监恰巧路过，被骇得一屁股蹲坐在地上。

"你……你是何人？"

"蓟州张差。"

"来这做什么？"

"闯宫，打小爷！"

"啊？"那老太监脸都吓绿了，拼命疾呼起来，"有刺客！快、快来人……"

张差一个手刀砍在他颈后，将那老太监登时击晕。

老太监的呼喊惊动了第二道麟趾门里的人。然而此时慈庆宫内并无侍卫，留守的几名小宦只得操了顶门棍、扫帚来拦。

张差一言不发，手持枣木棍左抢右打，没费吹灰之力，便将那些小宦尽数击倒在地。张差从他们身上依次跨过，来到第三道慈庆门前，抬手只一推，那门竟应声而开。

这时，两名伤势较轻的小宦趁机从地上爬起，一面大呼小叫着，一面逃到外面求援。张差也不去理会，只是默然合紧了慈庆门，拉上了门闩。

暮色越来越浓，前方影影绰绰的，有一人负手立于殿堂之外。那人素衣长身，正是太子朱常洛。张差迎着他的目光徐徐走上前去，直到离朱常洛数尺方才站定。

二人如同塑像般，皆静立未动。又对视了良久，朱常洛才轻轻道："小翠活得很好。"

张差木然道："我知道。"

朱常洛叹息一声："她怀孕了。"

"什……什么？"张差一潭死水般的心中，猛然荡起了波澜，"她……她真的……"

"你没听错。"

张差浑身颤抖，手里的枣木棍拿捏不住，顿时坠在地上："我……我居然有后了……也不知是男孩女孩？都好，都好……若是个小子，以后我教他拳脚；若是个丫头，可以让小翠教她绣花……"

正说着，门外传来几声焦急的大喊："殿下！殿下！快，撞门进去，快啊！"

朱常洛抬眼一望，又冲张差道："东宫护卫已到门外，你现在还打算出手吗？"

张差如鲠在喉，突然瞪着通红的双目，直逼朱常洛的眼睛："小翠的事，你本可不说的，为什么要告诉我？"

朱常洛缓缓闭上双眼："我亦为人父。接下来，你自己抉择吧……"

张差再一愣神，那门闩便被"咔嚓"一声撞断。冲进来的护卫们一怔，忙向着张差齐齐暴喝："恶贼住手！若敢伤殿下一根毫毛，你必被千刀万剐！"

"舍得一身剐，皇帝老儿也能拉下马！决定了，这一棍，我是非打不可！"

张差将心一横，抬脚挑起那根枣木棍，急急抓在手中抡圆，狠狠朝朱常洛的肩头击去！

"殿下！快抓刺客！"

望着蜂拥扑至的众护卫，张差将枣木棍一丢，仰天狂笑道："吾乃吃斋讨封的伏魔金刚，尔等鼠辈能奈我何！"

这一棍下去，不啻向深潭中投入了一块巨石，登时在朝野内外，掀起了轩然大波。当是时，群臣猜忌，党派倾轧，有的主张彻查幕后黑手，有的要求不再深究，奏疏似雪片般飞入皇宫大内，言人人殊，莫衷一是，较之当年的"妖书案"都不遑多让。

直过了两个多月，这桩轰动一时的"梃击案"，才在朝廷的强压之下，慢慢平息了风波。江阴距离京师千里之遥，消息难免闭塞，故而此时的归游居内芙蕖映水，杨柳成荫，一派祥和安宁。

夏日炎热难耐，为了消暑，徐振之便同许学夷、钱谦益等人利用木脉的机关之术，在后院搭建了一座"自雨亭"。此亭傍水而筑，亭外竖一架水车。水车缓缓转动，将一斗斗清冽的池水逐阶提升，经竹节制成的渡槽流至亭顶，再顺着各角亭檐潺潺滴下。这样一来，亭周宛若挂起一围水帘，不但隔绝了亭外的酷暑，而且滴流悬注，激气成风，使得亭内凉爽如秋、舒适怡人。

不止如此，徐振之还别出心裁，以细铁丝编出几只轮状转笼，每只笼外皆插着数把蒲葵小扇。等这些都弄好后，他又托程五奎寻来不少搬仓腮鼠饲养于其中。别看此种鼠类体型稍小，精力却是异常旺盛，只要它们吃饱喝足，就爱跳跃疾奔。腮鼠一经跑动，足下的轮笼便会被带得不停滚转，笼上小扇也跟着齐旋，继而扇动起阵阵凉风。此物一出，引得众人啧啧称奇，徐振之心中得意，当即命其名为"玉鼠临风"。

汤显祖最是贪凉，自打那自雨亭建好后，便搬来摇椅几凳、时令茶果，恨不得成天赖在里头。值此七月，秋老虎依然肆虐，故而这日晌午，汤显祖耐不住炎热，又拎了"玉鼠临风"来亭中小憩。笼中腮鼠被喂成胖嘟嘟一个圆球，刚一放定，便舒展四爪跑得不亦乐乎。那憨态可掬的样子，着实讨人喜欢。汤显祖美滋滋地瞧了一会儿，这才松了衣带，袒胸露腹地朝那摇椅上一躺。旁边几上早已备好了切成月牙般的西瓜，他眯着眼，一片接着一片，"吸溜溜"将红瓤吞入口中，再"噗噗噗"喷出黑籽，伴着亭外的蝉声蛙鸣，享受起这份凉爽惬意。

正吃着，汤显祖耳朵微微一动，拿眼角一瞥，便见不远处的假山后露出半个浑圆的肚子。汤显祖摇了摇头，笑道："别藏了馋丫头，都快要当娘的人了，怎么还这般调皮？"

话音方落，假山后果然转出了许蝉。只见她挺着个孕肚，一手托着腰，一手打个眼罩，向着四下警惕地打量："我不是躲猫猫，这里就你自己在？"

汤显祖点头道："今日小钱从常熟省亲回来，振之小友和你爹赶去胜水桥迎接了，这大热天的，动辄浑身臭汗，老夫可不想遭那般活罪，就在这儿等他们算了。"

许蝉犹不放心："那阿花呢，她来过没有？"

"她来干吗？"汤显祖不解道，"那丫头奉老夫人之命照看你，你们没在一起？"

许蝉闻言，大松口气："你是不知道，这阵子阿花就像看押犯人似的，我好不容易跑出来透透气。她不在就好，正好能躲个片刻清闲。"

"悠着点悠着点。"汤显祖边说，边将许蝉迎进亭中坐定。

那搬仓腮鼠还在转笼里卖力地跑着，为二人送来阵阵凉风。见小几上还剩最后一片西瓜，许蝉没说二话，伸手便去抓。

汤显祖眼疾手快，抢先将那片西瓜抓在手中："这些都是有数的，你要想吃，自己去厨下拿就是。"

许蝉皱眉道："阿花若发觉我不在，头一件事便是去厨房堵我。老糊涂，你也太不仗义了，在我们这里白吃白住不说，就连这'玉鼠临风'还是振之哥帮你做的，怎么一块西瓜都不肯让我？"

汤显祖面露赧色，手里却抓着那西瓜不愿放："这……尊老敬老是美德，馋丫头，你可不能为了一己私欲，就要跟我这老人家抢食。"

"尊老也得爱幼不是？"许蝉抚摸着自己肚子道，"其实我倒无所谓，主要是腹里孩子想吃。哎呀你瞧，他等不及了，正在肚子里闹呢！被他折腾得我直犯恶心，快些拿瓜过来，好让我吃了压一压。快呀，真要吐了……"

"你就装吧，没听说这么大月份还害喜的。"汤显祖嘴上这么说，心里还是过意不去，只得将瓜让出来。

许蝉刚喜滋滋接过，忽闻亭外传来一声娇喝。

"住口！"

许蝉一惊，心道来得好快，也顾不得什么，赶紧向那西瓜上咬去。与此同时，一个人影蓦地冲入亭中，劈手将那西瓜夺下，令许蝉咬了个空。

不用抬头，许蝉也知来人定是丫鬟阿花，只得叹了口气，埋怨起汤显祖来："瞧你扯七扯八，害得我又吃不成瓜了。"

汤显祖挠了挠头："阿花姑娘，不就一片西瓜吗，为什么不给馋丫头吃？"

"还为什么？"阿花将矛头转向汤显祖，上来便是一通数落，"大夫说过，这西瓜性寒，孕妇是绝不能碰的。汤老爷子，我们老夫人盼这娃娃可是盼了好久，真要有个一差二错，你担当得起吗？"

汤显祖见风使舵，立马将自己择了出来："就是就是，方才老夫也阻拦来着，奈何馋丫头非要来抢。"

阿花不再理他，转向许蝉道："夫人也真是的，我就打了个盹，醒来便不见了人。在厨房扑了个空，吓得我都不知怎么办了，还好在这儿寻到了你。"

许蝉低着头，嘟囔道："成天待在屋里都要发霉了，说是安胎，弄得却像坐牢一般。"

阿花接言道："都是老夫人吩咐的，我们当下人的哪敢不听？其实老夫人也是为你好，眼下多在意些，将来生产时就能少遭些罪。"

"对对对，"汤显祖笑道，"待在屋里，也能安安静静地养性子，省得生个小皮猴子来闹腾。"

许蝉瞪了眼汤显祖，嗔道："墙头草。"

汤显祖只当没听到，觍着脸从阿花手里要回那瓜，刚啃了一口，突然指着亭外道："哟，振之小友他们回来了。"

说话间，徐振之、许学夷和钱谦益已朝这边走来。三人还没到跟前，阿花已迎了出去。许蝉见状，一揞额头，无奈道："娘咧，准是去告我的状了。"

果不其然。听阿花说了前事后，许学夷这当爹的便苦口婆心道：

"蝉儿，爹爹知道你安胎不易，可为了腹中孩儿，还是管住嘴巴为好。"

见岳丈发了话，徐振之这做相公的也连忙上前，拉起许蝉的手苦口婆心："是啊，大伙都是一片好心，你得多多体谅。"

许蝉正要说些什么，忽觉掌心多了几样东西。原来钱谦益从老家带了些特产的蜜饯，徐振之怕媳妇馋坏了，便提前抓了一小把，偷偷塞给许蝉尝个鲜。

阿花眼尖，二人的这番小动作可瞒她不过，遂清了清嗓子，不卑不亢道："非是我拿着鸡毛当令箭，之前老夫人请郎中把过脉，说蝉儿夫人的胎儿有些大，怕生的时候有闪失，这才将三餐的分量酌情减少。二公子若真的心疼蝉儿夫人，就不要变着法儿地给她塞东西吃了。"

徐振之闹了个大红脸，这才讪讪地收回了手。

阿花不由分说地抢过蜜饯，又挽住许蝉的胳膊："怀孕之人禁不得热闹，我先扶蝉儿夫人回房去。"

许蝉扭着头，眼巴巴地看着徐振之，便被阿花架出了亭外。

望着她二人的背景，汤显祖摇头笑道："真是一物降一物啊，没想到这馋丫头，居然会被阿花管住。那啥，小钱还从老家带了特产？快抓几把让老夫尝尝。"

钱谦益将褡裢解下，却置在了一旁："蜜饯不急着尝，倒是有桩要事，先报与几位知道。"

见他说得郑重，汤显祖笑意顿敛："何事？"

徐振之和许学夷也道："难怪看你路上忧心忡忡，究竟怎么了？"

钱谦益反问道："缪昌期缪大人，大伙都不陌生吧？"

许学夷道："这位缪大人不光籍贯江阴，亦是东林清流。我记得他前年中了进士，之后便留在京师，担任那翰林院检讨一职。"

钱谦益点了点头："这趟我从常熟回来，走的是水路，恰巧与缪大人同船。"

徐振之和许学夷皆奇道："我们接你时怎么没见到他？"

"路过他老家长泾镇时，缪大人便先行下船了，"钱谦益叹了一声，又道，"并且眼下缪大人已无官职，重归了布衣之身。"

许学夷一怔："他辞官不做了？"

钱谦益摆了摆手："非是辞官，而是被黜。个中因由，便是我要说的那桩要事了。"他顿了顿，就将从缪昌期那里听来的消息，向三人转述起来。

据缪昌期所言，端午节的头天傍晚，竟有一个名叫张差的刺客闯入东宫，使一根枣木棍将太子朱常洛打伤。令人称奇的是，那刺客貌似还是个疯汉，当他被赶来的侍卫制服后，嘴里还喊着什么"吃斋讨封""效劳难为我"之类不知所云的话。行刺宫禁非同小可，万历帝得知大惊，当即命巡城御史刘廷元提审张差。这刘廷元久经宦海，知此案十分棘手，就想尽早推脱出去。于是他思量再三，在勘语上写下"语非情实，词无伦次，按其迹若涉疯魔，稽其貌的系黠猾，情境叵测，不可不详鞫重拟者"等句。这番话模棱两可，只图不惹麻烦。见了这初审结果，万历帝果然瞧不出名堂，遂把张差移交刑部，令郎中胡士相、员外郎赵会桢与劳永嘉再审。

胡士相等人一见初审卷宗，皆暗骂刘廷元老狐狸。其时郑福一党与太子朱常洛势如水火，那闯宫的张差背后定是有人主使。皇城大内守卫何其森严，若无内应，一个疯汉如何混得进去？然而郑贵妃和福王权势熏天，要是将他们牵连在内，刑部必会惹上麻烦。三人斟酌良久，决定在那"疯癫"二字上做文章，说那张差本以卖柴为生，由于被人误烧了供差的柴草，气极而疯，遂来京城告御状。

结果误入了慈庆宫，因守门太监不肯放行，这才发狂，持所携木棍大闹了一番。

这份供词一出，可谓欲盖弥彰。朝中不乏正直敢言的臣子，认为此案必与郑福相关，皆纷纷上疏，要求彻查幕后主谋。东林党人更是前赴后继，其中有个叫王之寀的刑部主事，刚好负责看守羁押张差的牢房。王之寀虽是个六品小吏，却不畏强权，他先将张差饿了几顿，随后私下提审。这一施压果真又审出些内幕。据那张差招供，他来京确是为了打小爷，并且还有两名太监带路。可当王之寀问起那两个太监的姓名时，却被赶来的上司阻止，审讯亦随之中断。

虽没能问出指使人的姓名，但此案背后有黑手已是板上钉钉。王之寀一面将这情况上报给刑部侍郎张问达，一面把消息悄悄散播出去。万历闻奏，本想留中压下，岂料朝野已然群情激奋。见遮掩不住，万历只得下旨，命十三司会审，以求速速结案。谁知那张差被带上堂后，居然睨视傲语，全无之前的疯癫之状。不光如此，他还当堂招出，指引自己闯宫的宦官便是庞保、刘成，其目的正是为了棍击太子。此语石破天惊，直骇得当日的主审官胡士相推案而起，连呼"不可问矣"。其余会审司官见状，也都不好再发话，遂草草结束了审讯。

庞、刘二人的主子是谁，大伙心知肚明。胡士相虽然想瞒，但悠悠之口难堵。廷议汹汹，愈演愈烈，奏章在龙书案上堆成了小山，万历有心为郑贵妃开脱，却也无能为力，最后实在没办法了，便命她亲自去东宫求情。郑贵妃没想到竟会闹成这般田地，然而事已至此，只好屈尊去找朱常洛哭诉，表明绝无加害太子之心。对于郑贵妃的巧言令色，朱常洛自是不信，可他明白，郑氏背后定是父皇在暗中调停，所以纵使不甘，也唯有让王安拟了一道令旨，只将张差正法结案，勿再株连他人。

朱常洛此举大合万历心意。为了抚慰东宫、平息众怒，万历帝还于五月二十八日那天，在慈宁宫召见百官，当着慈圣皇太后的灵位，上演了一出"父子情深"的戏码。说到动情处，万历眼眶微红，并向群臣一再强调，自己并无废立之心，也希望梃击一案就此收场。

见万历对郑贵妃只字不提，御史刘光复便直言犯谏，结果被当场治罪。缪昌期等东林党人据理力争，一面为刘光复鸣不平，一面奏请就算不究郑氏，也得处治庞、刘二宦以儆效尤。经过他们的努力，万历最终松了口，将判了"斩监候"的刘光复放还老家待罪，也暗中将庞保、刘成处死，只是事后找了个由头，把缪昌期等人罢官贬黜，打发回了原籍。

听完钱谦益所述，许学夷叹道："久居乡野，消息当真是闭塞了。若非受之遇到缪大人，咱们至今仍不知朝中竟出了这般大事。"

汤显祖捋着胡子，点了点头："还好太子爷无甚大碍，不过这皇帝也太偏心了，这等惊天大案，居然这般糊里糊涂地了结了。"

"是啊，"钱谦益也道，"那福王虽就了藩，可皇上却不顾祖制，允他三年一朝见，郑福一党的宠遇由此可见一斑。眼下李太后仙逝，叶阁老亦回乡颐养天年，朝中纵有几个东林清流在勉力强撑，也难改殿下处境之危。"

他们你一言我一语，徐振之却默不作声。打方才起，徐振之便觉此案疑点重重，遂陷入了沉思。

汤显祖与他人又感慨了一番，发觉徐振之还在发呆，不禁问道："振之小友，你在那儿闷声不响地琢磨什么？"

徐振之回过神来："我在想，太子殿下武功匪浅，岂会轻易被人以棍击伤？"

"对呀，太子爷拳脚底子可不弱，就算是老夫，也不敢保证能在三百招内伤了他。"正说着，汤显祖鼻子一皱，嘴巴也陡然大张起来。

见他突然变出个龇牙咧嘴的怪模样，其他人不由得好奇："汤先生怎么了？汤老爷子？汤……"

就在这时，汤显祖猛然打出个响亮的喷嚏："啊……啊啾！"

钱谦益离得最近，被那唾沫星子溅了满头满脸。要知这钱谦益最喜洁净，鞋帮沾了泥点子都受不了，更何况面上被喷了口水？只听他"啊"的一嗓子冲到亭外，赶紧将头脸没入池中，拼命搓洗起来。

汤显祖揉了揉鼻子，感觉有些过意不去，也来到池畔，伸手在钱谦益背上轻拍了几下："小钱啊，老夫真不是有意的。你悠着点儿，别再被水呛着。"

钱谦益又掬水狠搓了几把，这才将脑袋抬起，大口喘着气道："汤老爷子……下回再打喷嚏，你倒是提前招呼一声。"

"一定、一定，"汤显祖刚点了点头，腹中突然咕噜大响，"哎哟，肚子疼……"

也合该钱谦益倒霉，他本是蹲着，下意识扭脸一瞧。谁知汤显祖弯腰捂肚，正好将屁股怼了过来。"噗"的一声，钱谦益只觉一股热流贴颊而过，面前登时被一团臭屁所笼罩。

"汤老爷子，你成心的吧？"钱谦益脸色蜡黄，被熏得摇摇欲倒，若非徐振之和许学夷赶来扶住，险些一头栽入池中。

"人有三急，小钱对不住啊……坏了坏了，要憋不住了！"汤显祖腹响如雷，哪敢再耽？夹着两腿、捂着屁股，径直朝茅厕奔去。

有道是好汉禁不住三泡稀，汤显祖许是贪凉吃坏了肚子，整个下午，不知往茅厕跑了多少趟。好不容易止住泻，他又觉得后心发冷，继而喷嚏不断、鼻涕直流，窝在床上哆嗦了好一阵，总算迷迷糊糊地睡着了。钱谦益遭了这般腌臜事，胃里也一直犯恶心，有气无力地躺在自己屋中，不时干呕两声，好似已去了半条命。

他二人这样，自然也没什么胃口。许学夷用罢晚饭，与徐振之聊了几句闲话，便告辞回家。徐振之在空荡荡的大厅上坐至月上中天，这才百无聊赖地回到跨院偏房。

因许蝉之前小产过，徐家上下格外用心，尤其是盼孙心切的王孺人，不光每日都焚香祷告，还派了阿花来专程看护。按着医嘱，王孺人制定出一套安胎方案，无论饮食起居，还是穿着打扮，皆有章程，可谓事无巨细。

怕影响许蝉休息，夫妇二人还不能同房，于是，徐振之便被赶出了原来的寝处。那寝处本是个套间，如今许蝉居内，阿花居外，中间仅隔了条竹帘，方便有事能及时发现。

窗外虫声愈躁，偏房内愈显得冷清。徐振之在榻上翻来覆去，心头涌上无边的思绪。小两口成婚以来，共患难、同生死，几乎形影未离。徐振之早已习惯许蝉在身边叽叽喳喳，这连月来的分居，着实让他颇不自在。想起许蝉那日渐隆起的肚子，徐振之嘴角不禁泛起一抹微笑；可想到那肚子里即将出世的小生命，他又没来由地生出几分不安。眼见自己就要当父亲了，可如何照料、如何培养，却全无经验。

小知了呢？此时的她，想必也和我一般，喜悦与忐忑交杂，辗转反侧、孤枕难眠吧？

徐振之越想，对许蝉的思念便越是强烈，索性披衣下榻，打算出屋散心。沿着回廊走了一阵，徐振之便来到了许蝉所居的屋后。

他怔怔望了良久，不由得触景生情，轻声吟道："楼上残灯伴晓霜，独眠人起合欢床。相思一夜情多少，地角天涯不是长……"

这等情意缠绵的诗句，若当着外人面上，徐振之断不好意思念出口。可此时夜深，周遭亦不见人迹，他这才大起胆子吐露心扉，以解相思之苦。

岂料那诗还未念完，不远处竟传来一声轻笑。那笑声虽低，但在这万籁俱寂的晚上，仍听得清清楚楚。

有人？

徐振之打个激灵，循声冲到一株老树前，低声喝道："谁在那儿？出来！"

"呃……是我。"

树后慢慢转出一个矮小的身影，借着月光一瞧，竟是程五奎。程五奎拍打了几下衣衫，讪笑道："香主想夫人了吧？方才属下可不是笑话你，只因平日里见香主都是一本正经，难得见你真情流露，就没忍住笑出声来。那诗挺好，真的挺好的。"

徐振之的脸顿时红到了脖子根，赶紧摆手打断："别打岔，你大半夜不睡觉，在这儿做什么？"

"这个……"程五奎支吾半天，才道，"我老程是个粗人，自然不能像香主那样吟诗……对了，我是巡夜到此，听这树后有动静，疑心是野兔子在这儿做了窝，便想掏上一掏。"

"野兔子？"徐振之说着，就要探头朝那树后看。

程五奎急忙阻拦："掏过了，没有，许是我听错了。香主，时候不早了，我送你回去睡吧。"

徐振之越发起疑，绕过程五奎到了树后："我先瞧瞧再说。"

"坏了，要露馅，"程五奎急得直跳脚，"这回怕是瞒不住了。"

"你嘀咕什么？"

徐振之皱了皱眉，再想细问，程五奎却慌得拔脚便跑。好歹一个大老爷们，自己倒逃得像只受惊的兔子。

见程五奎跑个没影儿，徐振之也不去理他，定睛一瞧，发现那树后，居然反扣着一只小瓮。这小瓮不会无缘无故地出现在这儿，徐振之心里这般想着，便上手去推。当瓮移开后，地面上赫然露出个一尺有余的大洞。

这么大的洞，连人都能钻进去，显然不会是野兔子挖的。回想起程五奎那番奇怪的言行，徐振之越琢磨越不对劲，决定跳入洞中探个究竟。这洞足有一人多深，内壁上还挖了条二尺见方的地道，地道里黑漆漆的，也不知通到哪里。

既然下来了，若不弄个明白，徐振之自然不肯罢休，遂将衣摆一掖，猫腰钻进地道。地道内伸手不见五指，摸着却光滑无尘，应是时常有人通行。徐振之手脚并用，匍匐前行，倒也不觉狭窄。只是里头气流不畅，除去泥土的味道外，还混杂着一股油腥，略感憋闷。

摸黑爬了一盏茶光景，前方斜斜地透下几丝微光。徐振之抬手一摸，见是个木盖子，便轻手轻脚地将其移开。

开始时，徐振之还在纳闷，怎么都从地道里出来了，头顶上还乌压压一片？当看到不远处摆着一双绣花鞋时，这才反应过来，竟是跑到人家床底来了。

屋内一灯如豆，多少有些亮光，徐振之在床下拱了几拱，总算将身子放平。可他一扭脸，视线便落在那双绣鞋上，鞋面上一对飞蝉的绣样，正是出自母亲之手。

这不是许蝉的绣鞋吗？这地道居然通向许蝉的房间？

徐振之心里一急，额头竟撞上了床脚，他也顾不上许多，忙扒着床帮探出脑袋。

坐在床上的许蝉正抱着烧鸡在啃，忽听得床底动静，也吃了一惊，赶紧伸头来看。

这二人一个朝上，一个往下，来了个脸冲脸。四目相对了片刻，许蝉当先叫出声来："振之哥？"

可她只顾着说话，却忘记嘴里还塞着吃的，只听"啪嗒"一声，一片鸡肉便落在了徐振之的面颊上。

见徐振之正要将鸡肉甩掉，许蝉急忙捡起投入口中："可别浪费了。你怎么来了？"

徐振之好气又好笑，挣扎着从床底爬出："我还想问你呢，这地道怎么回事？烧鸡又是打哪儿来的？"

"嘘，你小点声，千万别把阿花吵醒了。"许蝉警惕地看一眼外屋，又道，"这事是五奎告诉你的吧？这个程五奎，嘴巴也太松了，都跟他说为保万无一失，连你也要一起瞒着的。"

"你别冤枉人家，是方才他从那头出去，被我发现了，这才顺着地道找了过来。"徐振之这会儿，也猜到了大概，"你行啊小知了，五奎兄弟好歹是掘子军首领，你为了偷吃，竟逼着人家挖地道。"

"我可没逼他，"许蝉又在烧鸡上咬了一口，轻轻咀嚼着，"我不过吓唬他说，若不答应，就把他那宝贝鼯鼠喂了猫。振之哥，看在孩子的分上，求你别说出去。"

徐振之蹙额道："可大夫不是说……"

"反正产期也快到了，还差这几天吗？"许蝉一手攥着烧鸡，一手摸着肚子，"我现在可是一份饭两人吃，就每天那点寡淡的鸟食，根本吃不饱。"

见她说得可怜兮兮，徐振之也不忍苟责："好吧。我不懂安胎之事，但大夫既然那样说了，想来自有他的道理，你最好也注意些。"

"就知道你最疼我，放心，我会注意的。"许蝉说完，笑嘻嘻地拍着床道，"来，快上来坐，好久没和你挨着了。"

徐振之笑着上床坐定，自然而然地将许蝉揽在怀中。许蝉也顺势枕上了徐振之的臂弯，又撕下条鸡肉送到他嘴边："你不尝尝？"

"快吃吧，我不要。"

"那我就不客气了。"

这久违的温馨，令徐振之怦然心动，情不自禁地伏下头去，在许蝉的粉腮上偷了个香。

"还扭扭捏捏的，"许蝉嘻嘻笑道，"把脸凑过来，让我也亲一下。"

徐振之赶紧躲："可别，你那嘴上都是油。"

"敢嫌弃我？"许蝉玩心上来，噘起嘴巴，搂着徐振之脖子便往上凑，"瞧我把油抹你一脸。"

二人这一闹，动静便大了些。竹帘猛然一挑，阿花从外头闯了进来："蝉儿夫人，我听见你的声音，是身子不舒服吗？"

"没……没……"许蝉羞得满脸通红，赶紧从徐振之怀里坐了起来。

阿花揉了揉眼，发现许蝉身侧还坐着一位，吓得打个激灵："啊？有贼！"

"别喊别喊，是我。"徐振之慌忙站起。

"二公子？"阿花怔了怔，似想到了什么，急忙捂住眼睛背过身去，"哎呀，二公子你可真是。蝉儿夫人还带着肚子，再忍不住，你也不能那……那样啊。"

知道她会错了意，徐振之闹了个大红脸："想哪儿去了？没做啥……我们真没做啥……"

"咦，什么味儿？"阿花提鼻子嗅了嗅，突然转过身来，"蝉儿夫人不用藏，我已经看到了，说吧，这烧鸡哪儿来的？"

许蝉怕地道的事被发现，也不知该如何应对，只是咬住嘴唇，望着徐振之不敢作声。

徐振之见状，只得往自己身上揽："烧鸡是我带来的，这事是我的不对，下不为例。"

阿花皱眉道："可外屋的门我睡前顶牢了，二公子又是怎么进来的？"

徐振之随口编了个谎："爬的窗户。"

"那更不可能，"阿花的眉头皱得更紧了，"二公子，你自己朝那窗户瞧瞧吧。"

徐振之扭头一瞧，暗暗叫苦。原来为防止有人给许蝉送吃的，内屋仅有的一扇窗户，也早已被几条木板封死。

"这个……这个……"饶是徐振之能言善辩，此时也无言以对。

"二公子不说也没事，反正屋子就这么大，我迟早会找出来。"阿花说完，将烛台取在手中，四处照了起来。

许蝉急道："阿花，我有些犯困，你别折腾了，快出去吧。"

阿花头也没回，打开衣橱瞧了瞧，又去翻柜子："蝉儿夫人刚吃了烧鸡，不宜马上入睡。二公子借光，让我瞅瞅床底下。"

徐振之与许蝉互视一眼，心道这阿花当真了得，居然没几下就发现了端倪所在。

"那床底积尘太多，还是不必看了……"

"哎哟阿花，我肚子疼！"

"蝉儿夫人稍加忍耐，等我瞧完了床底再说。"阿花用烛台伸在床下一照，冷笑道，"果然有猫腻！"

许蝉又急又慌，央求道："好阿花，我送你支钗，你别跟老夫人告状了。"

"夫人这般说，把我阿花当成什么人了？二公子，你也回房吧，这种事我可不敢擅专，等天亮后，我自会禀明老夫人，请她来定夺。"阿花把吃剩的烧鸡一拎，转身欲走。

"完了，我的好日子到头了……别走，你先别走啊！"许蝉想去捉她胳膊，岂料动作大了些，牵动了胎气，"哎呀，好疼……"

阿花刀子嘴豆腐心，见许蝉疼得脸色都变了，登时急出了眼泪。她自小跟着王孺人长大，老夫人是她的主心骨，此时没了主意，脱口就道："蝉儿夫人别怕，我这便去叫老夫人！"

一听"老夫人"三字，许蝉更是急火攻心，眼前一黑，竟昏了过去。

"小知了！小知了！"徐振之搂着许蝉，朝阿花埋怨道，"都什么时候了，你还吓唬她？"

阿花哭着道："我的意思是，去找老夫人问问怎么办啊。"

"我娘知道了也是徒增担忧，别惊动她，直接找大夫！"

"对，得找大夫，那我这就去！"

阿花一出归游居，便碰上了院外巡夜的掘子军。得知香主夫人出了事，程五奎等人也是心焦如焚，他们嫌阿花脚力慢，就自告奋勇要去镇上请大夫。一群人抬脚就奔，争先恐后，一只野猫本趴在树上睡觉，被这阵势一惊，生生吓得掉落下来。

程五奎等人风风火火地赶到医馆，汗都顾不上擦，便咣咣咣地门。可眼下后半夜，正是人睡意最浓的时候，那大夫在内宅梦着周公，压根听不见前边的响动。

见叫不开门，程五奎大手一挥："搭人梯！"

"好！"

待几名手下顺墙摆好架势，伍有德二话不说，踩着他们的后背便翻过墙头。等大门打开，其他人一拥而入，大呼小叫着朝后院去寻那大夫。

程五奎等人本是草莽，这些年在徐振之的管束下多少学了些礼数。然而如今事急，他们的本性便露了出来，什么叨扰，什么见谅，全都忘到九霄云外，找到地方后，便一脚踹开房门，将那只穿了条裤衩的大夫从被窝里揪了出来。

那大夫开始还以为遇上了强人劫舍，吓得直喊"大王饶命"，还是伍有德耐心解释了半天，他才慢慢回过魂来。既然不是歹徒，那大夫胆子就大了起来，一面穿好衣服，一面冲几人不住地数落。见他拖拖拉拉，程五奎哪里还忍得住？当即让手下扛了便走。伍有德心细，又跑去前厅找来药箱，背在身后与众人匆匆赶往归游居。

这一来一回，路程可不算短，饶是程五奎和兄弟们一歇未歇，到了归游居后，天色也已然泛亮。女眷寝处，外人不能随便乱闯，所以他们将那大夫往许蝉房前一放，扔下药箱便一哄而散。

此时许蝉已然醒转，大夫进屋替她把了脉，发觉无甚大碍，便嘱咐了几句，开了些安胎的方子。

弄好这些，那大夫又向徐振之告起了掘子军的状。徐振之脸上青一阵白一阵，赔了好些不是，又多给了不少诊金，才把大夫客客气气地送出了门。

那大夫背着药箱走出几步，一棵树后，却转出了神色萎靡的汤显祖："这位郎中，请借一步说话。"

"你想做什么？"那大夫一朝被蛇咬，十年怕井绳，以为这老头也是掘子军一伙，不免有些忌惮。

汤显祖有气无力地招了招手："老夫怕是得了什么要命的病，想请你帮忙瞧瞧。"

"瞧病？"那大夫放下心来，便翻翻眼睑，瞅瞅舌苔，最后在他脉上一搭，"没啥大毛病，就是贪凉染了风寒，贪嘴伤了肠胃。"

"不能吧？"汤显祖犹不放心，"老夫向来体健，就算偶有小恙，歇息一晚也便生龙活虎了。可今早起来，还是头晕腹痛，力气也不比从前。"

"老爷子，咱都啥岁数了，还当自己是壮后生呢？上了年纪就这样，身子骨一日不如一日，得服老啊。有道是病来如山倒，病去如抽丝，好生歇养几天，不用多想。"那大夫说完，紧了紧药箱带子便要走。

"留步留步，"汤显祖扯着他的衣袖不肯放，"你有所不知，老夫可是习武之人，我们练武的……"

"你们练武的怎么了？"那大夫皱着眉头打断，"练武的就能不老不死，百病不侵吗？"

汤显祖毕竟有求于他，赔着笑脸道："老夫是真感觉身子大不对劲，要不你帮着开个方子，老夫自己去抓点药喝？"

那大夫被折腾了半宿，心里窝着火，听汤显祖还在喋喋不休，实在忍无可忍："这不胡闹吗？我都说几次了，你那点毛病歇两天就好，用得着乱开方子？非得浪费汤药？"

吃这一训，汤显祖有点蒙，前面的话没怎么入心，就听见"浪费汤药"这四个字了，自念了两声，脸色大变："什么？老夫这病……连喝药都不管用了？"

那大夫见他这样，也觉方才的话说重了，忙解释道："老爷子想哪儿去了？你没大事，从今往后，该吃吃，该喝喝，怎么快活怎么来，懂了吧？"

汤显祖彻底傻了："该吃吃，该喝喝，怎么快活怎么来……"

那大夫笑道："这就对喽，别钻牛角钻，凡事要想开一点。好了，把袖子松开，我得走了。"

汤显祖手掌一松，整个人似矮了一截，直到那大夫走得没影，还怔怔立在原地，琢磨着那句"凡事想开一点"。

因大夫嘱咐过，孕妇越是接近临盆，越要适度地活动才好。故而许蝉又躺了一会儿，徐振之便扶着她出屋散步。二人刚出来，就瞧见了汤显祖，遂打起了招呼。

连叫了几声，汤显祖才回过头来。见他脸色很差，徐振之便关切道："汤先生昨日跑肚拉稀，歇了一宿，今天应该好些了吧？"

"倒是不拉了，"汤显祖有些魂不守舍，"馋丫头，听说你动了胎气，眼下如何了？"

"没大事，"许蝉叹了口气，"只是那大夫瞧了我的食单后，又把仅有的几样好菜给划掉了。唉，这也不能吃，那也不能吃。"

"知足吧，"汤显祖也重重地叹了口气，"方才那大夫也替我把过脉，你猜他说啥？他让老夫想吃点什么，就吃点什么。"

许蝉看了徐振之一眼，挠头道："这话我怎么听着这么别扭呀？"

"瞧，连你也听出弦外之音了吧？老夫还央他开个方子，结果他却说，不要浪费汤药。"汤显祖瞥一眼许蝉的孕肚，"说老实话，老夫还没活够呢，好歹要撑到这小家伙出生啊。"

许蝉道："大清早的说什么丧气话？你身子骨硬朗得很，过百岁怕都打不住。"

徐振之也道："汤先生，你准是想歪了，人家大夫压根就不是

84

那意思。"

汤显祖摆了摆手："你俩不用安慰我，那大夫有句话说得倒对，凡事要想开一点。行了，你们接着散步吧，老夫身上又没劲了，得回屋躺躺。"

"汤先生……"

"不提了，老夫能想得开。"汤显祖背过身去，失魂落魄地走远了。

夫妇二人绕着后花园，慢慢溜达了几圈，这才往住处折返。谁知刚到地方，便见王孺人立在房前训话，程五奎与一众手下也站在对面，都耷拉着脑袋，像一群犯了错的孩子。

许蝉心里"咯噔"一声，就想拉着徐振之避避风头。还没等二人转身，已被王孺人发现。

"振之、蝉儿，你俩来得正好。"

二人走不了，只得赔笑上前。给王孺人问安后，许蝉又悄悄扯一把阿花衣角，埋怨道："你不是答应不去告状了吗？"

阿花赶紧摇头："我、我没有……"

"阿花，我派你来照顾蝉儿，就是看中你做事讲章程、守规矩，可你倒好，出了这么大的事，居然还想替他们瞒？"

"老夫人，阿花知错了，日后再有什么事，我保证头一个通知老夫人。"

"这还差不多，"王孺人说着，抬眼在程五奎等人身上扫过，"其实这事哪用阿花来报？你们几个昨夜去抢大夫,闹得鸡飞狗跳,镇上早都传开了。"

程五奎嘟囔道："我们那不是着急嘛。"

王孺人道："再着急也不能翻墙抢人。人家街坊还当碰上了绑票的，天一亮就去报了官。好在那大夫回去后，自己到衙门说清了这事。你们呀，叫我说点什么好？"

徐振之打起了圆场："娘说得是，我也跟那大夫赔过礼了……"

"还有你，振之！"王孺人又道，"若不是你给蝉儿送烧鸡，他们能去医馆抢人吗？娘是过来人，对蝉儿比对自己闺女还亲，我难道会害她不成？吃得越多，胎儿越大，生产时会有危险的。你平时挺明白，这种事上怎么犯起了糊涂？"

见徐振之挨骂，程五奎忙道："老夫人，那烧鸡是我送的，与香主无关。"

王孺人好气又好笑："你倒讲义气。我一瞧那地道，就知这事跟你少不了干系，振之他没那手艺。五奎，你们搞那什么土脉，在外头爱怎么挖就怎么挖，可把地道挖到蝉儿房中算怎么回事？你们一个个都老大不小了，也该收收心了。瞧人家有德，心细本分，又肯踏实学东西，所以小芳那丫头才看中了他。"

听到这儿，程五奎和手下开始打趣："我们嘴笨，可学不来有德兄弟那些肉麻的情话，还是当老光棍好，没人管，多自在，也不用没事就去老丈人家献殷勤。"

伍有德脸一红："你们说你们的，扯我干吗？"

"说说还不让了？"

"就是，我们偏要说！"

众人越说越来劲，许蝉最爱凑热闹，也跟着起哄架秧子。好好的训话，弄得跟唱戏一般，王孺人气得直捂胸口："太不像话了。汤先生呢？我找他去，让他管管你们。"

"汤先生有些不舒服，此时正在房中歇养，还是不去打扰为好。"

徐振之劝住王孺人，又冲兄弟们道，"都少说两句！"

程五奎等人齐齐闭嘴，顿时鸦雀无声。

徐振之向王孺人道："现在安静了，还请母亲示下。"

王孺人叹道："你也不用给我戴高帽。多余的话不说了，振之，你带着五奎他们速去将那地道填平，此后也不准再给蝉儿偷送吃的。阿花，打今日起，你从外间搬到里间，哪怕是夜里，都不能让蝉儿离了你的眼睛。"

许蝉忙道："那多麻烦呀，我保证没有下次了。"

"若有下次，我这老太太亲自搬来守着你。好了，蝉儿你也歇着吧，其他人该干什么便干什么。"王孺人说完，径自离开。

徐振之拍了拍程五奎肩膀："别愣着了，你们快去填坑吧。"

程五奎道："老夫人不说一起吗，香主你干啥去？"

"汤先生怕是犯了疑心病，我得瞧瞧去。"

还真被徐振之说着了，汤显祖这疑心病犯得可是不小。徐振之劝完，钱谦益劝，就连许学夷来了都没管用。也不知汤显祖哪根筋搭错了，非说自己得了不治之症，唉声叹气，茶饭不思，还闹着落叶归根，说要将一把老骨头埋回老家临川。

见他折腾成这样，徐振之等人也起了疑，慌得又去找那大夫仔细打听，方知确是汤显祖会错了意。然而汤显祖先入为主，以为那是众人合伙给他吃"宽心丸"，再提心吊胆挨过几日，发觉自己又跟原来一样能吃能睡，这才放下心来。

经历这遭后，向来大大咧咧的汤显祖，居然琢磨起养生来。什么饭不过饱、凉不入腹，就连最喜欢的大肘子也忍住不碰，换成了清淡的五谷菜蔬。除了饮食外，汤显祖还硬把身上的懒筋给拔了。

按照以往，他是能躺着就不坐着，有时候因为贪睡，能赖在被窝里直拖到日上三竿。可现在，汤显祖起得比那报晓的雄鸡还早，天刚蒙蒙亮，他就翻身下床，或是打坐吐纳，或是活动拳脚，倒真有几分修仙成道的意思。

这日清早，汤显祖又在院里打起了太极拳。刚演了几通，就见一个拎着花篮的姑娘走了进来。他认得来人，便打起了招呼："小芳丫头，你怎么来了？"

那小芳将手里花篮晃了晃，笑道："我见外头花儿开得正艳，便采了些来，想让蝉儿姐也瞧瞧。汤老爷子，我听说你老人家前两天还寻死觅活的，如今看起来可精神多了。这就对了，凡事向好处想，别总自己吓唬自己。"

汤显祖脸上有些挂不住，忙口是心非道："老夫可不是怕死。"

"怕死怎么了？"小芳乐道，"上了年纪的人若怕死，说明是享福了，我爹这毛病可比你厉害多了。以前我家穷时，他总把那'死'字挂在嘴边，说早知当年就跟着我娘去了、死了就解脱什么的。可如今我们那烟花铺子生意好了，他立马变得惜命起来，别说那个'死'字，就是'老'呀、'没'呀、'亡'呀都听不得呢。"

汤显祖犹自嘴硬："老夫我走南闯北，什么大风大浪没见过？能和你爹一样吗？"

"成成成，汤老爷子天不怕地不怕，越上年纪，胆子越大！"小芳笑着说完，又指了指正屋，"那老爷子你接着练拳吧，我得瞧蝉儿姐去了。"

"去吧，"汤显祖笑眯眯地点点头，"嗯，这丫头真是不错，伍有德那小子有眼光。"

这阵子阿花看得更紧，许蝉险些憋出毛病，一见小芳到来，喜不自胜，当即就要下床来迎。

"快躺好，"小芳急忙上前扶稳，"蝉儿姐，我几日没来，你这肚子又大了不少。呀，还在动呢，想来快生了吧？"

许蝉微笑道："怕就是这两天了。你还采了花？快让我闻闻。"

"就知道你喜欢，"小芳把花篮递过，"这种花花期不长，既然你出不去，那我便专程采来让你瞧。"

"鬼丫头，跟你蝉儿姐也不肯说实话？"许蝉打趣道，"你给我送花是顺道，瞧你那情郎才是专程。"

被戳中心事，小芳脸上登时浮起一层红晕："好心送花，却被你取笑，早知道我就不来了。"

"这有啥好羞臊的？"许蝉将花篮放在床头，拉起小芳的手，"男大当婚，女大当嫁，你与伍有德两情相悦，旁人还羡慕不来呢。"

小芳咬着嘴唇道："说真的，我这心里头还是没底，他对我爹还挺热情，对我好像却不怎么上心。"

"傻小芳，"许蝉笑道，"他对你爹热情，还不是为了讨好你？你还怕他相中了你爹不成？"

小芳恍然道："也对呀，那我就放心了。其实我也不多求，只要他能像二公子对你的一半就够了。"

听她夸赞夫君，许蝉暗自得意："小伍也不差，人长得精神，脾气也好。我老听振之哥说他好学上进，不光会土脉的本事，还常去我爹爹那里请教什么机关之术。"

小芳点点头："爱琢磨东西倒是真的，他这阵子还在跟我爹研究，说是要造个七宝烟花出来，等你们小宝宝出生的那天放。"

"那我先谢谢他。"许蝉说完，又道，"对了，你们的婚事也该定下日子了吧？振之哥曾说，小伍老家没人了，到时候聘礼啊酒席什么的，由他来置办，保证不失体面。"

小芳摇头道："那还早呢，我们连手都还没牵过。"

"他不来牵你，你就不会主动些？咦，外头怎么这么热闹？阿花，阿花！"

"来了。"阿花答应着，从外间进来。

"我听外面乱哄哄的，是不是来人了？"

"蝉儿夫人耳朵可真尖，是来人了。方才我出去打水，刚好见二公子他们迎了三人回来，此时都在自雨亭说话呢。"

"那三人怎生模样？"

"都是京城口音，有两个我瞧着有些面熟，一个大嘴，一个大眼，都牛高马大的。"

"难道是他们来了？"许蝉一喜，追问道，"你说的大嘴大眼，是不是曾在几年前，深夜用轿子去抬过老夫人？"

阿花一拍巴掌："还真是，怪不得我总觉得见过。"

许蝉招手道："快快，阿花你扶我起来，他们我必须见上一见。"

小芳见状，也站起来道："既然有客，那我就先回了。"

许蝉逗她道："不等你那情郎了？"

"蝉儿姐又来取笑，赶紧见客吧！"

许蝉猜得不错，那三人果是郭鲸、薛鳄和太子朱常洛。他们一面饮茶，一面与徐振之、汤显祖等人谈笑风生。

一见许蝉，薛鳄当先迎出亭外："徐夫人，咱们又见面啦！"

他嗓门本就大，重逢激动下，这话便似吼出来一般。许蝉清楚他的脾气，倒没觉得什么，反是边上阿花被吓得打个哆嗦，不禁后退了半步。

"瞧这老三，徐夫人有孕在身，你说话少使点力气，别把孩子惊着。"郭鲸也笑着走上前，冲许蝉施了一礼，"徐夫人，别来无恙。"

许蝉满腔开心，溢于言表："郭二哥，薛三哥，真是有日子没见了。你们没大变样，还是那般英武。"

郭鲸使了个眼色："那位还巴巴等着呢，咱们过去再聊？"

"好！"

送许蝉进去后，阿花就识趣地退至亭外相候。朱常洛见许蝉也不开口，只是冲着自己乐，便干咳两声，从怀里掏出一副纯金打制的小手镯："来得匆忙，也没备什么，就把我随身的一点小玩意，送给那快出世的孩子吧。"

许蝉接来一瞧，"扑哧"笑了："哥，你能专程来看我，我就很高兴了。"

这一声"哥"，直接把朱常洛叫蒙了，他怔了半晌，才道："别乱叫，在外不宜这般称呼。"

许蝉笑得更欢了，在亭内指了一圈："你是出门在外，可我这儿却都不是外人。"

"随便你吧，"朱常洛定了定神，又变成了那副冷冰冰的模样，"还有，这趟我也不是专程。只因前几天去福州找叶阁老议事，回来的路上恰巧经过江阴，便顺道来见见振之兄、许夫子和汤先生他们。"

话音方落，郭鲸和薛鳄没憋住，险些将喝到嘴里的茶喷出来。见朱常洛一瞪眼，郭鲸忙擦了擦嘴："是是是，常老大原要急着回京，我和老三却有些疲惫，见江阴到了，就硬拉着他过来，一来见见你们，二来也好歇歇脚。"

他这番话显然是给朱常洛打马虎眼，徐振之与许学夷相视一笑，钱谦益也心照不宣。汤显祖最喜促狭，偏要点破："太子爷也太不坦诚了。馋丫头，那镯子让老夫过过眼。"

"给。"许蝉抿着嘴，将小金镯递去。

汤显祖打量几眼，故意道："这可是难得的宝贝！别说民间，放在宫里都算稀罕物。稀罕的倒不在用料，而是这工艺。你们瞧，为了不压手腕，这镯身皆以金线镂空编成，每条金线都如虾须子那般细，可是正宗的'虾须软金镯'啊！"

朱常洛面无表情地点了点头："汤先生好见识。"

"这种镯子不但费工，而且费时，不是十天半月就能赶出来的。并且……"说到这儿，汤显祖有意顿了顿，"馋丫头，老夫瞧你早憋不住了，接下来你说吧。"

许蝉笑道："并且这镯子的尺寸，一瞧便是给小孩子戴的，咱们的太子殿下出门，却要随身带副娃娃的玩意，不真是奇哉怪也？"

朱常洛虽被揭穿，却兀自嘴犟："我懒得跟你们解释。郭鲸，你来讲。"

"我？"郭鲸愣了一下，继而胡编起来，"这镯子……这镯子本是校哥儿小时候戴的，常老大这趟出来带着它，是为了……是为了想皇孙时，便拿出来看看，以解对校哥儿的思念。"

"郭二哥，你变了，"许蝉感慨一声，"原来挺老实的一人，现在却……"

郭鲸叹口气，悄声道："别提了，还不是被那位给逼的？"

许蝉正想再说，腹中突然一阵疼挛，顿时弯腰捂肚，脸色惨白。见她这样，亭中众人慌了神，阿花也顾不上许多，急急从亭外奔来："蝉儿夫人，你怎么样？"

"不打紧，"许蝉怕众人担心，努力挤出个笑来，"许是站久了累着了，你们聊吧，我先回屋躺躺。"

见许蝉离开时，面上多少恢复了些血色，大伙总算安心下来。郭鲸怕朱常洛又要自己圆谎，便拉着薛鳄去洗马喂料，借此躲开了。

余人再用了几道茶，朱常洛又起了话头："我入村后，见田间架着筒轮戽斗，河里行着桨轮车船，就连水塘边洗衣的妇人都用上了捶捣衣物的小机关，这些想来皆是得益于五脉之能。"

"咱们五脉暂无用武之地，只能在这村中韬光养晦，捎带帮乡亲们省点事。"汤显祖说完，又想起了梃击一案，可直接问也不合适，便旁敲侧击道，"太子爷，我们久居乡野，外头的事所悉不多，不知朝中近来可有大事发生？"

也不知有心还是无意，朱常洛避开"梃击案"未谈，先说了另一桩事："虎墩兔这人，汤先生可曾听振之兄提起过？"

汤显祖道："就是拉着振之小友结安答、拜把子的那个蒙古大汗吧？"

"不错，"朱常洛点头道，"这虎墩兔痴迷叶赫美女东歌，近几年因依附大明，势力壮大不少，便同那建州努尔哈赤明争暗抢，屡屡致信东歌之兄——叶赫西城贝勒布扬古。布扬古两方都不敢得罪，被逼无奈，便亲自带着东歌来朝，想让我大明定夺。"

钱谦益对那"草原第一美女"十分神往，不禁插话道："这么说来，殿下已见过东歌了，那女子果真有倾国之貌？"

朱常洛哼道："确有几分姿色。然而模样再好，也不过祸水红颜。"

许学夷沉吟半晌，也道："建州欲迎娶，蒙古要下聘，无论给哪一方，另外一方都必会恼恨，那布扬古是把一块烫手的山芋，送到大明来了。"

"许夫子所言，正是我当时所虑，"朱常洛继续道，"若把东歌给了努尔哈赤，建州、叶赫便成联姻之势，恐不利于我大明。若给了虎墩兔，努尔哈赤心中不服，必会发兵争抢。眼下察哈尔已与大明结盟，我不想虎墩兔为了一个女人而陷入灭族之危，所以思来想去，就将东歌许配于喀尔喀部达尔汗长子——莽古尔岱。"

徐振之道："我曾听虎墩兔说起过草原各部，如今那喀尔喀自立为政，并不承认察哈尔为共主。此举对察哈尔而言，堪称以邻为壑，只是那虎墩兔痴恋东歌，怕是不能理解殿下的这番苦心。"

"虎墩兔答应了。不止如此，他还专门拨了一队人马，护送东歌去喀尔喀完婚。"

"什么？"徐振之简直不能相信自己的耳朵，"当年虎墩兔为了东歌，不惜亲自去刺杀努尔哈赤，如今居然肯将东歌拱手让人？"

朱常洛微微一笑："开始他闹过一阵，后来我定了一计，让东歌放出口风，说要嫁的人必须真正爱她，绝非贪恋她的美色。"

汤显祖老于人情，也见多了世态："古往今来，多少怨女含恨？年轻貌美时，仰慕者趋之若鹜，皆口口声声说是真心相爱。可等她人老珠黄了，再瞧那些人在哪儿？"

"汤先生高见。所以我为了令他们望而却步，便让东歌自毁容颜。"

余人皆是一惊："自毁容颜？"

"有客印月的手段，那东歌自然也不必真的破相。印月在她面上做出几道刀痕，扮成脸被划花的假象。努尔哈赤的使者一见，当即打了退堂鼓；虎墩兔倒是挣扎了良久，最终还是放弃了，或许是为了弥补心中愧疚，这才派人护送。"

钱谦益感慨道："那莽古尔岱闷声不响，倒捡了个大便宜，何其幸哉。"

徐振之对梃击一案尚有颇多疑惑，见朱常洛不提，索性开口去问："殿下，我还听闻，曾有个叫张差的刺客大闹东宫？"

"张差是化名，"朱常洛说着，手指蘸着茶水，在桌上写了一字，"他其实叫张豺，豺狼的豺。"

"豺？"徐振之一怔，似想到了什么，"莫非……他是净武堂的人？"

这净武堂的前身乃三堂争霸，分为镇山、翻江、御风三组，每组的高手，皆以凶兽猛禽冠名，那刺客名中有个"豺"字，想来应是镇山堂出身。三堂争霸被取缔后，陈矩将剩下的人重组成净武堂，训练成效忠朱常洛的死士。既是太子的手下，自然不会为郑福一党卖命，所以那梃击一案，其中必有隐情。

"一点就透，果然机敏，"朱常洛也没否认，轻叹道，"其实我也料到了，那桩'梃击案'能瞒过天下人，却唯独瞒不过你。猜得没错，那的确是我与张豺合唱的一出苦肉计。"

汤显祖不解道："那太子爷图什么？"

"所图也不多，只不过想借此案，换几年安稳日子罢了。"朱常洛顿了顿，便把其真实用意道出。

原来，那福王虽然离京，但其党羽遍布，争储之心仍然不死。朱常洛恐他躲在洛阳暗中搞鬼，就想在他身边安插眼线。正寻找合适的人选时，恰逢郭侍郎的公子毛遂自荐，朱常洛考虑再三，便派他去了。

开始一切顺利，可后来根据郭公子的密报，朱常洛隐约感觉不对劲，怀疑福王早已觉察其卧底的身份，却故意不去点破。想到这层，朱常洛只能再出对策，从净武堂中挑选了张豺，利用他的身世，另做文章。

张豺确是井儿峪人，但当年收留他的并非老和尚，而是三堂的探子。为把事情做得滴水不漏，朱常洛将一名贴身的婢女赐于张豹为妻，让他们回到蓟州老家，向乡亲们散播这些年在外的"际遇"。而后又派人假扮恶少小爷，将张豹逼得"家破人亡"。那婢女自然是假死脱身，之后便被朱常洛送到别处安顿。

这一切，都是为了防备福王日后打探，如今的福王，可不再是那个愣头小子，他若不查实，断然是不肯出手的。再后来，郑氏乔装去洛阳，张豹便以疯汉的模样，跟着去大闹福王府，这才引得福郑一党上了套。

听罢因果，汤显祖又问道："既然那张豹能混进福王府，一棍将那朱常洵打死岂不更省事？"

朱常洛摇头道："若将他打死，父皇必会彻查，到时候遮掩得再好，也难免露出蛛丝马迹。并且我与他终归是亲兄弟，只求他不来惹我，不愿真的伤他性命。"

得知这来龙去脉，徐振之叹道："经此一案，郑福一党聪明反被聪明误，暂时不敢作浪兴风。皇上为了息事宁人，也在群臣面前表明态度。殿下防微虑远，堪称算无遗策，只可惜搭上了张豹和郭家公子两条好汉。"

许学夷也点了点头："朝中那些东林清流不知内情，为了维护殿下，不惜触犯天颜。如此忠良，眼下被流放的流放，罢官的罢官，唉，这代价可着实不小啊。"

朱常洛淡淡道："正所谓疾风知劲草，板荡识诚臣。经此一案，也让我看清朝中哪些是郑福一党的拥趸，哪些是支持我的忠良。放心吧，那些东林清流，我朱常洛一一记得，待日后执掌大宝，必会重新启用。至于张豹和郭家公子，我亦是极为痛惜，但欲成大业者，须以天下为棋局，众生为棋子，岂能因几枚棋子的得失，便弃全局于不顾？"

徐振之苦笑一声，感慨道："一将功成万骨枯。就连我们这些人，不照样是殿下的棋子吗？"

"那不然，"朱常洛摆手道，"张豺他们充其量是马前卒，而你们却是阵前车。"

徐振之没接腔，心里暗道，那也没好到哪里去。紧要关头，照样得丢车保帅。

朱常洛瞧他模样，遂道："振之兄似是有话要说？"

"胡思乱想罢了，"徐振之忙岔开了话头，"殿下，叶阁老的身体如何了？"

"看来福州的水土确实养人，他回家乡待了不到一年，那些旧疾竟都痊愈了。如今的叶阁老，可谓老当益壮。"

他们口中的"叶阁老"，自然是叶向高。他自万历三十六年出任内阁首辅，殚精竭虑，积劳成疾，早有隐退之心，但其时福郑一党势大，为保朱常洛地位，叶向高只得带病强撑，并向太子承诺，福王一日不之国，他便一日不离朝。而后经过众人几番努力，福王总算就藩洛阳，叶向高心愿得偿，就上疏请辞。叶向高在阁的这些年，恪尽职守、处事得当，就连不怎么关心政务的万历帝对其都十分看重。万历挽留再三，见叶向高归心不改，便下旨加封少师兼太子太师衔，赏赐白金百两，彩帛四件，表里大红坐蟒袍一件，派专人护送他回乡。叶向高致仕后，朱常洛也时常思念，于是借此机会暗中出宫，遂有了这趟福州之行。

朱常洛又道："这次面见叶阁老，除去请教治国之策外，还从他口中听说了一人。"

"何人？"

"戚金。"

不止徐振之，汤显祖等人对这名字亦觉陌生。又经朱常洛一番解释，众人方才知晓这戚金的来历。

这戚金乃抗倭名将戚继光的子侄，属于定远戚氏一支，他十几岁便投入戚家军击杀倭寇。待倭患平息，又随戚继光北上蓟州镇守边关。后来，戚继光因张居正案遭贬去职，那支戚家军便由戚金接手统领。戚金自幼跟着戚继光，尽得其真传，他带着部下操练鸳鸯阵、演水火战具，使得戚家军勇猛如昔。万历二十年，戚家军入朝抗倭，戚金大显国威，得胜还朝后，升任副总兵。然而此事却招来了蓟州总兵王保的嫉恨，王保不但排挤戚金，还将戚家军编入了海防营，屡屡克扣将士们的粮饷。将士们实在忍无可忍，相约到营寨前向王保讨要说法。谁知那王保竟然反诬戚家军造反，当即派兵围剿，将在场数百名手无寸铁的戚家军尽数残杀。

听到这儿，汤显祖插言道："那是万历二十二年的事吧？当年老夫还在遂昌当知县，曾接到过朝廷通政司的邸抄。那会儿老夫还纳闷，戚家军向来军纪严明，怎会无端哗变？原来竟是这般缘故。想那戚家军自组建以来，南征北战，平倭破虏，三十多年未尝一败。唉，可叹那些大好儿郎，在沙场上抛洒完热血后，又把性命断送在王保那狗贼手中！"

"是啊，可惜，可叹，"朱常洛再道，"得知此事后，戚金写下血书，要为死去的兄弟鸣冤。可当时朝廷受奸臣蒙蔽，非但没为戚家军平反，倒将那王保论成平定兵变的功臣。戚金心灰意冷，遂将残部送至原籍闽、浙一带，自己则称病辞官，回老家定远隐居了起来。当年那些戚家军的后人，如今也都长成，他们身上继承了父辈的血性，皆是响当当的儿郎。叶阁老回乡后，不忍这些好男儿埋没于山野，便将他们招募成团练乡勇，待日后为国效力。但叶阁老毕竟是文臣，于行军布阵并不精通，这才想起了戚金老将军，想请他入闽练兵，好将那戚家军重新组建起来。"

徐振之道："若能将戚家军重建，于国于民都是幸事。那戚金老将军答应出山了吗？"

朱常洛摇头道："叶阁老遣人去定远寻了几次，皆没见到老将军的面。据戚家人说，如今老将军神龙见首不见尾，终年流连于附近的名山大川，已数年未回过家了。此事我不便出面，又想到跋山涉水乃徐兄之能，所以就想劳你辛苦一趟，帮忙寻访戚老将军。"

"定远在凤阳府境内，距江阴路程倒不算太远，"徐振之说着，有些作难，"只是眼下许蝉即将临盆，我不便离家，实在是分身无术。"

"也不急这一时，待日后空了，再去寻访不迟。"

"那好，等转过年来，我便去那附近走一遭。"

"有劳。我还听说你这几年登山时，测绘过不少舆图。那定远境连八邑，衢通九省，是为南北要冲，如若方便的话，也画上一份，将来我好编入大明舆册。"

徐振之一怔，又意味深长地笑笑："殿下真是消息通灵，不但提前掌握了许蝉的产期，而且还知我曾绘过舆图。难道我们五脉之间，也有殿下安插的耳报神？"

汤显祖与许学夷等人皆是面面相觑。

"诸位不必多心，"朱常洛自知失言，忙避重就轻道，"我在京师，也时常牵挂着大伙，曾派人打听过你们的音讯，绝非有意监视……"

话未说完，阿花突然急匆匆地跑了过来："二公子！二公子！"

阿花一来，众人的视线登时被分散，徐振之拿眼角一瞥，见钱谦益明显松了口气，也不去点破，起身迎上阿花："怎么了？"

阿花心下焦急，也顾不得避讳旁人，直接气喘吁吁地说道："蝉儿夫人见了红，羊水好像也破了……"

"这是要生了啊！"汤显祖推了徐振之一把，"你小子马上要当爹了，还愣着做什么？"

徐振之反应过来，抬腿便跑："我这便请大夫去！"

汤显祖在后面撵了几步，大喊道："请什么大夫？找稳婆！"

"哦，对！找稳婆！"徐振之头也没回，答应着跑远。

"这小子，怕是乐傻了。"汤显祖笑着摇了摇头，又冲许学夷道，"许夫子，恭喜恭喜，又要当外公啦。"

许学夷眉开眼笑，胡子也跟着乱颤："托福托福。"

阿花急道："孩子还没生呢，你们先倒乐上了。我还得回去守着蝉儿夫人，你们快去帮我通知老夫人准备接生的东西啊！"

"糊涂了、糊涂了……走走走，通知老夫人去！"

当王孺人从老宅赶到后，徐振之也打外头请回了两个稳婆。稳婆一进门，归游居上下便都知道许蝉要生了，产房外乌泱泱的一片人头，围了个里外三层。

连朱常洛在内，大伙午饭都顾不上吃，全在日头底下巴巴候着，可直过了两个时辰，里头仍不见动静，不免都有些着急。

产前的阵痛令许蝉汗出如雨，身下的被褥湿了干、干了湿，连嘴唇都咬破了，仍旧忍不住地呻吟。呻吟声透过门窗缝隙传出，使得众人的心全都揪了起来。

王孺人合掌跪拜，那句"阿弥陀佛"也不知念了多少遍；徐振之和许学夷不停地踱来踱去，两人都忧心忡忡地低着头，好几次险些撞在一处；汤显祖与程五奎等人也是坐立不安，恨不得让掘子军再挖条地道进去瞧瞧；至于太子朱常洛则倚着树干，闭目养神。若非时不时地偷眼打量，还真当他气定神闲。

再候了一阵，产房门开了，一个胖大的稳婆走了出来。

她刚出屋，便被一群人"呼啦"围上。王孺人抓着她的手，急急问道："张嬷嬷，蝉儿怎么样？这么久了，孩子怎么还没生下来？"

"别急别急，头胎都慢，这种事我见多了，出不了岔子，"那稳婆边说，边掏出块帕子擦汗，"里头太闷了，我出来喘口气。"

这稳婆的手艺，可是十里八乡最好的，听她这么说，徐振之等人顿觉心安。

"里头水放得有点凉，谁再去拿点热的来，一会我端进去兑兑。"刚吩咐完毕，便有几个人急赤白脸地跑向灶房。那稳婆见状，又咧着嘴笑道："不就生个娃娃吗，怎搞出这么大阵仗？"

见她啰里啰唆，朱常洛更是焦躁："没事便赶紧进去守着，若大人孩子有一点闪失，我唯你是问！"

手艺高的人，脾气多半也不小，那稳婆一听，顿时不乐意了，嘴里爆豆般噼里啪啦："我是出来透风了，可里面不是还有姚家婆子和阿花丫头陪着吗？能有什么打紧？还唯我是问，人家当爹当相公的都没说啥，你在这儿充什么大尾巴狼？你谁啊？"

被她这一通堵，朱常洛有点蒙："我……我是她兄长，远房的。"

"知道是远房的还不站远些？"见那热水送到，那稳婆抬手便把朱常洛扒拉到一旁，"靠边儿，别耽误我干活！"

"不可理喻！"朱常洛大袖一拂，气得背过身去。

"装腔作势，县太爷家的小子也是我接生的，人家那么大的官，都没摆出你这么大的臭谱来。"那稳婆冲着朱常洛背影啐了一口，端起热水便回了产房。

朱常洛吃了瘪，却也不好说什么，索性不再强装镇定，心急火燎地来回转圈，活像一头拉磨的驴子。

不知过了多久，产房内总算传出一声清脆的啼哭。那张稳婆是个好事的，当即便笑嘻嘻地出来报喜："老夫人有福，得了个大胖孙子。"

王孺人念了声佛，又追问道："蝉儿呢？"

"放心吧，母子平安。"

众人欣喜不已，朱常洛也难掩心中的激动，朝身旁一挥手："赏！"

郭鲸闻言，忙摸出一锭大银："这位嬷嬷，有劳了。"

张稳婆接来掂一掂，喜出望外："哎哟，可真压手。也难怪那小哥儿谱大，出手可比县太爷阔绰多啦……"

汤显祖急不可耐地凑上前，程五奎他们也想往屋里闯。

"让我们瞧瞧那小娃娃啊。"

"哎哎哎！"张稳婆赶紧堵门，"那里头是你们这群老爷们儿能进的地方吗？许夫子也先等着，老夫人、二公子，你俩随我来。"

徐振之一个箭步，当先进了房中，一见许蝉那副虚弱的样子，眼眶不由得发酸："小知了你……我……"

许蝉摇了摇头，挤出一丝笑："我没事的，振之哥，快瞧瞧咱们的孩子吧。"

这会儿，孩子已洗净包好，王孺人颤巍巍接来，喜极而泣："还真是胖，这眉眼，跟他爹简直就是一个模子刻出来的。"

婴儿刚诞生时，身上难免挂着一些洗不净的胎脂，小眼紧闭着，小脸蛋也皱巴巴的。徐振之头次当爹，哪知道这些？一看之下，脱口道："怎么有点丑……"

许蝉微微一笑："都怪老糊涂，总在我面前说什么小皮猴子，我听得多了，便果真生了个小猴模样的娃娃。"

"越说越没边了，"王孺人笑着埋怨道，"振之你不懂，小孩子刚生下来都这样，过阵子长开了就好了，到时候那可爱的样子，保准让你瞧得眼睛都挪不开。"

他们在里头欢天喜地，外面的人却等得上蹿下跳，汤显祖抓了抓脑袋，在窗外轻轻拍打了几下："孩子啥样啊？快抱出来瞧瞧。老夫倒能忍得住，可许夫子急得都要去扒门缝了。"

"是该让他外公见见。"王孺人说完，又道，"阿花，那条小毯子拿来，把孩子再裹严实些，千万别受了风。"

"是。"

孩子在外头一亮相，又引得一阵轻哗。众人恐惊吓了婴儿，皆按捺着胸中欢喜，压低了嗓音。

"好个粉娃娃，胖嘟嘟的真喜人。"

"是啊，瞧那小嘴儿红的，跟熟透的樱桃一样。"

许学夷激动得老泪纵横："亲家母，来，让我抱抱这娃娃。"

汤显祖在边上瞧得眼热："许夫子，你可抱稳了啊，待会儿就轮到我来抱了。"

"你们外人瞧两眼就得了啊，别没完没了的，"张稳婆心直口快，"等他外公抱好了，我还得把孩子送回去喝奶呢。"

汤显祖眼睛一翻，脸拉得老长："谁外人？你问问他们，老夫是外人吗？"

朱常洛在边上出神地瞧了一会儿，又向徐振之道："振之兄，你给这孩子取过名吗？"

"未曾取名，"徐振之猜到了他的意思，继而笑道，"若殿……

若常兄有雅兴，便请赐名吧。"

"那我就当仁不让了，"朱常洛忙道，"振之兄喜欢登山越岭，这孩子将来必会秉承父志，所以我想，不如就取个'屺'字。"

"徐屺？"许学夷接言道，"这个屺字，出于《诗经》的魏风篇，陟彼屺兮，瞻望母兮。那句诗中，也满含着远行的儿子、对母亲的牵挂之情，好寓意，好名字。"

汤显祖原想给孩子起名，见被朱常洛抢了先，便抬杠道："可这句诗前后，还有'陟彼岵兮，瞻望父兮'和'陟彼冈兮，瞻望兄兮'两句，都是一家子，为啥不叫'徐岵'或'徐冈'呢？"

徐振之扯了扯汤显祖，赶紧道："汤先生欠思量了，于常兄而言，这个屺字更为贴切。"

汤显祖稍加琢磨，立马反应过来，朱常洛与父亲、兄弟之情何其淡薄？故而会单选了那个屺字："那徐屺就徐屺。大号被他争了去，那小名须由老夫来取。"

"成，那汤先生所取的小名儿是？"

"小山子！"

众人一阵哄笑："不错不错，听着就壮实。"

小山子在襁褓里蹬了几下，小嘴一张，哭了起来。

"不愧是小山子，听听这小嗓门，可真是有劲儿。"

"怕是饿了，"张稳婆忙接过来，"得把他抱进去了。"

许学夷意犹未尽，向汤显祖道："今天可是大喜，汤先生，咱们去喝点？"

"痛饮三百杯都行！"汤显祖也笑道，"就是不知振之小友，舍不舍得他那些好酒？"

王孺人一摆手："这事我做主，喝空了酒窖也不打紧。这心里头真是高兴，连老身都想喝上几杯了。一来庆祝孙儿诞生，二来为太子爷接风洗尘。"

"那还等什么？摆酒设宴，喝他个通宵！"

第三章 穴中僧

老话讲，小孩落地，见风就长。自打出了月子，小山子就跟吹了气一般，脸蛋长开了，胳膊腿也胖成了藕瓜，小手小脚活似刚出蒸笼的白面馒头，戳一下弹两弹，又软又嫩。

许蝉这会儿，跟安胎时正好对调了个儿，乌鸡、老鳖、鲫鱼汤、乳鸽、驴胶、猪蹄煲等物轮着番儿来，什么补吃什么。汤显祖曾在雷州的徐闻县当过典史，知道南洋那边有种稀罕物叫燕窝，便托人弄了些来，混着雪耳、枸杞、红枣，煨成入口即化的盅膏，给许蝉滋养补气。这些东西虽好，可吃多了也受不了，阿花跟原来大相径庭，哪怕许蝉已撑得反胃，也非得端着碗追问一句："要不再来一勺？"

满月酒喝完，又摆百日宴，待百日宴摆好，伍有德和小芳也把婚期定在了腊八。土脉的自家兄弟，徐振之出手自然大方，不但替伍有德备下了重重的聘礼，还给小两口另外收拾出一处闲置的院子；小芳她爹老余头也不小气，将积蓄掏出大半，给女儿置办了厚厚的陪嫁，还包揽了婚宴酒席。但那院子老余头不要，因为他跟前就这一个闺女，怕日后孤单，便把自家主屋腾出，让伍有德既当姑爷，又当儿子。

腊八那天，不光徐振之一帮人，几乎全村的乡亲都来凑热闹。老余头那院落虽然不小，但也挤不下这么多人，最后又借来十几张八仙桌摆在院外，这才勉强把贺客们安顿妥当。

喜事一桩接着一桩，酒席也摆了一遍又一遍。过了腊八就是年，于是乎，这热闹便从年尾接连至除夕，又伴着"噼里啪啦"的鞭炮声延续到来年的正月十五。吃完了香甜可口的元宵，小山子只差三天便满六月整。有道是"一看二听三抬头，四撑五抓六翻身"，此时的小山子不光能在床上翻滚，还能倚着枕头半坐上片刻，吃饱了就不哭不闹，见有人来瞧，便冲着那人咯咯直笑。

家里有这么个小开心果，日子哪里还觉枯燥？可徐振之偏就是个闲不住的人，他见儿子日渐茁壮，遂放心下来，算算拖得时候也不短了，便打算前往定远，去打探那戚金老将军的下落。

许蝉自然不能同行，汤显祖倒闲着，可毕竟他年事已高。程五奎等人想要跟去，却都被徐振之拦了下来。这趟是去寻人，又非涉险，沿途可游山，亦可玩水，故而徐振之乐得一人自在逍遥。

对徐振之而言，远行已是家常便饭，他简单收拾好行囊，又将玄铁尺背在身后，便辞家启程。定远隶属凤阳，与南京城隔江相望。徐振之出了江阴后，又雇了条小船，沿江西行几日，就到了定远县城。

戚家在当地算是望族，所在之处不难打听。徐振之知道戚金不会在家，但仍抱了一丝希望，心想好歹登门拜访一番，说不定能从他家人口中寻到些线索。

到了地方，果然有所收获。据戚家人说，老爷子半年前回来过一趟，临走时曾提过一句，说是要到白岳山找汪老道斗棋。徐振之喜出望外，忙问清了去往白岳山的路径，又想留信一封。岂料那家人死活不肯接，说是前面福建的来人也留过信，可老爷子回来，一见那信封上钤着官家火漆，拆都没拆便撕个粉碎，走之前还特意吩咐过，凡是陌生书信，一律不准再收。

徐振之见状，也不强人所难，遂与那戚家人道了谢，前往白岳山。白岳乃道教名山，在徽州府的休宁县境内，嘉靖十一年，曾有龙虎山正一教真人张天师驻此，专为皇室祈嗣。一年后，世宗长子朱载基果真诞生，圣上大喜，便下旨在白岳山上敕建了玄天太素宫。直至今日，那太素宫的香火依旧鼎盛，戚金口中的汪老道，想来应是在那里修行的羽士。

此时还未出正月，寒气仍然刺骨，南下的路上，风刀霜剑，滴水成冰。徐振之昂然自若，就那样冒着漫天飞雪，踩着一路冰凌，于二十六日那天堪堪赶至休宁。在县城中用了饭，徐振之又打西门出来，沿着城外那条溪流直走出数十里，这才来到白岳山脚。其时夜色已深，须歇脚止宿，幸而再行了里许，便遇上一座名为榔梅的僧庵，徐振之顾不得许多，叫开了庵门，投在后院的山房中过夜。刚住下，一场冰雹便从天而降，听到屋顶被砸得铮铮作响，徐振之不免后怕，心道若迟个半步，自己这脑袋上恐怕会多出几个大肿包。

翌日醒来，窗外已是风销雪霁。玉树冰花，弥山漫谷，恍然间，徐振之仿佛置身于太清仙境，立在窗前观望了好一阵，这才恋恋不舍地离庵，去那太素宫寻人。

徐振之所料不错，那汪老道果然就是太素宫里的黄冠。他全名汪伯化，其人热情，也颇为健谈。一听徐振之问起，口里便滔滔不绝，说戚金确曾来过，缠着他对弈了大半个月，却从未赢过一局，最后气得拂袖而去，临走时，还顺便砸烂了自己的棋枰。

得知戚金早已离开，徐振之心下十分失落："唉，看来这戚老爷子不光脾气火暴，行踪亦是飘忽不定。"

汪伯化不愧是戚金的至交老友，胸有成竹道："那臭棋篓子的下落，别人虽不知，但贫道倒能猜出个一二。"

徐振之眼睛一亮："此话当真？"

"自然当真，"汪伯化笑了笑，又叹口气，"小兄弟有所不知，昔年那臭棋篓子征战边关，曾被鞑靼兵以蛮枪重伤过后腰。如今上了岁数，筋骨大不如前，凡遇上阴雨天气，伤处便会酸麻难耐，数九严冬，被寒气侵袭，更是痛不可支，有时都无法站立。贫道略通岐黄，原来也帮他下过几次针剂，但他体内的寒创已入腠理，单凭药石无法根除。后来贫道想，阳水可驱湿寒，而黄山上恰好有一口温泉，便指引他去。那臭棋篓子泡过几次，果然受益匪浅，于是每逢入冬，便会早早去黄山候着，隔三差五就要泡上一回。"

徐振之大喜："这么说来，只要我去黄山温泉边守着，就能见到戚老将军？"

"八九不离十，"汪伯化抚须笑道，"那温泉在祥符寺不远，小兄弟到了地方，在池中瞧见一个腰间有疤的光屁股老儿，一准就是那臭棋篓子。"

徐振之长施一礼："黄山就在白岳左近，以我的脚程不出两日可到。多谢道长指点，在下这便去那温泉边守着去。"

"别急，"汪伯化抬手指天，"那轮新日太皎，恐非老晴，若贫道所料不错，今夜还会有大风雪。小兄弟不如暂且缓上几日，一来避避风雪，二来也可与贫道一同将这白岳胜景游赏一番。"

徐振之亦懂天象，知汪伯化所言不虚。反正戚金的去向已明，也不急这一时片刻，并且"游赏"二字也着实搔到他的痒处。他心想有这道人为向导，不但可领略此山之美景，还能了解其中典故传闻，何乐而不为？

"如此便有劳道长。"

"好说。"

入夜，风雪果然大作，冰碴雪片伴着狂风扑面袭来，直教人睁不开眼。接下来几日，汪伯化携来自酿的美酒，或是与徐振之共饮赏雪，或是和他踏雪出门，游访这满山素裹。

在汪伯化的陪同下，徐振之望香炉峰、拜栖真岩、登文昌阁、探八仙洞……遍赏景胜的同时，还不忘从随身的算袋里掏出笔册，沿途抄抄写写，编成游记。

二月二，龙抬头，东方一缕云开，晨光浮于林端。见连日的风雪总算停歇，徐振之便拜别了汪伯化，下白岳，赴黄山。

一路上，徐振之脚步未停，向北过南溪桥，经猪坑、虎岭，再穿越古楼坳后，远方黄山诸峰已然在望。但他懂得看山跑死马的道理，见天色不早，便找了地方歇宿。初三清晨，精神抖擞的徐振之又迈开双腿，直行了数个时辰，总算抵达了祥符寺附近的温泉。那汤池前临溪水，后倚崖壁，三面皆以光洁的岩石镶砌，顶上一道石梁环架，宛如一座拱桥，池中暖雾氤氲、汤气郁然，池底汩汩冒着水泡，透出一股淡淡的清香。

看来这温泉在当地颇为有名，徐振之赶到时，其间早已横七竖八地泡了不少人。那些人多半银须白发，鲜有后生。这也不奇怪，只有那体迈寒虚的老者才更懂这汤池的妙处。徐振之在没至脚踝的雪地里走了很久，前胸后背已然冰凉，当即便除下鞋袜衣衫，跳入暖汤中驱寒解乏。

一浸入池中，徐振之就觉温暖的汤水从四周轻轻涌来，似有无数只柔软的小手，在他身上不停地按抚，浑身上下的毛孔，登时被打开，四体百骸，无一处不舒坦。再享受了一阵，徐振之彻底地歇了过来，于是便四下打量，想瞧瞧戚金是否在内。

徐振之从汪伯化那里得知，那戚金已是花甲之年，可这池子里泡的，差不多都是六十岁左右的老头，模样类似、体态相仿，一时间，也难以分辨。好在汪伯化还说，那戚金后腰上有块巴掌大的伤疤，想到此处，徐振之便暗中留意起来。

可天寒水热，难免有雾气蒸腾，距离稍远，连对面人的眉眼都瞧不真切。徐振之只得站起身来，一个个挨过去，偷眼去瞧那些人的腰后。可那些老头哪知他在想什么？见徐振之一言不发，却鬼鬼祟祟，直直盯着自己的光屁股蛋，只当他有那龙阳之癖，皆慌得哆里哆嗦地爬出池子，衣服都没顾上拿，齐齐奔入祥符寺藏身。

佛门净地前，岂容这等龌龊事发生？寺里的挥印和尚一听就急了眼，当即操了一根镔铁禅杖冲来，要教训那个连老头都想下手的淫棍。

忽见一个胖大和尚打来，徐振之当然摸不着头脑，一边提着裤子，一边施开逍遥纵身法急躲。挥印和尚又打几下，见这"淫贼"脚底竟似抹了油，如一只大扑棱蛾子般左飞右蹿，压根就打他不着。再勉强追了一气，挥印和尚已累得没法动弹，便将那禅杖当拐拄了，一面喘着粗气，一面朝徐振之厉声质问。

经这番质问，徐振之总算明白过来，他哭笑不得，连忙解释。戚金是这温泉的常客，挥印和尚自然不会陌生，听徐振之喊出其名，又能描述其腰间伤疤，才完全相信这是场误会。挥印和尚满脸歉意，嘴里连道罪过，对徐振之的称呼，也从淫贼换成了施主。

"不打紧不打紧，不知者不怪。"徐振之不以为意，回到池边穿好衣物，又问起戚金下落。

挥印和尚回道："前日傍晚，戚老施主还来泡过温泉。可之后，便回山中的住处了。"

听戚金果在此处，徐振之喜道："那他在山中的住处如何走？还望法师指引则个。"

谁知那挥印和尚宣声佛号，竟说道："只在此山中，云深不知处。"

见这句耳熟能详的唐诗，居然被这和尚拿来打起了机锋，徐振之暗自好笑。又转念一想，那戚金不愿外人打扰，或许早已与这挥印和尚约定，不得透露居所。想到这儿，徐振之心下已有了盘算："既然法师不肯明言，那我便在你们寺中住下，反正戚老将军时隔不久就会来泡温泉，早晚能被我撞见。"

"这……这个嘛……"

"我可要提醒法师一句，方才你不问情由，便持杖将我追打，这是犯了嗔戒。若非我逃得快，法师很可能就造下了杀业。法师已破一大戒，还险些破了另一大戒，要是再将我这远来之客拒之山门外，恐怕菩萨都会拿你的怪。"

"阿弥陀佛，"挥印和尚无奈道，"这番话夹枪带棒，小僧是万不敢当的，既然施主执意要在寺中投宿，那就依施主便是。"

"还有，法师也不可私下找戚老将军通风，万一他得知后故意不来，那我再怎么等都没用了。"

"唉，依施主便是……"

一连在祥符寺蹲守了三天，徐振之仍旧未见到戚金的影子，疑心挥印和尚食言，便去找他询问。挥印和尚一听就急了，赌誓发愿，极言断无此事。徐振之暗忖，当着合寺的神佛，他一个出家人应该不会打诳语，但这样干等也实在枯燥，便打算离寺上山，兜兜转转，看能不能碰点运气。

挥印和尚这几天被缠磨得够呛，巴不得他早点离开，见徐振之透露出要走的意思，差点没乐出鼻涕泡来，二话没说，就到斋厨端来满满一盆干粮素果，一股脑地塞入了徐振之的褡裢。

徐振之道了谢，而后便从祥符寺攀缘而上。巍巍黄山，古来便以险峻著称，没来之前，徐振之就神往已久，值此春寒时节，亲身登临，更觉雄壮无匹。在积雪的映耀下，远方峰岩青黑，放眼望去，浓如苍黛。沿途奇松悬结，怪石突耸，俯仰间，泉光云气共生，缭绕于衣裾不散。此情此景绝非言语可表，徐振之只觉胸中蓦然升起一股豪气，忍不住想要振臂高呼。尚在半山腰已然奇峻如斯，那莲花、光明、天都三处绝顶上，究竟是何等壮阔，简直不敢想象。

这些年来，徐振之脚下也不知踏过多少奇峰险岳，可从未有一处能让他这般如痴如醉。伫立良久，徐振之由衷叹道："薄海内外之名山，无如徽之黄山。登黄山，天下无山，观止矣！"

他嘴上虽说着观止，脚步却舍不得停。更奇更美的景致正在山顶等着，若就此止步，岂不是入宝山而空手归？此时的徐振之，早将戚金忘到九霄云外去了，一心只想爬峰登顶，将那无边的壮美尽揽眼底。

然而越往上雪越深，原本的台阶全被积雪覆盖，稍阴的地方都冻结成冰，坚硬溜滑，走一步怕是要摔上两跤。

寻常人到了这里，恐怕都会受阻折返。可徐振之却一点也不慌，手伸进褡裢里摸了几下，便掏出一样法宝。这法宝名为"钉履"，模样像一双木屐，底下插着几排小钉，四边小孔穿有绑带，正好能牢牢捆在鞋上。这钉履一套，任它再滑的冰面都如踏平地，徐振之离家前料到此节，便一起收拾进行囊，眼下果真派上了用场。

徐振之双脚套好了钉履，又擎开玄铁尺充当手杖，继续前行。远处茫茫，一望如玉，稀疏的草木上挂着冰霜雪花，瞧起来毛茸茸的。仰眺黄山诸峰，犬牙交错、高低盘结，从四面八方拱卫着傲然挺拔的天都峰。

再走出一段，厚厚的积雪已没至腰际。雪下藏着数不清的沟壑，根本不知深浅，徐振之怕踏空坠落，也不敢快行。每走出一步，先得用玄铁尺探实了，速度明显放缓了不少。

好在有天都峰为参照，纵使在悬崖峭壁间七拐八绕，也始终未偏离了路线。徐振之深一脚浅一脚地行着，也不知过了多久，眼前豁然开朗，竟到了山巅的一处平冈。

这平冈较为空旷，因时有山风吹卷，积雪倒是不厚。一面是刀劈斧砍般的绝壁，绝壁上还有个石台，从下往上看不到石台上的状况，但瞧那纵深，八成是不小。石台外还矗立着两根天然的大石柱，每根的粗细起码得五人合抱。一根离平台稍近，另外一根上还凿着石阶，盘旋而上，直通柱顶。两根石柱与石台上皆露着数截木桩，之前应架有两段吊桥，却不知何故被毁，石柱之间也仅剩一根绳索相连。

徐振之又打量几眼，心想这里应该是久无人迹，故而吊桥断了也没人瞧见，更不会有人来修。行到此处，他早是饥肠辘辘，想起褡裢里还有挥印和尚准备的斋饭，便倚坐在中间一根石柱下，取了干粮来吃。

许是他太饿了，干粮没嚼两口便往下咽，结果卡在了喉咙眼，噎得呜呜直叫，忙抓了一把雪含在嘴里，好歹顶了下去。不想刚喘匀了气息，徐振之的心又提到了嗓子眼，原来那石台上竟不知何时，探出了一排毛乎乎的怪脑袋。

乍眼看去，徐振之只当是什么山精老怪，骇得一个激灵站起身来，刚持了玄铁尺在手，便听头顶上飘下句幽幽的声音。

"小施主不必惊慌，我等方才听见下方有动静，这才探头观瞧。"

徐振之辨认半天，才确定那声音是其中一个毛脑袋发出的，又听他口称"施主"，不由得眉头一蹙："几位……都是出家人？"

"我等皆是苦行僧，对自身这副臭皮囊都不大在意，时常忘了刮头剃脸，让小施主见笑了。未请教小施主从何而来？"

"从江阴而来。"

"因何而来？"

吃这一问，徐振之方记起自己的来意："我来是为了寻一个人。敢问几位大师，可曾听说过戚金戚老将军之名？"

一听"戚金"二字，众僧脸色齐变，七嘴八舌地追问道："你找他做什么？他是你什么人？"

徐振之一怔："我与他非亲非故，找他不过是受其家人之托，看看他是否安好。"

众僧闻言，面色缓和不少。其中一僧眼珠子转了几圈，又道："恕我等多心了。实不相瞒，那戚老施主正在这上面闭关，我等是怕他的仇家找来，故而有此一问。"

"戚老将军在上面？"徐振之大喜，又四下一望，"可那吊桥皆断，又该如何上去？"

"这个不急。"那僧咽了口唾沫，又指着徐振之身后的褡裢道，"小施主，你先将那包袱抛上来，待我等查验过，只要内无兵刃暗器，就指点你上来找他。"

见那僧语焉不详，徐振之自然不肯将行囊交出："在下绝非歹人。

要不这样吧，劳烦大师将戚老将军请出，等我见了他的面再说。"

"阿弥陀佛。衲子已经说过，戚老施主正在闭关，不便打扰。若小施主不愿交出行囊查验，就请自便吧。"那僧说完，把脑袋缩了回去。其他僧人见状，有样学样，皆撤回了脑袋。

"这帮苦行僧，当真古怪，"徐振之嘟囔一声，瞧了瞧石台，又望了望那两根大石柱，"自便就自便，真当我上不去吗？"

言讫，徐振之翻出绳鞭、掌中镐等一应自己发明的小玩意，装配妥当后，又把褡裢一紧，玄铁尺一背，便大摇大摆地来到第一根石柱前。

那石柱上凿有盘旋的石阶，阶上虽结有冰霜，但对穿着钉履的徐振之而言，却算不得什么。没费吹灰之力，徐振之便登上了柱顶。这时再看那远处的石台，才知那上面着实宽阔。石台的绝壁上还有个不小的洞穴，洞口足有一丈宽，里面黑乎乎的不知多深。穴顶破岩凿刻，乃"达摩洞"三个大字。方才那些苦行僧也没进去，都在那洞口前盘膝打坐。

莫非戚老将军就在那达摩洞中？不过依照传闻，他性子暴烈，可不像是闭关苦修之人。

多想也无益，只要上了那石台，一切皆会明了。徐振之想到这儿，就抓起那根连接双柱的绳索扯了几下，感觉还挺结实，纵身挂上。

此时的徐振之，像是一只挂在绳索上的蠕虫，手脚齐用，一探一缩，整个人便向前移出一大截。那石台上的众僧都在偷眼瞧着，皆暗自喝彩，心道这人身手当真了得，难怪能在这大雪封山时，寻到这山巅之上。

思量间，徐振之越爬越快，已然到了两柱中央。岂料就在这时，那绳索上突然传来"绷绷"两声闷响，紧接着往下沉了几沉，竟"啪"

的一声，从中断成两截。徐振之正挂在来时的一端，身子便蓦地往第一根石柱方向斜落。

"抓紧了！"众僧大惊，齐齐站起。那柱顶离地足有数丈高，若摔将下去，必会头破血流。

谁知就在这千钧一发时，徐振之竟松了手，身子疾疾一翻，陡然朝那绳索的另一截扑去。在众僧的惊呼声中，徐振之险险握住了绳头，整个人如链锤般，绕着第二根石柱反复斜荡了几个圈，最后晃晃悠悠地在半柱腰处慢慢停住。

这断绳、松手、翻跃、抓握，几乎是同时发生，全凭身体本能，哪里容得徐振之思考？而那半截断绳受到前番的剧烈磨擦，竟再度齐桩断裂，徐振之赶紧弃绳取镐，身子猛然下滑了数尺后，才堪堪止住了坠势。

待勉强挂稳后，徐振之发觉背上凉飕飕的，已被冷汗全然濡透。他顾不上后怕，稍定了心神，便以那掌中镐钉岩借力，急速向上攀爬。直到登上第二根柱顶，这才弯腰扶膝，大口喘起了粗气。

见他有惊无险，石台上的众僧大松口气，对他的身份也不由得好奇。这人究竟做什么的？能耐不小，胆子更大，尤其他手里那鹤嘴怪镐，看似轻便小巧，却能钉岩凿石，莫非是什么独门兵器？

还没等他们将掌中镐琢磨明白，徐振之已站直了腰。双柱间曾有一绳相连，可现在这第二根柱顶与石台处光剩下四截木桩。并且，柱顶和石台的距离也有数丈远，想要跃过去，除非插上翅膀，否则，任轻功再高都办不到。

跃不能跃，飞又不会飞，所以徐振之再请出一样"法宝"。这法宝就是绳鞭，鞭身虽然细长，却异常结实。绳鞭头尾皆装着倒钩，用它勾岩挂木，十分好用。有了前次的教训，徐振之这次格外小心，先去那两截木桩处仔细检查。能拴吊桥的木桩，必是极其坚固的木料，不然也不会在大火焚烧后存留下来。但徐振之犹不放心，动手晃了几晃，又踢了几脚，见那木桩纹丝不动，这才满意。

徐振之苦练多年，鞭子在他手中似能活过来，如臂使指，去往随心。只见他将那长长的绳鞭展开，立在柱顶边，手腕一翻，那绳鞭就像长龙般飞舞盘旋起来。手腕翻转愈快，那绳鞭旋转得愈急，破风裂气，呼呼有声。陡然间，徐振之猛地一扭一送，那鞭头便"唰"的一声，直直朝对面石台的木桩搭去。

说来也巧。那绳鞭虽长，可离那对面的木桩还是差着点，差倒差不多，也就差个几寸。但别说是几寸，就算差一毫都挂不上。原本威风凛凛的长龙，一下子变成了死蛇，连顿都未顿，直接软塌塌地斜坠下去。

徐振之又连试了几次，半只脚都踩在柱顶外了，仍旧没能将"死蛇"变回"长龙"。他不甘心，稍做歇息，再度甩鞭去搭那木桩。这一回，徐振之连吃奶的劲都用上了，眼见那鞭头的倒钩就要碰在木桩上，却"啪"的一弹，没有挂住。

差一点！就差那么一点点！

心里这股劲一泄，徐振之顿觉百念皆灰。谁承想就在这时，居然有只手迅速伸来，一把握住了下落的鞭头。

"小施主不容易，衲子助你一臂之力吧。"

见抓住鞭头的，竟是方才那开口说话的老僧，徐振之不由得愣了。之前他们不肯指引自己上来，此时怎么又要帮忙？

"是将这倒钩勾住木桩是吧？"那老僧说话间，手上也没停，"好了，稳稳当当。"

徐振之也无暇细想，道声多谢，也急忙将鞭尾的倒钩在自己这边的木桩上挂牢。绳鞭固定好，在柱台间绷得笔直，并且柱高台低，正好呈一条斜线。

这些年，徐振之没少在江湖中闯荡，知道防人之心不可无的至理。若那僧人心怀叵测，等自己攀至中途突然扯下鞭头，定会凶多吉少。所以徐振之想了想，又道："还请大师退后些。"

"阿弥陀佛，小施主又多心了。"那老僧嘴上这么说，却依言退至洞口，与其他僧人盘坐一处。

为保万全，还须尽快通过。故而徐振之取下玄铁尺，横搭在绳鞭上，双手握紧两头，身子一荡，整个人便飞速滑向对面。

片刻光景，徐振之已然在那石台边站稳，他又掉过头去，扯着绳鞭施个巧劲，那鞭尾的倒钩便脱离木桩，朝石台飞了过来。徐振之正埋头收卷绳鞭，忽觉背上一空，赶紧转身，却见那帮苦行僧竟不知何时摸到切近，手里还抓着他的褡裢。

果然有鬼！

徐振之急把绳鞭甩开，死死盯着那些苦行僧喝问："你们耍什么花招？"

可那伙苦行僧居然没一个理他，只是从褡裢中抢出那些干粮素果，饿死鬼投胎般塞进嘴里大嚼大咽。

"你们……这是？"

"小施主莫慌……我等饿……饿了好几天……不白吃……不白吃你的，用这个换……"打头的那老僧口里填满了素果，一边含糊不清地说着，一边抛来一物。

那物事骨碌碌滚来，停在了徐振之脚下。徐振之低头一瞧，竟是只冻得发硬的烤山鸡。

佛家不让杀生，苦行僧更是和烤山鸡无缘。这千头万绪，变成了一个接一个的疑团，扰得徐振之一个头两个大。但这伙僧人除了吃相不雅，倒也没露出什么恶意，徐振之放下心来，将绳鞭缓缓收起。

"我懂了，各位将我诓上来，是为了抢我这褡裢里的素斋。所以，关于戚金老将军在洞中闭关云云，也是你们编出的谎话吧？"

"罪过罪过，"那老僧打个饱嗝，"我等实在出于无奈，绝非有意欺瞒。那戚施主虽不在洞中，但我等与他确实相识。唉，也正是因为他，我等才被困于这石台上，活活挨了近三个月啊。"

"近……三个月？"

"不错，如今吃饱了，衲子绝不敢再打诳语了。"几个素果下肚，那老僧枯瘦的脸上有了血色，说话也不似之前那般无力。老僧又抓了几把雪润了润喉咙，这才将那因果，主动告诉了徐振之。

这老僧法号"能忍"，旁边几位皆是他的师兄弟，他们这一派与其他释门有点不同，更偏重于苦修。所以也不建庙宇，在山上寻了这么一处地方住下，学着达摩祖师，终日在洞中面壁枯坐，以求开悟证道。戚金为泡温泉，便来黄山上搭了座茅庐。那茅庐离平冈不算太远，闲来无事时，戚金也常来走动。

一来二去，戚金与众僧混熟了，有时候言行上便不太在意。去年刚进腊月门，戚金也不知因为什么，大晚上喝得醉醺醺，又来到了达摩洞。见他满身酒气，能忍和尚早已不喜。戚金浑然不觉，又趁着酒劲，大谈当年抗倭时，曾有兵士因军粮吃尽，而以倭寇血肉饱腹等旧事。

这般血淋淋的话语，莫说是一众和尚，就连寻常人听了都会肉跳心惊。能忍和尚再能忍，那会儿也实在忍不住了，当即跳起脚来指责戚金。戚金哪里肯服？就引了岳飞那句"壮志饥餐胡虏肉，笑谈渴饮匈奴血"来和能忍和尚争辩，还骂众僧是假慈悲、装模样，说他们是站着说话不腰疼，到了没素斋时，定会破戒吃肉。一听这话，众僧也都恼了，合起伙来，七嘴八舌地数落戚金。这当和尚的时常辩经，也打惯了机锋，嘴皮子一个赛一个利索，戚金争不过他们，又犯了犟脾气，红着脸瞪着眼，骂骂咧咧地出了洞。

众僧只当他一走了之，后来便都去睡觉。谁知那戚金回去后，越想越不愤，竟趁着众僧熟睡，一把火烧了柱台间的吊桥，顺便将双柱间的吊桥也砍断。等到众僧发觉时，两段吊桥一个成了灰，另一个剩条绳，而戚金正站在石台下得意扬扬，说是非要逼得众僧吃肉不成。

戚金此举确实断了众僧的退路。他们处在高台上，进出全凭那吊桥。若有绳索，从台上往下缒倒是可行，但达摩洞中别说绳子，线头都不见几根。并且，众僧因为苦修，僧衣被褥都用了不知多少个年头，轻轻一扯就碎得稀烂，自然也无法撕布结绳。

好在一入冬，洞中便储满了粮食。至于饮水，则是下雨接雨，没雨集露，碰到雪天更不用愁，随便抓点积雪冰块就能解渴。众僧心想，接下来将存粮省着点吃，能挨一天算一天，没准日后会想出法子脱困。

见他们不似预料的那般慌张，戚金也猛然想到此节，暗暗叫悔，埋怨自己怎么没把洞中存粮一并烧了。但粮食存得再多，也总有吃光用尽的一天，不过是多等些时日，到最后照样能逼得众僧就范。

这样一来，双方就耗上了。头两个月，能忍和尚他们还算绷得住，每日照旧面壁参禅，隔几天也会刮头净面。可后来，就算众僧一粒米掰成三段吃，那存粮也渐渐见了底。眼前的困境，逼得能忍和尚异想天开，他赶紧让师兄弟们别再刮脸剃头，打算留长了头发胡须，看能不能攒起来编成绳用。然而众僧的毛发刚留起几寸，仅存的两捧粮食，居然被一只不知从哪儿爬来的山老鼠糟蹋光了。大伙正愁眉苦脸时，戚金却背着弓箭，拎着一只烤山鸡出现。

戚金也不说话，只是笑着将那鸡串在箭上，又拗去箭头，张弓射上高台后，径自离去。也不知戚金加了什么佐料，那烤鸡闻着异香无比，众僧含饥忍饿了这么久，说不动心是假的，当下便有几个师弟凑过去嗅。好不容易坚持到现在，岂能随便破戒？能忍和尚一狠心，抱起那烤鸡就想扔下台去。可立在台边咬了几次牙，能忍和尚最终还是没有松手。他怕师兄弟中有人忍不住，便把那只鸡随身收着，不到万不得已，绝不拿出来。众僧又巴巴熬了两天，总算熬来了徐振之。开始时，能忍和尚本想开口讨粮，但恐他不肯给，为求万全，才有了诓其上台，夺其粮食等事。

能忍和尚说完，早已眼泪汪汪，又领着众师兄弟朝徐振之齐拜："小施主简直是活菩萨一般的人，若非你及时赶到，我等苦守多年的荤戒……只怕要破在今日。阿弥陀佛，善哉善哉。"

徐振之瞠目结舌。他见过争强好胜的，可却从未见过像戚金这样争强好胜的。要想说动这么一个脾气火暴、倔强如驴的老顽固，恐怕得大费一番口舌。又瞧众僧瘦骨嶙峋，知道他们这些日子虽遭着饥寒苦厄，却能坚守戒律不向戚金低头，也的确令人钦佩。于是，徐振之便把绳鞭一亮："几位大师，这上面无粮无米，已非久留之处，我还是先将你们送下高台，再另作打算吧。"

那能忍和尚再合掌道："我等正有此意，之后便有劳小施主了。"

待那一褡裢干粮吃完，众僧又歇了一阵，徐振之就将那绳鞭垂下石台比了比长度。但那石台实在太高，整条绳鞭全放下去，底端距离地面至少还有五丈远。没奈何，徐振之只得把自己的替换衣服拿来撕成布条，等一道道布条全都系结好，又接在了绳鞭之上。那几件衣物所用的布料，皆为王孺人亲手纺成，只因徐振之经常出行，故而纺布的原料精挑细选，这样制成的衣服不甚华贵，却耐磨耐穿，拿来结绳亦是柔韧无匹。只是结绳挂鞭时，徐振之猛然醒悟，若早些想到此节，方才也不会在那柱台边费那么多力气了。

当那布鞭拼成的长绳挂好，底端也终于垂到了地面。不过众僧年迈，又在这石台上饥寒交迫了三个月，指望他们靠自己那点力气扒绳下去，只怕中途能摔死好几个。因此徐振之拉回长绳，打算系在他们腰间，将众僧逐一缒下。

纵使那些僧人瘦弱，每个也有百来斤的分量。开始时，台上未下的僧人还可以充当帮手。但后来下去的人越多，帮手便越少，好不容易将那能忍和尚也安全送至地面后，徐振之的一双胳膊已然肿胀酸麻。

能忍和尚下台前，便见徐振之额头滴汗、两臂微抖。下得台后，忙转身仰头，冲台上徐振之道："小施主受累多时，还是歇息一阵，等养足了力气再下来吧。"

"不必。"徐振之一抹脸，从腰间蹀躞带上拉出个双环铁扣，再快速打了几个奇怪的活结，挂在了长绳上。

又见徐振之面向石台，背身后纵，待降下一丈左右，掌心猛然发力，紧紧在那绳上一握，整个人便朝岩壁荡去。不等在那岩壁上贴实，徐振之已伸出双腿一撑一蹬，继而手掌再松，身子又向下降了一丈。

如此几次三番，他人已立在众僧眼前。众僧都瞧得有点蒙，恨不得再去他怀里翻翻、褡裢里找找，看那里面会不会偷着开了个小杂货铺。

徐振之收回长绳，又扯去布条，将绳鞭挂还腰间："之前听几位大师说，戚老将军的茅庐就在左近，烦请指个路径吧。"

那能忍和尚点点头："我等现下没了去处，少不得要去他那里挤挤。走，衲子带小施主找他去。"

一行人说走便走。徐振之在众僧的引领下，先到了天都峰，再从侧面爬上，经由一处峰罅夹壁，下转至莲花洞。过了莲花洞后，又登上爬下、七拐八绕了半天，便远远瞧见了戚金隐居的那所茅庐。

徐振之暗道，这戚老将军可真会挑地方，此处既偏僻又隐蔽，若非众僧带路，自己怕是寻不过来。思量间，脚步未停，又过了一盏茶的工夫，众人已来到那茅庐外面。

茅庐外以三道篱笆围成个小院，院中燃着一堆篝火，火上烤着两只剥了皮的肥大野兔，肉色粉嫩，不时滴下几滴血珠，显然是刚架上去没多久。边上蹲一位魁梧老者，一手撒着盐巴，一手刷着大酱，嘴里还自言自语："这次定要烤得比上回那山鸡还香，嘿嘿，瞧那帮老秃驴还能不能忍住……"

"阿弥陀佛！"能忍和尚朗声宣号，推开柴门入了院中，"戚施主莫造口业了，我等早已被你逼得蓬头乱发，脑袋上哪里还秃？"

戚金没想到有人会来，更没想到来的会是众僧："能忍？你……你们怎么下来的？"

徐振之心想，这戚金如此好强，若被他知道是自己将众僧救下，必会大怒勃然，之后再谈什么出山，更是难上加难。

可能忍和尚哪知他的顾虑？还没等徐振之开口阻拦，就已用手指着他，得意地笑道："全仗这位菩萨心肠的小施主……"

坏喽！

徐振之暗暗叫苦，果见戚金二目似刀，朝自己身上狠狠剜来。

"好小子，能耐不小啊！"

"那是，"能忍和尚浑然不觉，只是一迭声地夸赞，"这位小施主的身手，堪称腾云纵雾、踏雪无痕。戚施主，你那苦打了三个月的如意算盘，终究还是落空了。"

听他言语间含尖带刺，戚金面上红了白、白了青，最后实在忍不住，飞起一脚，连烤兔带火堆踢了个稀里哗啦。

"唉！就差一点，气死我了！"

经这一踢，不少碎柴、火星子迸了过来。那能忍和尚忙跳着脚躲避，才蹦两下，足底突然一软，低头一瞧，心"唰"的一下揪了起来。那是戚金方才剥下的野兔皮毛，此时正血呼呼地粘在他鞋上。

"啊呀，罪过！"能忍和尚打摆子般，将那兔皮连忙抖了下来，又在地上蹭了蹭鞋底血迹，埋怨道，"戚施主又杀生了，杀生就是造孽啊，屡屡杀生就是孽上加孽啊，罪过啊罪过……"

那戚金气不打一处来："不杀生老子吃什么？能忍老秃驴，你爱吃素自己吃去，别在老子眼前聒噪！"

"你瞧瞧，"能忍和尚不急不慢道，"戚施主害我们受了三个月的苦，我等还没说什么，戚施主倒先恼了。那吊桥被你毁了，洞里粮食光了，这冰天雪地的，我等还能上哪儿去？就待在你这儿不走了。"

戚金眼珠子一瞪："讹人是不是？我这就一张床铺，塞不下你们这帮老秃……和尚。"

"苦修之人，有个片瓦遮身也就够了。这茅庐里不是还闲着间柴房么，我等去那儿住上一阵吧。"能忍和尚说完，也不管戚金答不答应，直接招呼师兄弟去柴房收拾。

众僧进房后，便各自搬柴铺草。他们身上的僧衣又单又旧，下石台时连擦带磨，不少地方都已露出了肉。说好听了叫肉，其实是骨头外包了一层皮，松松垮垮，煞是可怜。戚金默默在后面看了一会儿，暗道若非自己偏激斗气，他们也不会这般形销骨立，遂长叹一声，回寝处抱来两条棉被，扔给了众僧："就这两床，夜里凑合着挤挤吧。"

能忍和尚微微一笑："多谢戚施主大发善心。"

"谁跟你发善心？是怕你们冻死在这儿，我嫌晦气。"戚金刚要走，又退了回来，"对了，灶房锅里剩着些冷馒头，瓦罐里有腌萝卜条……"

"我等承那小施主搭救，又蒙他赐下斋饭充饥，已然是饱了，"能忍边说，还边打了个嗝，"还有，那小施主貌似专程为寻你而来，你赶紧去见见人家吧。"

"不用你管！"

戚金扔下这话，便出了柴房。此时，徐振之已将踢散的火堆归拢重燃，见戚金走来，忙起身行礼："晚辈徐振之，见过戚老将军。"

"我很老吗？就你这种毛头小子，我一个能打十个。不信是吧？来来，咱俩比画比画！"戚金说着，便要撸胳膊挽袖子。

"不敢不敢，晚辈一介书生，就算二十个加起来，也不是将军对手。"徐振之嘴里谦逊，心中却暗笑。不服老就好，只要不服老，这事就有得谈。

"算你识相，"听他服软，戚金便收了架势，"小子，我认识你吗？"

"应该……不认识。"

"既然我不认识你，那咱俩就不熟。既然咱俩不熟，你来找我干吗？"

徐振之暗忖：正所谓点将不如激将，索性先不表露来意，吊吊他的胃口再说。想到这儿，徐振之便笑道："也没大事，只是晚辈听说过戚将军当年的丰功伟绩，心下仰慕，特来一睹虎威。"

"少给我灌迷魂汤，你肯定还有别的事。算了，你爱说不说，反正我也懒得理。"戚金大手一挥，坐着烤起火来。

徐振之微微一笑，也在火边坐下，掏出小册，呵开笔墨，闷声不响地写起了游记。

天色渐渐暗了下来，众僧也收拾好了柴房。再回到院中，见徐振之借着火光抄写什么，能忍和尚等人不免好奇。

"小施主在写诗作赋？"

"游记。"

"游记？可否让衲子开开眼？"

"大师请便。"徐振之将册子递过。

能忍和尚接来，他的师兄弟也凑了过去。戚金哼了一声，装作没瞧见，又向那火堆里扔了几块柴。

戚金的脾气，能忍和尚早已摸透。他越是假装不感兴趣，能忍和尚便越要勾他："哎呀，小施主文采斐然，衲子给大伙念念啊。折而入山，沿溪渐上，雪且没趾。五里，抵祥符寺。汤泉即黄山温泉，又名朱砂泉在隔溪，遂俱解衣赴汤池……小施主这是去泡过温泉了。"

"正是。"徐振之将头一点，心道还好没把自己被当成淫贼的那段写进去。

能忍和尚又念道："浴毕，返寺。僧挥印引登莲花庵，蹑雪循涧以上……嘿，挥印和尚也被写在里头了。"

徐振之笑道："不光有挥印，几位大师的事迹，也被我记在了后面。"

"哦？"能忍和尚赶紧将那册子急翻几页，"是这里吧？上至平冈，则莲花、云门诸峰，争奇竞秀，若为天都拥卫者……松石交映间，冈上双柱突兀，其柱皆天成，与峭壁石台遥望……台上有洞曰达摩，洞前盘坐数僧，因忍饥三月，竟诓余攀缘而上，将余食粮争夺一光……哎呀，小施主，你怎能这么写呢？你这样一写，置我等于何地啊？"

徐振之蹙额道："可我总不能罔顾事实吧？况且为了给大师留面子，我已经掐头去尾，并隐去大师法号了。"

"既然是掐头去尾，索性就多掐些、再去些吧。"那能忍和尚说着，竟拿笔在册上涂抹。

"你做什么？"徐振之一怔，急忙去抢。

"小施主放心，衲子帮你改上两句，不会乱来的。"能忍和尚在师兄弟的掩护下，抓着笔册逃到一边，唰唰写了起来。

当徐振之将游记抢回，能忍和尚早已将原句改完。徐振之眉头紧皱，展册道："这改成什么了？'松石交映间'这句倒是没变……后面是，冉冉僧一群从天而下，俱合掌言，阻雪山中已三月，今以觅粮勉到此……"

听到这里，戚金忍不住笑骂："还冉冉僧一群？还从天而下？能忍你这老和尚，可真会给自己脸上贴金。"

"阿弥陀佛，"能忍和尚不光能忍，也十分能说，忙分辩道，"那石台确实极高，衲子不过就是打个比方。昔时太白诗曰'白发三千丈'，谁的头发能那么长？皆是写诗作赋的手法罢了……"

"可那是你们自己下来的吗？"

"是，我等能下那高台，全靠小施主仗义施援。可小施主方才

128

不是说要掐头去尾吗？衲子省点笔墨又怎么了？后面那句'阻雪山中已三月'的真正原因，衲子可是没写，若戚施主不介意，那衲子再写详细点？"

"你敢！"

"就是说嘛，还是有点遮掩的好。"能忍和尚说完，又向徐振之道，"小施主，就照衲子写的这样，不必改了。"

"反正也不是什么要紧的事，就依大师。"徐振之笑着摇了摇头，心想他们双方僵耗了三个月，倒也真不能全赖戚金。单冲能忍和尚这张嘴就搓火的本事，他起码也得担上三分责任。

折腾半天，戚金有些饿了，见那没熟的烤兔还在地上丢着，便取来胡乱擦了擦，又架在火上烤。

能忍和尚瞧着，忍不住又道："戚施主，你不说灶上还有冷馒头吗？拿几个烤热了照样能充饥。这兔子怪可怜的，并且掉在地上也弄脏了，不如衲子将它们埋了，入土为安……"

"没完了是吧？"戚金噌地站起，"管天管地，还管到老子家里来了？都滚进去睡觉！再敢在老子眼前转悠，老子把你们这帮老秃驴都丢出去！"

"又口出恶言，罪过啊罪过。此处戾气太盛，我等且凑合一宿，等天明就去祥符寺挂单吧。"

"现在走我也不拦着！"

见他动了真火，能忍和尚也不敢多耽，连忙引着众师兄弟回了柴房。

"那几位大师隐世多年，不免迂腐了些，他们说他们的，咱们自吃咱们的，戚将军不必动气。"徐振之说着，掏出一把匕首，在那烤兔身上划了几道花刀，"这样能入味些。"

戚金住在山上，也确实憋得慌，难得有人陪他聊天。他见徐振之彬彬有礼，又肯帮着自己说话，遂对其生出几分好感："你小子虽是个书生，但能冒雪登上这险山，算是有两下子。能不能喝酒？"

徐振之笑道："不瞒戚将军说，晚辈正想讨些酒水暖暖身子。"

"等着！"

戚金转头进屋，抱了两个小酒坛回来，将其中一坛抛与徐振之。

徐振之想，他们出身行伍的，多半喜欢豪爽，于是便拍去封泥，仰头大灌了一口："晚辈先饮为敬。"

"好小子，有点意思，"戚金果然满意，"再来！酒不用省，屋里头有得是！"

"恭敬不如从命，戚将军，请！"

双坛互碰一下，二人便开怀畅饮，一面喝着，一面以匕首在烤兔表皮割下几片下酒。又喝空了两坛，徐振之便停了嘴，望着面前跳动的火焰，轻轻吟道："红泥小火炉，绿蚁新焙酒，晚来天欲雪，能饮一杯无？今夜此情此景，正应了前人诗句。"

"到底是个书生，文绉绉！酸溜溜！"戚金大手一伸，抓过他打猎的那张劲弓，"铮"地拨了一下，"月黑雁飞高，单于夜遁逃。欲将轻骑逐，大雪满弓刀！听听，这才是大丈夫要念的诗！"

"大雪满弓刀……"徐振之点了点头，借着酒意，起身诵道，"醉里挑灯看剑，梦回吹角连营。八百里分麾下炙，五十弦翻塞外声，沙场秋点兵。马作的卢飞快，弓如霹雳弦惊。了却君王天下事，赢得生前身后名……唉，可怜白发生……"

那一字一句，激昂清越，直听得戚金热血沸腾。他手里抚着那劲弓，耳边似有金铮马啸，眼前也慢慢浮现出当年驰骋疆场、建功杀敌的画面。可当徐振之念到那句"可怜白发生"时，戚金的身形猛地一震，像有把重锤狠狠击在他的心上。

"别念了！"戚金将手中酒坛一摔，红着眼道，"小子，你究竟做什么来的？"

徐振之赶紧拱手："晚辈为习'鸳鸯阵'而来，如今登州戚氏一脉没落，熟知此阵法的，唯将军一人耳。故晚辈斗胆，请戚将军不吝赐教。"

"鸳鸯阵？"戚金冷笑一声，"那是武毅公专为戚家军所创的阵法，你凭什么学？"

"就凭晚辈学会后，再去教与戚家军！"

"戚家军？真是笑话！"戚金想起往昔，不禁恨道，"小子，我那些旧事想必你也摸清了，当年戚家军受那狗贼王保诬陷，朝廷却……唉，伤心事不提也罢！没了，那些好兄弟死了，剩下的人也都散了，如今这世上，哪还有什么戚家军？"

"戚家军能否浴火重生，全在将军一念之间！"徐振之说着，从褡裢里找出一方绢布，恭恭敬敬地呈在戚金面前，"将军，请看此物。"

那绢上歪七扭八地写着一串串人名，像什么张阿山、王铁锁、赵栓柱之类，每个人名上皆摁了血指印，血迹虽已发暗，却也斑斑刺目。

戚金瞧罢，皱起了眉头："连自己名字都写得这么难看，跟狗爬似的。"

徐振之正色道："他们之中有大半连笔都不曾拿过，能写成这样已是很不容易了。"

戚金一怔："这些是什么人？"

徐振之一字一顿道："戚将军称他们的父辈为兄弟，所以他们应该算将军的子侄！"

"什么？这是……这是……"戚金握着绢书的两手，开始止不住地颤抖，鼻子发酸，眼前的字迹，也逐渐模糊。

徐振之叹了口气，又缓缓道："这些好儿郎，原本以务农、打猎为生。叶向高叶阁老致仕后，不忍这等忠良之后埋没于山野，便将他们招募为乡勇。但叶阁老不懂练兵，更不通阵法，故而就动了请戚将军出山的念头。叶阁老遣人来送过几次书信，皆如石沉大海，无奈之下，就让晚辈来寻访……得知消息后，那帮小兄弟兴奋得好几晚没睡着，他们都从父辈那里听说过戚将军的威名。怕将军不肯出山教他们，便学着写下自己的名字、咬破手指摁下血印，托人转交于我，让我再送呈戚将军瞧瞧。"

戚金没说话，低着头捂着脸，只是将那绢书攥了又攥。

徐振之见状，打算再激他一激："戚将军不必为难。你年事已高，不肯出山也是常情。但因那些小兄弟还在拳拳急盼，故而晚辈便不自量力，斗胆请戚将军把鸳鸯阵相授，再去转教给他们。"

"知道是不自量力，还想去误人子弟？"戚金使劲抹了把脸，将那绢书贴胸收入怀中，"不光鸳鸯阵，当年武毅公对古时的六花阵、玄襄阵等也颇有研究。单是鸳鸯一阵，就可演三才、奇冲、翼围等诸般变化，只有那久经沙场的老将，才能临阵通变、指挥自如。若靠你这纸上谈兵的书生去教，岂不要白白耽误了那些大好儿郎？"

徐振之故作难色："将军不肯出山，晚辈又不成……这该如何是好？"

"你不用激我！"戚金哼道，"武毅公留下的本事都在我脑子里，外人我不传，可自家的子侄我得教。他们现在何处？"

"福州叶阁老处。"

"路途倒不近，"戚金想了想，一把夺下徐振之的酒坛，"你也别喝了，收拾一下赶紧睡，明日便带我找他们去！"

"明日？"徐振之忙道，"不用这么着急吧？并且晚辈好不容易来黄山一趟，还没来得及好好游赏呢。"

"不过就是些破石头烂树枝，有什么好游赏的？"戚金说着，扯起徐振之胳膊，"算了，你要游便游吧，走走，我带你抓紧逛逛，早逛完了早上路！"

"这黑灯瞎火的能逛什么？"徐振之赶紧挣扎，"戚将军不必如此心急，不必如此……还是先睡觉吧。"

翌日清晨，徐振之起个大早，他恐戚金急催他上路，便悄悄一人跑去游山。得知戚金马上要去福州，能忍等人也不嚷着去祥符寺挂单了，皆心安理得地住了下来，只待他们走后，就要将这茅庐鸠占鹊巢。

接连几日，徐振之再访仙人榜、游狮子林、探石笋奥境、登百步云梯。戚金在茅庐里等得都快要上房了，便逼着能忍众僧一起，循着雪地上的脚印将他找到，将褡裢一套，硬拖下山。

二人出了徽州，南下入浙，再经赣之广信府便进了闽境。过崇安时，徐振之又被那风景秀美的武夷山所迷，不顾戚金劝阻，在那山中畅游三日，沿着九曲环溪钻了茶洞，又在会真观羽士处，以鹧鸪建盏，讨得几泡循宋法而制的凤饼龙团。香茶美景享罢，徐振之少不得要奋笔疾书，遂留下《游武夷山日记》传世。

再行十日，二人便来到福州福清。相见之下，叶向高与徐振之不免一场寒暄，戚金和那些儿郎后辈也自有一番悲喜。当着众人面上，戚金立了军令状，说是要用五年时间，将健儿们练成一支雄师劲旅，重扬戚家军神威。

又耽了几天，徐振之算算离家日子不短，便辞别了众人北上。一路上走走停停、安步当车，待回到江阴，已是孟夏时节。

第四章 萧墙祸

离家时冰雪尚未消融，归来后已然是槐花绽蕊、杨絮漫天。

回到归游居，大伙皆喜不自胜，都簇拥着徐振之大诉别后之情。徐振之走时系个褡裢，到家却换成了个大包袱。包袱里面，自然是各地特产，有福州的牛角梳、寿山石，武夷的白莲子、探春茶，因返程路过浙江，那更少不得杭州的西湖藕粉、绍兴的花雕陈酿。经由金华府时，徐振之尝好了当地的一种圆若杯口、状似蟹壳的干菜酥饼，不禁连买了数包带上。又架不住旁边小贩忽悠，花重金购得一只硕大的火腿，包袱里实在塞不下，便一路拎了回来。

忽悠归忽悠，东西却着实不差。腌制这种火腿的猪，是金华特产的"两头乌"。与各地常见的大黑猪不同，这"两头乌"首尾虽黑，腰身上却长着白毛。此猪肉红味美、肥而不腻，用其整条后蹄熏腌而成的火腿，历经数月风干发酵，就变得外皮金黄，咸香可口。

程五奎等人皆是无肉不欢，一瞧那形如琵琶的大火腿，抢来便咬了一口："呸呸，怎么这么硬？硌得牙疼。"

徐振之哂道："据当地人说，这火腿倒也能生吃。不过最好切成薄片，蒸煮或是吊汤，那样才会鲜美。"

"香主也不早说！那我拿到厨房，让他们炮制炮制。"程五奎说完，便和兄弟们跑远了。

徐振之刚笑着摇了摇头，王孺人便拉着许蝉的手道："蝉儿你瞧，这当爹的心，就是跟当娘的不一样，他出门这么久，回来这老半天了，却不知道问他儿子一声。"

经母亲一提醒，徐振之这才反应过来，瞧了一圈却没瞧见，不禁急道："小山子呢？"

"方才不问，这会儿倒急了，"许蝉"扑哧"乐道，"放心吧振之哥，有我们这一大群人看着，还怕你儿子丢了不成？小山子眼下正在屋里睡着，阿花在边上守着呢。"

一提起小山子，汤显祖也是眉开眼笑："你是不知道啊，那小山子可是乖乖不得了，才这么点大，已然能蒙几个音儿了。这阵子老夫没事便教他叫'爷爷'。哈哈，说不定这孩子开口的第一句，便是'爷爷'呢。"

"想得美，"许蝉笑着啐了一口，"小山子要叫也是先叫我，你这个爷爷，还是乖乖到后边排队去吧。"

徐振之也笑道："汤老爷子，咱俩平辈论交可是你自己提的，若照那么算，小山子最多是你的侄子。"

汤显祖摆了摆手："跟你是跟你，跟他是跟他，咱们仨各论各的。对了，这趟出去，有那戚金老将军的消息没？"

"忘记跟你们说了，我已找到了戚老将军，并将他送到叶阁老那儿练兵了。"

"太好了！如此一来，朝中又多了一员猛将。"

徐振之苦笑一声："这戚老将军不光勇猛，脾气还暴得一点就着，你们有所不知，他为了斗气，曾把一群老和尚逼在悬崖上待了三个月。"

汤显祖来了兴趣："说说，快说来听听。"

"好。"

徐振之清了清嗓子，便将戚金与能忍和尚之间的纠葛道出。汤显祖和许蝉都听得一愣一愣的，心道这世事也真巧，偏要把一个犟老头和一帮倔和尚凑在一处，针锋对麦芒，闹得不可开交。

正说着，阿花也抱着刚睡醒的小山子走了出来："二公子回来了？快瞧瞧你这胖儿子吧。"

一见那胖嘟嘟的小脸，徐振之便忍不住上前从阿花怀里接过小山子，照着那粉腮上猛嗫了一口。

瞧他这般冒冒失失，可惊坏了旁边的娘亲和奶奶。

"振之哥，你别那么用力亲他脸啊，会流口水的。"

"托着头、托着头……哎呀，小心折了腰啊。"

她们越说，徐振之便越是手忙脚乱，汤显祖实在看不过眼了，当即将小山子抱来。

汤显祖平时大大咧咧，抱起孩子来居然一板一眼。小山子看来是舒服了，便将小脑袋枕在他肩头，瞪着一双乌溜溜的大眼睛，打量着徐振之。小孩子不记事，数月未见，哪还知道他爹长啥模样？见徐振之又上前逗他，小山子害怕地往后缩了缩，接着便咧开小嘴，哇哇哭了起来。

王孺人赶紧在边上哄了哄，又冲徐振之笑道："有日子没见，孩子跟你生分了。没事，以后学着抱抱，多亲近亲近就好了。"

徐振之讪讪地点了点头，又问道："方才没瞧见有德兄弟。他跟小芳成婚数月，如今也该听见喜信了吧？"

一听这话，其他人脸上皆有些不自然。

汤显祖干咳一声，笑道："振之小友，老夫发现你这趟回来，倒有些婆婆妈妈了。人家小两口自己的事，你老打听什么？"

王孺人也道："是，人家自己不提，咱们也不好问。八成还没有，若怀上了，肯定会来通知的。"

徐振之瞧瞧王孺人，又看看汤显祖："那些礼物里也有他俩一份，正好现在也没事，我给他们送家去。"

"振之哥！"许蝉急忙拦下，发觉自己嗓音有点高，又压低下来，"有德这阵子，都住在我爹那儿学造机关，不在家的。"

"他在岳丈那里？"徐振之隐约感觉不对，"有德新婚宴尔，岂会撇下新娘子跑去别处住？他跟小芳怎么了，吵架拌嘴了？"

"人家小两口的事，我哪里知道得那么清楚，"许蝉嘟囔一声，又道，"光顾着说话了，你还没吃饭吧？走，我让厨房给你弄点好吃的。"

徐振之立而未动，缓缓看向阿花："有德和小芳到底怎么了？"

"二公子别来问我，我不知道，"阿花赶紧低下头，"我忙着照顾小山子，哪晓得外头的事？"

"既然你们都不肯说实话，那我亲自去找有德问个清楚！"

徐振之说完，抬脚欲走。

"罢了，"王孺人长叹一声，"既然你瞧了出来，我们也不瞒你了。之前大伙不提，是念在你刚到家，想让你先歇歇。阿花，先把孩子抱进去吧。"

"是。"阿花答应着，接过小山子进屋。

徐振之追问道："有德到底怎么了？他出什么事了？"

"不是有德，"汤显祖接言道，"出事的，是小芳和她爹老余头。"

听汤显祖说，伍有德与小芳成婚后，日子过得和和美美。然而就在前不久，却遭遇了祸事。那是一天深夜，住在北屋的小芳从梦中醒来，见窗外透进些灯影，便点了烛台去瞧。到了院中，才发现那是自家的烟花作坊。余家的作坊设在院南的一间厢房内，透过开着的房门，就见老余头在里面忙碌。老余头年纪大了，小芳心疼爹爹，便走去劝他早点歇息。谁知刚到了作坊前，小芳一步没踏实，打个趔趄，烛台没拿稳，失手掉在了地上。

这段时节飘杨絮，院中角落里积了不少，那烛台一落地便点着了杨絮。那杨絮又蓬又软，比草纸、棉花还易燃，"呼"的一声，小芳面前便腾起一团火焰，还未等她惊呼，又是一阵疾风，将那团火径直刮进了作坊。既然是烟花作坊，当然少不了火药，紧接着又是"轰隆"几声巨响，作坊的屋顶登时掀飞上天。小芳直接被气浪拍至院中，整个人血肉模糊，被救下后没多久便断了气。那老余头更可怜，当场被炸得腿缺胳膊断，待那大火扑灭后，才发现他早在废墟里烧成了一截焦炭。

见妻子和岳父惨死，伍有德伤心欲绝，一连几日，都窝在北屋发呆落泪、不思茶饭。众人帮衬着处理了小芳和老余头的后事，伍有德又提出，想跟着许学夷去木脉住段日子。许学夷心道也好，这样可以教些手艺让他散心，省得他守着院里那堆废墟睹物哀伤。

汤显祖说完，长叹连连："造化弄人啊，小芳多好的一个丫头，就这样活生生没了。"

王孺人也不免垂泪，拭着眼角道："有德那孩子也真是命苦，好不容易有个家，却摊上了这等惨祸……可怜啊……"

徐振之久久未能作声，眉头拧了又拧，脸色也越来越差。

许蝉忙拉了拉他的衣角："振之哥，你别难过了。碰上这种事，大伙心里都不好受，可人死不能复生，只能想开些了。"

徐振之慢慢点了点头，又道："我去余家转转。"

"眼下那里烧得房倒屋塌，见了也是徒增伤悲，还是别去了吧。"

徐振之摆了摆手："不去亲眼瞧瞧，我心里总是不踏实。"

"那成，老夫陪你走一趟。"

汤显祖说完，便与徐振之出了归游居。

二人走到半路，迎头便碰上了一老一少。那年纪大的，是许学夷，年纪轻的，正是伍有德。

许学夷拉着徐振之的手，打量了一圈道："振之，你好像瘦了不少，在外头没少吃苦吧？我和有德听说你回来了，就赶来见见。你这刚到家，不先好好歇歇，这是要去哪儿？"

徐振之看了一眼伍有德，欲言又止："这……"

汤显祖见状，便指个方向："老夫和振之小友去前头转转，许夫子，你与有德先去归游居等吧，我们转转就回去。"

伍有德顺着瞧去，见汤显祖所指的方位正是余家，眼神一黯，轻叹道："香主，小芳的事，想必你已听说了吧？"

徐振之点了点头，在他肩膀上拍了拍："伍兄弟节哀。"

见汤显祖和许学夷在一旁都有些尴尬，伍有德忙抹了把脸，努力挤出个笑容："我已经没事了。死了的人不在了，活着的总得活下去。汤老爷子、许老夫子，要不你们先回归游居歇着吧，我陪香主过去瞧瞧。"

汤显祖和许学夷互视一眼，有些担忧："你去……不要紧吗？"

"不打紧。有些事，早晚都得面对的。那里毕竟还是我的家，我不能因自己伤心，就把那个曾和小芳一起经营过的小院丢下不管。"伍有德再叹一声，"香主，我们走吧。"

余家院中，满目疮痍。原来的作坊已成废墟，熏黑的破砖碎瓦飞散得到处都是，几根焦木般的残梁断柱横七竖八地斜插了一地，就像一根根乌黑的木刺，戳得人眼珠子生疼。受那场爆炸的波及，院墙损毁了大半，北屋的窗棂窗纸也被震得稀碎，光秃秃的窗户洞好似几只无助的大眼睛，哀伤幽怨地望着来人。

徐振之踏着瓦砾，这里摸摸，那里看看，最后指着一处地方问道："伍兄弟，这里便是原本作坊的入口吧？"

"是，"伍有德声音有些哽咽，"小芳就是在这儿绊了一跤，这才不小心引燃了那堆杨絮。唉！都怪我，开始飘那杨絮的时候，我倒是扫过，可那杨絮实在太多，转眼就能积上一层。我见扫不净，便丢着没再碰。早知道就算累死，我也要把那些害人的杨絮清除干净……"

"这的确是个隐患，之后咱们都得注意些。"徐振之拍了拍手上的灰土，又问道，"爆炸发生时，伍兄弟还在那北屋躺着？"

伍有德点了点头："那会儿小芳夜里起来，我也醒了，就问她怎么了。她说瞧着作坊里灯还没熄，怕是她爹熬夜忙活，就要过去劝她爹早点歇下。等她点了烛台出屋后，我见也没啥大事，便翻了个身接着睡了，谁知……"

"照这么说，小芳出屋后发生的事，伍兄弟未曾亲眼瞧见？"

"是。我刚重新躺下，便听小芳在院外'哎哟'一声，跟着便有什么落地。我那会儿只当她摔了，急忙下床去瞧。还没走到门口，就听院中传来巨响，紧接着一股热流冲门而入，将我顶翻在地。待我爬起来，就看到小芳浑身是血地躺在院子里，作坊也是火光冲天……"

徐振之望着那片废墟，默然呆立良久，面上竟有了几分自责："或许是我害了他们……"

伍有德一怔："香主这话何意？"

"我在想，既然当时你没瞧见院里的情况，那小芳的那声'哎哟'，或许是不小心摔了，也可能是遭人暗算。"

伍有德打个激灵："她遭了暗算？"

"很有可能，"徐振之接着道，"还记得当年炎尊在家中遇难的事吗？咱们后来去祭拜过，那房毁屋塌的样子，跟眼前这废墟何其相似？"

伍有德点点头。昔日炎尊赵士桢所居的后湖斋无故爆炸，一代火器宗师，就那样不明不白地葬身火海。

"可我还是不懂香主的意思，炎尊五年前的遇难，怎么会跟小芳遭人暗算扯上关系？"

徐振之道："我记得赵家老仆还提到过，当年炎尊出事前，曾有两个江西口音的人找上门，那两人一个黄面皮，一个没左眼。"

"缺了左目，江西口音……龙魁俞百川？"

"对，那个黄面皮的，想必就是他的手下彭勇，"徐振之继续道，"那老仆还说，他们貌似是去借东西，但炎尊没给。再后来，我们就接到了马千乘大哥遇害的噩耗，又急急分赴了京师和石砫。不瞒伍兄弟说，这些年来，我一直怀疑炎尊的死与水脉有关，可苦于寻不到任何证据，后来便慢慢淡忘了。可如今，类似的事再度发生，不容我不起疑。"

伍有德眉头一紧："香主是说，这次不是意外，而是水脉的人在搞鬼？可是，他们远在九江，小芳也跟他们无冤无仇……"

"所以我才说，这桩祸事怕是因我而起，"徐振之痛心疾首道，"伍兄弟有所不知，俞百川一行，此时正在江阴。"

"什么？"伍有德脸色一变，急急追问道，"香主，这究竟怎么回事？你快说啊！"

"是我写信让他们来的。我前番离家去定远，走的是水路。在船上，曾听那艄公说，咱们江阴附近的水域上不知打哪儿来了一伙水匪，官家派兵清剿了数次，却一直剿不干净。后来我自徽州去福州，曾路过江西，就想起龙魁他们也在江西的九江府。五脉中人当以除暴安良为己任，水脉闲了数年，也应该做些正事了，于是便写了书信一封，托人送至鄱阳湖水寨，想请他们过来，将那伙水匪除去。那阵子我都在路上，自然也接不到回信，只当俞百川因为前嫌，不愿作理会。可今日我自胜水桥登岸时，却听见两个渔人在窃窃私语，说是三岔港那边有两伙人打了起来，直杀得河道上漂满了死尸。我闻言再去细问，那人说有一方打头的是个独眼大汉，立在战船上一边指挥喊杀，一边操着江西口音叫骂，但当时两伙人打得昏天暗地，他也不敢近前……"

"俞百川！定是俞百川那厮！"伍有德眼珠子都红了，"香主你说得不错，他们既然能在今日与水匪开战，那定是早就到了江阴附近。但他明明早到了这儿，却一直未跟咱们联络，这其中必定有鬼！可……可小芳与我岳父连他们的面都没见过，更谈不上结仇，他们为何要对无辜之人下毒手啊？"

"他们要找的，应该是土脉的晦气。"徐振之长息一声，再道，"当年五脉会盟时，水脉曾在咱们手底下出过大丑。那俞百川心胸狭窄，临走前尚对咱们怀有余恨，这次接到我的书信，居然肯赶来剿匪，已然出乎我所预料。如今看来，他们必是借着剿匪之名，暗中前来报复。那时我还未回来，土脉的兄弟在五奎带领下日夜巡视，他们不好下手。而你成家后，便一直住在这儿，对他们而言，更容易得手。"

想起爱妻惨死时的样子，伍有德的眼泪早已止不住，发疯般嘶吼一声，就要冲将出去："王八蛋！我去跟他们拼了！"

徐振之赶紧将他死死抱住："你这样贸然冲去，他们是不会承认的！听我说！你听我说！"

伍有德挣扎了半天，最终捂着脸，慢慢蹲在了地上，指缝间泪水长流："小芳她……死得好惨啊……"

"伍兄弟，"徐振之也蹲下身来，扶住伍有德的双肩，口中斩钉截铁、落地有声，"土脉的事，便是我徐振之的事，害我兄弟家人，有如伤我至亲！后面的事你不用管了，我徐振之就算豁出性命，也要为死去的人讨回公道！"

再回到归游居，天色已然不早。听完徐振之的分析，汤显祖等人皆是目瞪口呆。众人围在一处，又将整件事推敲了一遍，便发觉无论是昔年赵士桢之死，还是余家最近发生的惨祸，种种迹象皆表明，那龙魁俞百川确实难逃干系。

五脉中出了奸徒，此事非同小可。于是众人便决议，先找机会将那俞百川制住，待查清问明就要动手锄奸。商量完毕，徐振之安排人将小山子和阿花等连夜送到了村中老宅，留在归游居的皆是强将精兵。

第二天一早，徐振之就和汤显祖一行赶到胜水桥码头等待。至巳牌时分，果有一叶轻舟荡波驶来。舟上四人，两名随从打扮，剩下的两个正是那俞百川和彭勇。

见徐振之等人早立在岸上，俞百川和彭勇皆异常意外，不等小舟泊稳，便双双跃上桥头。

"令主、列位，你们候在这儿，该不是在等我们吧？"

汤显祖手摇玄铁扇，笑呵呵道："这话说的，除去你龙魁，谁还有那么大面子，能让我老汤亲自来迎？"

俞百川与彭勇互视一眼，满腹狐疑："我们又没提前打过招呼，令主难道能未卜先知？"

"你们来江阴剿匪的事，振之小友早跟老夫说了，并且附近的乡亲们也在传，昨日有伙好汉于三岔港大破水匪。虽打了胜仗，也需休整一夜，所以我们估算了一下，这个时辰你们差不多能到。"汤显祖说完，又向水面上望去，不禁皱眉道，"后面怎么没船跟着？水脉的其他兄弟呢？"

俞百川道："上次会盟时，我们太过招摇，让村里人无端受了惊扰。这次前来剿匪，带了不少战船，一来此处停靠不下，二来怕再让乡亲们受惊，所以我就命手下都在船上留守，只带了彭勇和两名亲随换舟而来。"

徐振之闻言，便拱手一礼："龙魁如此周全，振之代乡亲们先行谢过。说实话，振之前番虽冒昧去信，却未敢奢望众位能来。"

"我们可不是冲你，"那彭勇冷哼一声，"咱寨主说了，这几年鄱阳湖上风平浪静，早闲得有些手痒，正好借此机会，杀几个蟊贼过过瘾。"

徐振之神色自若，反问道："在下还听说，你们早就到了江阴？"

彭勇一怔，继而又冷冷道："早到如何？晚到又如何？关你何事？"

"少说两句吧。"俞百川喝住了彭勇，又向徐振之道，"那伙水匪十分狡诈，藏身之处也极为隐蔽。我们一连摸查了数天，才寻到他们的巢穴。之前怕打草惊蛇，又想给各位一个惊喜，故而没有提前联络，莫非徐香主因此事拿了怪？"

徐振之冲着俞百川那只独目，直直盯了半晌："不敢，在下随口问问，龙魁不必多心。程五奎！"

"属下在。"

"安排船只，满载酒食，去犒劳一下水脉的兄弟。"

"是！"

程五奎使个眼色，带着掘子军一行离了码头。

许学夷也瞧了瞧身旁的钱谦益："受之，归游居那边也都准备妥当了吧？"

钱谦益点了点头："各色茶果备足，只待龙魁落座。"

"那咱们还愣在这儿做什么？"汤显祖将玄铁扇一收，"走吧龙魁，老夫今日，定要好好款待你这剿匪的大英雄。"

"令主客气，请！"

说话间，一行人已来到归游居外。归游居大门洞开，许蝉正抱着秋水剑于门口相候。许蝉自怀孕后，所着皆是宽松衣裙，今日难得换上一身劲装，更显英姿飒爽。

见水脉的人走来，边上的伍有德恨得牙根痒痒，许蝉低喝声"别冲动"，再冲俞百川一拱手，将他们让进了归游居。

众人到了厅上，许学夷便伸手示意："龙魁、彭副寨主一路辛苦，还请入座品茶。"

"多谢。"俞百川环顾一遭，见下首有个座位，便要走过去坐。

"龙魁这趟客套了不少啊？"汤显祖笑着拉起俞百川的手腕，

"来来来，你们可是剿匪的功臣，得上座。"

"这……"

俞百川尚在犹豫，彭勇已大刺刺来到其中一张宽椅前，撩开衣摆，一屁股坐定："咱们为五脉流血卖命，连他们一张椅子还坐不得吗？"

"彭兄弟言之有理，"汤显祖双手一压，将俞百川按在了旁边的灵芝椅上，"龙魁不必再辞，只管安心坐下。"

待香茶奉上后，众人便开始有一搭没一搭地聊些闲话。又过了半炷香工夫，程五奎回来禀报，说是已将酒肉送到船上，水脉的兄弟也都安顿好了。

徐振之点了点头，又向钱谦益道："受之兄，你不是还为龙魁准备了一样礼物吗？"

"不错，"钱谦益说着，从怀中摸出一卷小轴，在俞百川面前展开，"龙魁请上眼。"

那轴上印着一幅人像。那图中之人一身披挂，燕颔虎眼，须眉戟张。左臂半屈着，抬至胸前紧握成拳；右手在后，倒提了一柄三头钢叉。上首七个字，写着"虢国公俞忠烈像"。

这俞忠烈，便是俞氏先祖俞通海。俞百川一瞧，果然大喜："好！端的是威风凛凛，如此传神的画像，是从何而来？"

"此像出自'十竹斋'胡正言先生之手，胡先生精通印刻绘画，堪称金陵一绝，故而不才请他按照史书所载，制成虢国公画像一幅，专诚送给龙魁赏鉴。"钱谦益一面说，一面将手扶在了俞百川的椅背上。

"这像画得真不赖，眉眼跟寨主还有几分相似，"彭勇也起身凑过来看，可眼角一瞥，却见钱谦益的手突然在椅背后疾动了几下，

"小子，你在那儿鬼鬼祟祟地干什么？"

话音还未落，那灵芝椅的搭脑、扶手、券口牙子等处，竟猛然探出数道钢扣，"咔咔咔咔"几声急响后，俞百川的胳膊、腿脚、腹腰，皆被牢牢地箍在了椅上。

"寨主！"彭勇大惊，正要上前抢人，忽觉后心一麻，整个人便定在了原地不能动弹。

汤显祖摇着玄铁扇从他背后走出，指着水脉的两名随从道："那两个也拿下了！"

许蝉二话不说，将其中一名踹翻在地，同时秋水剑出鞘，架在他颈上："老实点！"

另一名见状，拔脚欲逃，可刚到了厅门口，就觉脖子一紧，已然被徐振之挥鞭缠住。徐振之再发力一扯，那人便仰摔在地，程五奎等人一拥而上，将其五花大绑。

彭勇虽被点穴，舌头却还能动，惊怒之下，破口大骂，什么直娘贼、贼厮鸟，怎么解恨怎么来。

"够了！"俞百川倒还算镇定，喝住彭勇后，又冷冷望向众人，"诸位，这算什么意思？"

伍有德被仇恨冲昏了头脑，方才便一直强压，眼下见俞百川受制，哪里还忍得住？"呛啷"拔出刀来，兜头盖顶地朝着俞百川斩下："好狗贼，还我妻子命来！"

眼见那寒刀就要砍在俞百川头上，一道银光疾闪而过，"铮"的一声，钢刀被斩成两截，断刃贴着俞百川面门险险划过，削落了几缕额发。

许蝉手腕一翻，将秋水还匣："有德别冲动！他们逃不掉的，待振之哥和汤老爷子审实后，再以他们的脑袋血祭。"

伍有德把手中断刀一扔，红着眼睛来到正北条案前，伸手一扯，那张高悬的义字大屏后，便露出了三个牌位："姓俞的，瞪大你的狗眼瞧瞧，这上面的三人可还认得？"

俞百川独眼一转，见那其中一个上写着"赵公士桢之神主"，便哼道："炎尊我自然认得，其他两个却是不知。"

"是了，他们的名字你或许不知，可他们的样子你定会认识！"伍有德抹了把眼泪，恨恨道，"这其中一个是我新婚的妻子，另外一个是我岳丈，他们皆被你这狗贼害死。姓俞的，此仇不共戴天！"

俞百川一愣神，彭勇已在大叫："你这厮死了老婆、丈人，与我们寨主何干？别说你那死鬼老婆，就连你这种小喽啰，我们寨主也是见面就忘，还什么不共戴天，你也配？"

"你再说一句？"伍有德冲到彭勇跟前，扬拳就要打。

"伍兄弟，你且退下。"徐振之拦下伍有德，又向俞百川道，"既然龙魁说不认得伍兄弟家人，那咱们便聊聊你认得的炎尊赵老爷子吧。"

俞百川冷着脸道："老赵都死了几年，有什么好聊的？"

"咱们要聊的，就是赵老爷子的死因，"徐振之顿了顿，又道，"当年炎尊过世后，我曾去赵家祭拜，还听那老仆提起，貌似赵老爷子出事前，你龙魁与那彭兄弟曾登门拜访过。"

"是又如何？我与老赵同属五脉，相互间来往走动也是常情。"

"上门走动，一般是拎着拜访之物相送。而你们那次，却是去找炎尊讨要什么。究竟讨要何物，龙魁可否见告？"

见俞百川不语，彭勇又道："就算去借银子，那也是我们和炎尊之间的事，凭什么要告诉你？"

徐振之看了看彭勇，冷笑道："你们不肯告诉我，我就免不了好奇。我若免不了好奇，那少不得要猜上一猜。五奎！”

“在。”程五奎大踏步上前。

“水脉的那些兄弟安排得怎么样了？”

“咱们给酒里掺了点料，他们一喝就倒下一片，此时都被弟兄们捆住手脚，丢在船舱里关着。”

“徐振之！”俞百川勃然变色，“你们究竟要干什么？”

“龙魁且息怒，你耐心听下去自然明了。”徐振之说完，又向程五奎道，“东西找到了吗？”

“香主神机妙算，”程五奎从怀里摸出个黑色小坛，小心翼翼地递给徐振之，“当心，这东西危险得紧，那舱底下还有大半箱，我怕带多了出事，就只拿了这一个过来。”

徐振之点了点头，将那小黑坛亮在众人眼前：“这样东西，我想大伙都不陌生吧？”

汤显祖眯眼一瞧：“此物应是炎尊特制的霹雳弹。”

“不错。火脉炎尊特制的霹雳弹，却偏偏出现在水脉的船上。龙魁就不想说点什么？”

见那彭勇又想张口，徐振之又抢先道：“别说是炎尊给的。那赵家老仆可是说过，你们欲借，但赵老爷子却未答应！”

“罢了，我就实话实说吧，”俞百川叹了口气，“你猜得不错，那次我们去赵家，确是为了借那霹雳弹的图纸。可我们也不是全然为了自己。鄱阳湖上，不少人以打鱼为生，一些上了年岁的，拉不动渔网，也挥不动鱼叉，我瞧着也有些可怜。想到五脉会盟时，老赵那霹雳弹能在河底炸出群鱼，于是就去了温州乐清……”

伍有德骂道：“你这恶鬼，装什么菩萨？”

“你信也好，不信也罢，自打五脉会盟后，我俞百川反思前事，心中也很是懊悔，所以就想着为水寨周边的百姓做些什么。但老赵对那霹雳弹十分看重，任凭我们怎么求，他都不肯松口。最后没办法，我们便回了九江。可后来，也不知从哪儿射来一支利箭，正中我们寨门。那箭上还钉了张绢布，上面有图有字，竟详细写着霹雳弹的调配方法。我们依图制成的霹雳弹，威力虽远不如老赵那批，但开湖炸鱼足够。这次来江阴剿匪，我便令手下赶制了一些，想借着霹雳弹之威，杀那伙水匪一个措手不及。故而这一仗打完，兄弟们虽然负伤流血，却无一人丧命。"

"姓俞的，要撒谎也得编圆了，那霹雳弹的图纸只有炎尊能画，那会儿他老人家已然遇难，这世间还有谁能将那图纸送至九江水寨？"伍有德说完，又向徐振之与汤显祖道，"香主、令主，定是这厮暗害了炎尊，又将那图纸盗去！"

汤显祖点点头："有理。若是他们害人盗图，那后面之事，就说得通了。"

"放屁！"彭勇急得脸红脖子粗，"一个个全是放屁！老子还说，那赵老头是你们害死的呢！寨主，你说话啊！就任凭这群王八蛋血口喷人吗？"

"该说的我都说了，他们非要诬陷，我能有什么法子？"俞百川向着厅上环视一周，冷笑道，"亏我俞百川还拿你们当兄弟。嘿嘿，或许上辈子真欠了他们徐家的，在老的手里，我少了一只眼，不想在小的这儿，却连命都要搭上了。"

徐振之也冷笑道："知道你们不会乖乖认罪，放心，在下还有别的法子。来啊，将他们也一并绑了，押在后院听候处置！"

"是！"

后院中有间空屋，木脉的人也早在里面搭建了坚固的木牢。怕俞百川和彭勇挣脱，牢中又放置了两张机关椅，待将其手脚箍住后，这才解了绳索。

见他们不肯招认，徐振之也发了狠，一连关了两天，只是派人送了点简单的水食。这两天里，俞百川阴沉着脸，坐在机关椅上一言不发。彭勇倒闹腾，操着方言俚语，将归游居上下祖宗十八辈都骂了个遍。

待到第三日傍晚，徐振之又带人赶来瞧。还没等进屋，就听彭勇还在里头有气无力地骂娘。

伍有德皱着眉头道："香主，这两个狗贼招也是死，不招也是死，再审下去也没什么意思。"

程五奎听里头骂得难听，心中也直冒火："反正铁证如山，容不得他们狡辩。不如一刀杀了，省得听他们聒噪！"

"别急，"徐振之摆了摆手，"我留着他们的命，是为了要一样东西。"

许蝉奇道："什么东西？"

徐振之压低了声音："我要的是《神器谱》，那可是炎尊的毕生心血，上面记载着他发明的各种火器。我在想，他们既然能造出霹雳弹，想必是将《神器谱》盗了去。"

程五奎挠了挠脑袋："可他们不是说，是依一张图纸制造霹雳弹的吗？"

"他们的鬼话你也信？"许蝉白了他一眼，"他们还说没害死炎尊，也不肯承认害了小芳和她爹呢。"

"对对！"程五奎恍然道，"那怎么让他们交出来？"

"且看我手段，"徐振之神秘一笑，"这样吧，待会儿我一人进去，你们都在外头守着。"

许蝉忙道："这两个人功夫不低，还是我跟你一起吧，在旁边也好有个照应。"

"也太小瞧你相公了，他们都还在机关椅上箍着呢，这事须我一人去办，放心吧，出不了岔子。"徐振之说完，便推门进屋。

见徐振之进来，那俞百川哼了一声，扭过头去。彭勇却咬牙切齿，破口大骂起来。徐振之也不恼，抱着胳膊笑眯眯瞧着，面对那些污言秽语只当耳边风。又过了一顿饭的光景，彭勇嗓子哑了，声音也渐渐低了下来。徐振之再等了一会儿，看他确实没力气骂了，便走上前，弯腰附在彭勇的耳朵上，说了几句什么。

那彭勇听后，居然愣了，刚要开口质问，便被徐振之捂住了嘴巴。

徐振之瞥了眼旁边的龙魁："彭兄弟，这事你可得思量清楚。"

那彭勇直直瞪着徐振之的双眼："姓徐的，老子如何信你？"

"除了相信我，彭兄弟还有别的路可走吗？"徐振之脸上挂着笑，似是胸有成竹。

彭勇默然呆坐半晌，将心一横："行，老子就信你这一回！拿酒菜来！"

"稍等。"

徐振之扔下这句，闪身出屋。

"怎么样香主？"

徐振之微微一笑："那彭勇说，《神器谱》的确被他们藏在了附近，并且他也答应去取谱了。"

许蝉不解道："你到底跟他说了些什么？"

"其实很简单，"徐振之缓缓道，"大伙想必也瞧得出，那彭勇对俞百川无比忠心。用俞百川的性命为要挟，他便会老实就范。

所以我跟他说，只要将那《神器谱》交出，我就留他二人一命。"

"什么？"伍有德和程五奎都急了眼，"这怎么能行？若是放过他们，小芳、赵老爷子不就白死了？"

"别急，"徐振之将声音压了又压，"他们能扯谎，难道我便不能？只要拿到了《神器谱》，那两个人就交给伍兄弟处治。"

伍有德使劲一抱拳："我替死去的小芳，多谢香主！"

"好了，那彭勇要吃东西，快去备酒菜吧。"

当酒菜送到，徐振之便替彭勇解了束缚。但恐他发难，许蝉则持了秋水剑，架在俞百川颈间防备。

吃饱喝足，彭勇又跪在俞百川面前，"砰砰"磕了几个响头："寨主，彭勇做的一切，都是为你好。"

见俞百川闭目不语，彭勇又叩了几叩，转身出门。

当彭勇的身影消失在夜色后，许蝉莫名有些担忧："振之哥，万一他撇下这姓俞的逃掉怎么办？"

伍有德也道："要不我去跟着他？"

"不用，"徐振之低头看着俞百川，"他应该舍不得龙魁的。再者说，那彭勇充其量也就是个帮凶，就算他逃了，主谋还押在咱们手上，不必担心。"

徐振之所料不差。约莫一炷香后，彭勇便回来了。

"好，彭兄弟言而有信，振之佩服。"

"少废话，"彭勇从怀中掏出个小布包，交给了徐振之，"东西在此，放了我们寨主。"

徐振之打开只瞧了一眼，便将那布包收在胸前。

许蝉等人见状，忙提醒道："瞧仔细了，可别是拿了本假的蒙咱们。"

徐振之摆了摆手："龙魁的性命还在咱们手上捏着，他不敢耍花招。"

"别啰唆！"彭勇有意无意地瞧了瞧伍有德，似乎有些焦急，"还等什么？快放人……"

"动手！"

一听徐振之这声疾喝，许蝉突然从后踹向彭勇的腿弯。趁他身子一歪，伍有德和程五奎左右齐扑，各扯着彭勇一条胳膊将其拖至机关椅上。徐振之手掌在椅后一抚，那钢扣再度探出，彭勇还没明白怎么回事，又被牢牢困住。

"你们……"

徐振之拍了拍彭勇肩膀："我们跟好人讲规矩，对付你等恶人，自然是要要得团团转。"

"姓徐的你卑鄙！你说话不算数！"

"若跟你说话算数了，徐某还有何颜面去面对那些死者？"徐振之说完，又向伍有德道，"今晚我让五奎在这儿守着，你回去好好歇息，等明日一早，我就与汤老爷子开香堂，让你亲手宰了这两个恶贼，用他们的脑袋，来血祭你的家人！"

伍有德从归游居出来后，紧拧的眉头始终没有松开。一阵夜风袭来，他没来由地打个寒战，心头也涌上了一股说不出的担忧。尤其是彭勇看向自己的那一眼，貌似意味深长。伍有德越想越不对劲，索性迈开两腿疾奔，跑向余家小院。

几步穿过废墟后，他吹亮火折子，径直进了北屋正房。屋内西墙上有个小佛龛，抓着里头的神像左右拧上几下，那后面便出现了一个暗洞。待那暗洞露出，伍有德急不可耐地伸进手去，先摸出几个黑煤球般的东西塞入怀中，又探了几下，掏出个油纸包。

伍有德将油纸包一把撕开，见里面册上赫然写着"神器谱"三个字，这才大松口气。可这口气刚松到一半，他猛然醒悟到什么，正要转身，便觉眼前一花，手里的油纸包已然不见，胁下也结结实实地挨了一下。

不好，上当了！

待他捂着侧腹站直了身子，屋里屋外已是团团火把高照。汤显祖带着许学夷、钱谦益等人立在面前，掌中一物，正是方才从伍有德手中抢来的那本《神器谱》。

不多时，徐振之和许蝉也从外头进来，后面还跟着俞百川、彭勇及程五奎等一帮兄弟。众人一进来，便各自散开，守门堵窗，当即将这屋子围得密不透风。

伍有德往前走了两步："香主，我……"

"你还有脸叫我香主？"徐振之一挥手，"将这奸贼拿下！"

伍有德"扑通"跪地，哀求道："且慢，香主你先听我说！"

"还说什么？"程五奎气得脸色铁青，"伍有德，你真是让我想不到啊，当时香主说是你的时候，我还死活不信，差点跟他吵起来。如今人赃并获，你还有什么好说的？"

"别装了程五奎！"伍有德恨道，"我做那些事，皆是受你胁迫。如今事情败露，要死咱们一起死，凭什么把罪名全扣在我一人身上？"

程五奎一怔，继而怒道："事到如今，你这狗贼还敢胡乱攀咬？信不信我……"

"我当然信！"伍有德冷笑道，"你巴不得将我早点灭口，此时你手中便藏了暗器，当我瞧不见吗？"

一听这话，不少人便下意识地向程五奎掌中瞧去。徐振之见状，忙喝道："大伙留神戒备，别上他的当！"

话音未落，伍有德就地一滚，疾疾跃至离他最近的钱谦益身边，袖口再一翻，蓦地探出把尖刀，抵在了钱谦益的喉咙上："都别过来，再动我宰了他！"

众人大惊，钱谦益更是吓得面色惨白："伍有德，你……你别乱来……"

"闭嘴！"伍有德挟持着钱谦益，向着徐振之恨道，"姓徐的，你这场戏做得可真像。我自问毫无破绽，你是怎么瞧出来的？"

"其实破绽连连，只是你不自觉罢了。开始你说小芳出事时，你正在屋中躺着，既然瞧不见院内，又怎能断定她是失手摔落烛台，再引燃了杨絮？就算是推测，也不可能猜得像亲眼看见般精准吧？还有，在我们制服龙魁质问时，龙魁曾说那霹雳弹的图纸是从乐清回九江后所得，但他没说具体时间，可你下一句就言辞凿凿，一口咬定那是在炎尊死后。"徐振之轻叹一声，又道，"这些倒还在其次，其实从听说余家惨祸后，我就在怀疑那凶手不是旁人，而是你伍有德！"

"什么？"

不光是伍有德，其他人也全怔了。

彭勇不悦道："你一直就知道我们是被冤枉的？那为何不早点说？"

徐振之拱了拱手："我大费这番周折，就是为了蒙蔽伍有德。之所以没跟你们打招呼，是想将这场戏做得真实些，不光是你们，就连汤老爷子他们也是后来才知道内情的，事出无奈，还请各位多多恕罪。"

伍有德死死瞪着徐振之："一开始你就怀疑我？那牛皮吹得也太大了吧？"

徐振之哼道："倒非是徐某火眼金睛，而是那假话说得再像，也免不了露出马脚。亏你还叫了老余头几个月的岳丈，竟没发现他有个习惯吗？"

"习惯？"

"老余头自打家境转好后，便越来越惜命。不但变得怕死，甚至连一些丧气的字眼都听不得。而他家做的是烟花生意，少不得要与火药打交道。所以老余头给自己定了个规矩，哪怕活计再急，也绝不在晚上干。因为夜里照明要靠烛火，只要灯蜡一燃，就很容易出现危险。这么一个小心谨慎的人，又怎么可能像你说的那样，于深夜点灯，在作坊里忙碌呢？"

"不错，"汤显祖等人恍然道，"老余头怕死的事，先前小芳也没少说。我等真是糊涂，竟被这奸徒巧言蒙骗。"

徐振之点了点头，又道："当时我猜出真凶是他，又见余家废墟与当年后湖斋被炸后的样子极其相似，便猜测炎尊之死同样也跟他有关。没有立马戳穿他，一来是无实证，二来是因为那本《神器谱》。伍有德这些年来何等谨慎？万一事败后，他或是将谱毁去，或是拒不肯说藏谱所在，那炎尊的毕生心血势必会付诸东流。于是我就利用水脉的兄弟，布下了这个局，就在今夜木牢中，我将实情诉之彭兄弟，并和他约好，让他去拿那本我提前备好的假谱，再当着伍有德的面来换人。伍有德心中有鬼，自然起疑，少不得要来这藏谱之处瞧瞧才安心。所以，我们又暗中跟随其后，一见他取出那《神器谱》就动手抢夺。这样一来，谱也拿到了，他作恶的证据亦是有了。"

许蝉想起小芳，眼圈都红了，向伍有德恨道："你这狼心狗肺的东西！枉费小芳对你痴情一片，你居然狠得下心来害死她！"

伍有德冷哼一声："我身负血海深仇，从未想过什么儿女情长，那不过是她一厢情愿罢了。"

"你混蛋！"许蝉怒道，"你对人家没意思，当初为何要娶她？"

"我娶她，只是为了找一个安静的地方参研手艺，"伍有德看了程五奎等人一眼，"跟他们混在归游居，人多眼杂，我藏还藏不及，哪还敢将《神器谱》拿出来看？后来，我瞧小芳对我有意，她家作坊里又有不少火药，正好适合我研习，便假意和她走在了一起。我对那傻丫头虽未动过心，倒也没想过要弄死她。怪只怪她太过殷勤，她若不去碰那神像……"

"神像？"

"就是墙上这尊。这神像佛龛是我设计的机关，装好那天，我就千叮咛万嘱咐，不让她碰。可她倒好，见神像上结了些蛛网，就闲不住去擦，结果无意间打开了暗格，见到了那本《神器谱》。当时我还没起杀心，还想着怎生将她哄骗过去，谁知她竟听说过《神器谱》，闹着要来告诉这姓徐的……"

许蝉看一眼徐振之，不解道："小芳怎么会知道这谱？"

徐振之无不懊悔道："之前我和老余头闲聊时，曾提起过炎尊这本《神器谱》，老余头也算是琢磨火药的，当时听说谱子不在后，还连叫可惜。小芳应该是从她爹爹那里得知的。唉，想不到随口一谈，他们二人竟因此丧命。"

"所以说，小芳的死，你这姓徐的也有责任！"伍有德双眼通红，有些歇斯底里，"既然那傻丫头找死，那我还客气什么？将她一把拖了回来，扼住了她的脖子。别看那丫头个子不大，力气倒是不小，临死前，双脚还在拼命乱蹬，将那条凳椅子踢倒了一地。她爹听见动静，又赶了过来，没奈何，我只能再送那老余头上路了。之后，我便将两具尸首拖到作坊，再把火药点燃，'嘭'的一声，什么小芳、什么老余头，全都飞上天了……"

许蝉骂道："你这恶贼真是丧心病狂，点那火药时，怎么没连你一起炸死？"

"他离得远，自然炸不着。"徐振之又道，"若我所料不错，他点火药时没用明火，而是用了一根线香。当年在后湖斋，他恐怕用的也是这个法子，先害死了炎尊，又在引信处放置了一根点燃的线香。而后再出去，拉着那老仆坐在外面闲聊。这样一来，后湖斋爆炸时，二人都在外面，那老仆自然也不会怀疑到他。只可惜，我未能早些参破此节，唉！"

"连这都猜出来了？你还真是有点意思。"伍有德正说着，却瞥见钱谦益偷偷缩了缩脖子，赶紧将那尖刀一紧，"小子，你可别打什么鬼主意！"

那刀刃再一收，钱谦益的颈上登时划出一道血痕。许学夷有些焦急，赶紧劝道："伍有德，你不要执迷不悟了……"

"闭嘴！"伍有德叫道，"老子若放了他，你们能放过我吗？不就是耗吗？来啊，耗着啊，看谁能耗过谁！"

徐振之怕激怒他，急忙又道："这么说，炎尊也确实是死在你手上？"

"你不是都猜出来了吗？还问个屁！"

"可炎尊与你无冤无仇，你为何要下此毒手？只为了那本《神器谱》吗？赵老爷子其时并无传人，你若诚心去学手艺，他未必不肯教你啊。"

"当我没求过吗？"伍有德恨道，"那时我在他面前跪求了一宿，那赵老儿都不肯答应。"

"这又是为何？"徐振之与众人都大惑不解，"当年五脉会盟时，炎尊还因找不到传人而发愁。"

"赵老儿谁都肯教，却唯独不肯收我为徒，还发了狠话，说是宁可将那一身本事带进棺材！"

"他只针对你一人？"

"没错，他嫌我是个狼崽子！"

"狼崽子？"

"想不到吧？"伍有德苦笑一声，"我不是汉人，我是生在关外的女真人。"

"你……居然是女真人？"

"是啊，"伍有德长叹一声，神情黯淡下来，"这些年来，每逢夜深人静，我都会拼命地提醒自己，我不叫伍有德，我的名字叫敖登。我的父亲叫嘎勒，我的母亲叫淖尔图雅，我的哥哥叫那仁，我的姐姐叫萨仁……他们模样，我已经有些忘记了，可我不能连他们的名字都忘了啊！"

程五奎嘴张了半天，才道："你……你不是伍家村长大的吗？怎么……怎么成了女真人？"

徐振之稍加思索，又问道："方才我听你提过一句，你身负血海深仇，莫非与炎尊有关？"

"若不是那赵老儿，我的家人怎么会死？你见过爹娘的脑袋掉在你眼前吗？你知道哥哥姐姐的血溅在脸上有多烫吗？那些锦衣卫，一个个都像是吃人的恶鬼……你知道吗？我直到现在，一见穿黑袍子的，腿还是忍不住地哆嗦。"

"看来老子如今必须说个明白，好叫你们知道你们汉人当年到底造了什么孽！"

原来，伍有德的生父嘎勒，为建州女真的火器大匠。万历二十三年，嘎勒偕一家妻小来到中原，并以番匠的身份，接触到了时任鸿胪寺主簿的赵士桢。二人皆醉心火器，经常坐在一处讨论，遂互生知己之心。后来，建州狼主努尔哈赤在关外东征西讨、蚕食各部，为了更容易取胜，便派人来找嘎勒，让他去盗取大明的火器军械图。开始嘎勒不肯，但努尔哈赤就以暗杀其妻小为要挟。嘎勒没办法，只能老实听命，结果没偷儿张便被赵士桢察觉。此事非同小可，赵士桢只得据实上报，结果龙颜震怒，当即下旨，派锦衣卫将嘎勒满门处斩。其时，敖登才五六岁大，赵士桢不忍他这么小一个娃娃无辜丧命，就抱着他苦苦哀求那些上门的锦衣卫。最初锦衣卫自然不肯，后来见赵士桢拿出了全部的积蓄，这才去城外乱葬岗上，寻了个差不多岁数的童尸，砍花了头脸面目，拖回去复命。

听到这里，众人纷纷怒道："这么说来，炎尊还是你的救命恩人，你居然恩将仇报，真是狼子野心！"

"狼子野心？瞧你们一个个的，跟孙家那些人的嘴脸，当真是一模一样！"

"孙家？"

"不错。赵老儿救下我后，自然不敢把我藏在京师，就找了个朋友孙员外，将我安顿在那里。说老实话，那会儿我对赵老儿还是挺感激的，可他千不该万不该，不该将我的身份告诉了那个什么孙员外。这下倒好，知道我是女真人后，不但孙员外对我爱理不睬，连他那两个狗儿子也开始天天欺负我，骂我狼崽子，逼着我吃生肉。还拿了条铁链子拴在我脖子上，动辄便拳打脚踢！凭什么？我只想有个家，只想活下来，凭什么因为我是女真人，就非要说我是坏人？

好，既然这样，那我就坏给他们看！有次那两个狗崽子又来打我，我便去厨房摸了把菜刀，照着他们砍了过去！"

许蝉当了母亲，一听小孩子出事，心里就不禁提了起来："你把他们……砍死了？"

伍有德冷笑道："瞧瞧，果然是汉人一家啊……我被他们欺负你听不见，却反来心疼起那两个狗崽子？放心吧，我那会儿年纪小，哪有本事砍死他们？只是在他们大腿上割了条口子。但我知道，既然对那两个狗崽子动了手，孙家是待不下去了，便赶紧逃了出来。我一直逃到伍家村，正好村里有对老夫妇没儿没女，我就改成汉名，给他们当了儿子。等到我养父母死了，我便出来讨营生做苦力，再后来，就跟程五奎他们遇上，组了那掘子军。现在知道我是怎么熬过来的了？我倒要问问你们汉人，女真人跟你们一样，都是爹生娘养的，凭什么认为我们生来就是坏的？凭什么？"

伍有德童年的遭遇，早已让人唏嘘不已。听他这般质问，众人皆无言以对。

"怎么？都变成哑巴了？"伍有德笑了笑，又道，"好，你们不开口，那我就接着说。我只当此生与那赵老儿不会再相见，岂料在五脉会盟时，竟撞上了他。那会儿我已长大，他自然认不出我，于是我也不声张，继续以伍有德的身份，去接近他……"

"那时你就想复仇？"

"我家人虽因他而死，可毕竟不是他亲手加害，不管怎么说，我这条命是他救下的，所以我当时倒不怎么恨他。"

"可你后来为何要……"

"之前在那掘子军时勉强还算个副手，可自打并到这土脉，我就成了跟那帮泥腿子一样的喽啰兵。我不甘心！我当然不甘心！我敖登是大匠之子，凭什么要屈居人下？听那赵老儿说没了传人，我就有了主意。若能习得火脉的本事，到时候赵老儿一死，我便是炎尊，就能和你们平起平坐了！于是，我便有意去接近赵老儿，会盟后，主动送他回乐清，他喜欢喝江阴的黑杜酒，我也借故给他送去。他见我心诚，本来都快答应了，可谁知有次去赵家，天气太热，我便扯开了前襟凉快。我胸口有处月牙形的胎记，程五奎他们都见过，没想到赵老儿也记得。一见那胎记，他就逼问我是不是敖登，我见赖不过去，就说了实话。这下倒好，任凭我怎么求，那赵老儿都不肯收我为徒了，还说我爹爹就是前车之鉴，万一教会了我，恐怕我将来会把大明的火器制法传到女真。他一提我爹爹，我眼前就仿佛看到了当年家人身首异处的惨状。可那赵老儿非但没有一丝一毫的愧疚，反还要将我是女真人的事告诉你们。我那会儿又惊又怕，新仇旧恨一股脑地袭来，见他还在大嚷大叫，手也不听使唤，就使劲掐住了他的脖子……"

徐振之叹道："你若能好好做人，何必纠结于自己的身份？一步错，步步错。"

"得了吧！"伍有德哼道，"若赵老儿把我是女真人的事捅出来，你们敢说自己还能像之前那般对我？"

"这……"徐振之扪心自问，却也无法回答，"我不知道……"

"算你说了句实话，"伍有德又道，"我承认这些年你对我很是照顾，也真的拿我当兄弟。可经过那事，我总算发现，这中原再好，也不是我敖登的家。我的家在关外，只有回到那里，才能找到自己的归宿。于是，我就抢了赵老儿的《神器谱》，本想一走了之，可又一转念，单靠一本《神器谱》，怕是不能建功立业，所以，就打算将五脉的本事学全了。日后回到关外，还愁得不到重用？"

汤显祖等人皆是大惊，暗道这人好深的城府，竟有如此野心，万幸及时察觉，若真被他逃出关去，将来必酿大祸。

伍有德继续道："想到这儿，我就伪造出后湖斋意外爆炸的假象。我还从赵老儿那里得知，俞百川曾去找他借过霹雳弹的图纸。于是从乐清离开后，我特意去了趟九江，日后就算有什么纰漏，也好找个替死鬼顶缸。"

俞百川怒道："我说那图怎么凭空出现在水寨，原来是你栽赃嫁祸！你这厮好毒的心肠，怪不得那天上来就要斩我，你是想杀人灭口，来个死无对证！"

"现在才明白，恐怕有点迟了。"伍有德说完，又叹道，"不过也怪我太贪心，非想把五脉绝学尽收囊中，若是早点抽身，便不会闹得这般麻烦了。"

那彭勇双拳一捏，咬牙切齿道："小子，你还在痴心妄想？今日这局面，你还逃得掉？"

"一群蠢货！当老子真有那闲心，陪你们在这儿浪费了半天口水？"

"你耍什么花招？"

"还记得霹雳弹吧？那玩意儿在老子手里，已改良成了掌心雷。只不过方才信线处有些受潮，但在老子怀里焐了这么久，现在应该干了。好了，该知道的，你们都知道了，死了也算个明白鬼，上路吧！"

伍有德说完，将那钱谦益一脚踢开，掌中亮出两只黑乎乎的圆球，陡然向众人打来。

见那两枚圆球"咻咻"冒着火星子，徐振之疾喝声"都趴下"，与此同时，抓起自己的衣摆一兜一甩，将那要命的掌心雷，擦着棂沿抛出了窗外。

"轰轰"两声巨响，震得整座屋子都颤了几颤，还没等房顶上的尘土落完，众人的心又都扯到了嗓子眼。

怎么还有一枚？

一瞬间，大伙这才明白过来，之前两枚，算是伍有德为逃走放出的烟幕弹，而这枚偷偷留在屋中的，才是送他们下黄泉的催命符！

眼看着引信已烧到了尽头，众人万念俱灰。

就当不少人闭目等死时，汤显祖突然展开玄铁大扇，身子猛扑，死死压在了那掌心雷上！

"轰！"

又是一声巨响，汤显祖整个人被掀飞出去，尘烟弥漫、碎石激溅，屋里众人皆东倒西歪，耳鸣铮铮，头痛欲裂。

徐振之离得最近，耳朵已被震得流血，他却最先反应过来，强撑着从地上爬起，跌跌撞撞地冲到汤显祖面前："汤老爷子！"

这一声喊，将其他人的魂儿全叫了回来。许蝉、许学夷、程五奎、俞百川……就连刚从伍有德挟制下脱身的钱谦益，也顾不上腿颤脚软，灰头土脸地围过来急唤。

"老糊涂！"

"汤先生！"

"令主！"

汤显祖仰面朝天，胸前那玄铁扇生生凹进去一大块，身上脸上黑一道花一道，衣衫也是破乱不堪。

听得众人叫唤，汤显祖紧闭的二目费力地抬了几抬："老夫……还没死啊……"

说话间，汤显祖喉头涌了几涌，紧接着顺嘴角淌下一股血水。

"令主！"程五奎急了，"快来几个兄弟，将令主抬去送医！"

几名掘子军正欲上前，却被徐振之拦下。徐振之冲着他们摇了摇头，眼神中皆是绝望："老爷子伤重，不可再动。"

"还是……还是振之小友有数……"汤显祖喘了两口气，"虽有那玄铁扇护体……可老夫的心脉却也震断了，躺在这儿，还能撑上一阵子……若再搬动，这条老命……登时就要交待喽……"

"老糊涂你别说话了，"许蝉哽咽着，替他轻拭着嘴边的血迹，"省些力气，等大夫来治好你。"

"没用的……"汤显祖微微摇头道，"老夫不成了，有些话再不说，以后没机会了……"

"我不管，你一定要给我挺住！你不是要听小山子叫你爷爷吗？你挺住啊！以后我天天教他说爷爷，保证让他开口第一句就是叫你！老糊涂你干吗啊？原来闹个肚子还吓得想七想八，这次你干吗逞能啊？你那么怕死，为什么非要逞能啊……"许蝉再也忍不住，"哇"的一声，捂着脸放声痛哭起来。

汤显祖手抬了抬，费力地扯了扯她的衣角："馋丫头，老夫都快死了，你就别翻以前那些糗事了……唉，我老汤花了半辈子，才将这五脉聚齐，可如今，炎尊没了，器宗死了……老夫就算豁出这条命去，也不能再让你们出事……振之、许夫子，还有百川……"

徐振之等人忙红着眼眶道："令主，我们在。"

"五脉在老夫手里，没闯出什么名堂来，你们可得替我守好了……将来……将来……"

"汤先生放心！"徐振之一字一顿道，"火脉留下了《神器谱》、金脉那边还有秦夫人和祥麟贤侄，五脉不会倒，更不会绝！"

"好好，有你这句话，老夫就放心了。"汤显祖笑了笑，又抬手伸来，"振之……"

徐振之赶紧去握了他的手："汤先生。"

"你知道吗，老夫有个儿子叫士蘧，大你几岁，若活到现在，你得叫他一声大哥……"

这些年来，汤显祖绝口不提自己的家事，直到现在，众人才知他平时里嘻嘻哈哈，心里却埋着丧子之痛。

汤显祖闭上了眼睛，泪水却从腮边挂下："士蘧他打小就聪明，大伙都叫他神童……他三岁识经、八岁成文，十九岁那年，便入了南京国子监……正因如此，老夫对这个儿子期盼颇高，一心想让他科场折桂，将来入馆阁，登庙堂，成为王佐之才……岂料事不遂人愿，或许是我当初逼他太紧，士蘧初次乡试竟落了榜，那会儿老夫糊涂啊，非但没安慰他，还嫌他丢脸，关起门来将他打了一顿……唉！士蘧是个好孩子，他没有怨恨我，反而更加拼命苦读，结果积劳成疾，还没等到第二次乡试，便因病过世了……他走的那年，才二十三，大好的年华，就让老夫给亲手断送了……"

徐振之感慨万千，却不知该说些什么，只得宽慰道："过去的事，就让它过去吧。"

"是啊，再悔再恨，都无济于事了。"汤显祖歇了歇，又道，"振之，不知为何，老夫一见到你，就想到了士蘧……所以在你面前，老夫总是嬉皮笑脸，就是因为把你当成了士蘧，生怕让你不开心啊……你也是个好孩子，办事牢靠，又有馋丫头那样的贤内助……老夫知道，你们两口子视功名为粪土，可为了小山子，老夫还得啰唆一句……别逼孩子，什么成龙成凤，没什么比他们快乐安康更实在……"

徐振之和许蝉使劲点了点头："放心吧，等小山子大了，我们一定会将这番话告诉他。"

"好啊……小钱有空，再找那个什么十竹斋胡先生给老夫画个像吧……别光剩个牌位，将来也得让小山子知道，他汤爷爷到底长什么模样……"

"是。"

"咳咳……时候差不多了，老夫这便下去找士蕙赔个不是，看他能不能原谅我这个糊涂爹……"汤显祖说着，声音越来越微弱，眼皮也慢慢合上。

"令主！"

"汤老爷子！"

在众人的惊呼声中，汤显祖又睁开了眼睛："别喊这么大声，吓老夫一跳……行了，都不要哭哭啼啼的，人生在世，若能哭着来，笑着走，可谓圆满……老夫伤势太重，没力气笑了……要不你们笑上几声，就当是送别老夫吧……"

众人垂头低首，默然伤悲，哪里笑得出来？

汤显祖叹了口气："五奎嗓门大，你给他们带个头吧……"

"令主，我……"

"你什么你？老夫……指使不动你们了？"

程五奎抹了抹脸，只得张开嘴巴，一个字一个字往外蹦着，笑得比哭还难听。

"这就对喽……不过五奎那破锣嗓子，是差点意思……得了，听也听了，这回……这回老夫，可真走了……"汤显祖缓缓合上了眼睛，咽下了最后一口气息。

"老糊涂！"

许蝉哀号一声，扑在汤显祖尸身上，哭了个昏天暗地。

那撕心裂肺的哭声，在屋中久久回荡。许学夷捂着脸长叹，俞百川咬着牙捏拳，徐振之呆愣愣地蹲在尸首边，逐渐模糊的双眼里，浮现出一幕幕画面。

那个裹在渔网里被人追打的老不羞，那个说书留扣又伸手讨钱的老财迷，那个让大姑娘小媳妇包围推搡的老杂毛，那个手抓肥鸡啃得满嘴流油的老馋猫，那个因聚齐五脉而伏地大哭的老先生，那个嬉笑怒骂，却仗义行侠的逍遥老神仙……

不知不觉，徐振之的前襟已然湿透，他突然抹了把脸，高声叫道："程五奎！"

"在！"

"传令下去，土脉兄弟即刻动身北上，无论如何，也要将那叛徒拦在关内！"

许学夷也道："还要防止他去投靠福王，去洛阳的道路上，也得安排人手堵截。受之，你速去拟封书信，纷抄后送往各地的东林门下，无论是做官的还是在野的，皆要送达，请他们留意叛贼的行踪。"

"是！"

彭勇想了想，道："寨主，咱们也有不少道上的朋友，我一面带人去追，一面通知他们帮忙。"

"好！"俞百川点了点头，又道，"留下一条船，我要亲自护送令主他老人家还乡！"

汤显祖落叶归根，徐振之、许学夷、钱谦益等人少不得相送。待装殓祭拜完毕，几人便亲扶灵柩，将棺材送上了水脉的大船。

一行人乘着船，日行夜赶。自江阴入大江西航，再转西南至九江，又经鄱阳湖南下，驶入抚州境内。下船后，众人改换马车，一路打听到临川，最后于汤家山上，寻了处风景清幽之地，将灵柩落土安葬。

待从临川回来，北上追凶的掘子军也已候在归游居。一见徐振之，程五奎便"扑通"跪倒，脸上也尽是愧色："属下无能，让那奸贼逃到了关外。我等和彭勇他们出关去追，结果碰上了小股金兵，一连折了几个兄弟，只得回来……"

"等等，"徐振之眉头一蹙，"方才你说金兵？完颜氏早于三百多年前被蒙古灭国，如今何来什么金兵？"

程五奎道："正要报与香主知道，就在今年年初，那努尔哈赤在关外登基了，国号便是大金，还定了年号，叫什么天命。"

徐振之这一惊可不小，赶紧追问道："所说当真？如此大事，为何关内竟无一点风声？"

"句句属实，我敢拿脑袋担保。这事他们一直封锁着消息，还以重金贿赂边将，说努尔哈赤登的是汗位而不是帝位，并不想与大明为敌。"

"既非称帝，何来国号年号？不行，此事非同小可，必须赶紧通知朝中早做防备。五奎，那叛徒狡诈多端，你也不必自责，日后再寻就是，好好歇息吧。"徐振之说完，便匆匆去找许学夷与钱谦益商议。

闻知此事，许学夷和钱谦益亦是大惊失色。

"振之说得不错，这事十万火急，须得尽早上报朝廷。"

徐振之点点头，又向钱谦益道："受之兄，你与东宫素有书信往来，就劳你……"

钱谦益脸色一变："振之兄何出此言？我跟太子殿下又不熟稔，怎会……怎会有书信相通？"

"受之兄，"徐振之正色道，"我知这事绝非你有意相瞒，定是殿下密令你不得声张，故而之前我虽猜到那个通气之人是你，却始终未曾点破。但事有轻重缓急，如今边关局势甚危，能在皇上面前递话的也没几个，只能劳你致书太子，再请他托人上奏天听。"

许学夷也道："受之你若真有法子，就照振之说的去做吧。"

"好吧，"钱谦益见瞒不过，便不再嘴硬，"不过我与太子殿下之间，还有个传信人。"

"那人可靠吗？"

"当然，"钱谦益点头道，"这人是东林清流，说起来恩师也认得，他曾是我老家常熟的父母官，后因'举天下廉吏第一'而入朝，现任兵科右给事中。"

许学夷恍然道："你说的那人，是杨涟杨文孺吧？"

"正是，"钱谦益道，"并且杨大人此职，乃处理兵机奏章、稽查兵部，还有建言进谏之责，由他出面上书，倒也十分合适。只是去信须得加密，不能让只言半字外传，省得有人别有用心，再顺着这条线，最后查到太子头上。"

"加密？"徐振之似想起了什么，"之前我去福州，倒曾学过一个给书信加密的法子。"

"哦？"钱谦益顿时来了兴趣，"快说说看。"

"这法子，为当年戚继光将军所创。后来他的老部下陈第，还依照此法编了本《戚参军八音字义便览》。那趟我和戚金老将军去福州，那位陈第老先生还健在，一听戚家后人到了，便激动地去献书，并教了使用方法。当时我就在边上，也跟着学了个七七八八。"

徐振之说着，便找来纸砚，写出一行字来。

钱谦益与许学夷皆凑前去瞧，见那纸上写着：柳边求气低，波他曾日时。莺蒙语出喜，打掌与君知。

"这是？"

"别急，后面还有。"徐振之说完，又笔走龙蛇，一挥而就。

二人再看，见是：春花香，秋山开。嘉宾欢歌须金杯，孤灯光辉烧银釭。之东郊，过西桥。鸡声催初天，奇梅歪遮沟。

不等他们发问，徐振之已指着纸上字迹道："这法子，说白了就是用音韵反切。你们瞧，这'柳边求气低'等语，除去最后一句，前三句每字，皆为十五个不同的声律；而后面'春花香'一段，又可凑出三十六个韵律，再加上闽语中的八个声调，便合为这反切法的母本。"

饶是许学夷与钱谦益博闻强识，一时也听得满头雾水："振之，你再说得详细些。"

"好，"徐振之又在那些字上写了一到十五、一至三十六等编号，对应着母本道，"你们瞧，我若想写'密'这个字，便要用'蒙''之'二字相切；要写'信'字，则以'时''灯'二字相切。蒙之切密，调为阴入，时灯切信，调为阳上，再对照编数，'十二，二十一，七''十，十五，四'加起来就代表'密信'二字。"

这么一来，二人更糊涂了。许学夷琢磨了半天，又道："三组数，拼一个字……前面两数我多少懂了，可后面这'七''四'什么的，又是何意？"

"怪我没说清楚，"徐振之忙道，"这是闽语八调，从一至八，分别是阴平、阳平、阴上、阳上、阴去、阳去、阴入、阳入。"

钱谦益还是不解："可这切出的韵也不对啊，明明是密信，念出来的音却是'梅森'……"

徐振之道："那'密信'二字，在闽语里发音正是'梅森'。我曾学了些当地俚语，确实与咱们这边大不相同，像我那字号'徐霞客'，用福州话念出来就是'絮哈卡'。"

"絮哈卡？那我这钱谦益呢？"

"嗯……应该是'借肯埃'。"

"一点也不挨着啊，"钱谦益望纸兴叹，"这法子密倒是密了，可咱们没法用啊，总不能一边配一个福州人帮着通译吧？"

徐振之想了想，有些沮丧："也是。你们都用不了，京师那边就更不成了。那我回头再琢磨下，看能不能以官话为韵调，重编出一套母本来。"

"那就预祝振之兄大功告成了。"钱谦益说着，不知从哪儿摸出个长布条，又从书柜边拿出个长木棍，"在此之前，还是用我的老法子吧。"

"你早有加密之法？"

"这法子虽简陋了些，但总比写在纸上隐秘。"钱谦益说完，将那布条斜缠在木棍上，"你们看，我把每个字都写在条缝间，展开后，字的笔画便全然打散，就算被人发现，也应该瞧不出个所以然。我再让送信人把布条藏在腰带中系着，以这根木棍为行路的拐杖，到时候布棍一交，那边再依前法缠布于棍，便可见到密信的内容了。"

"受之兄此法，也堪称一绝。如此，就请速致密信于京师吧。"

"好，我这便写。"

第五章 修罗场

夜深，雾浓。

大内乾清宫的弘德殿外，守着一排排挺枪按剑的甲士。廊子里的宫灯还燃着，但都在外头加套了一层纱，勉强能照清脚下，却不得有一丝一毫透进殿里。

眼下这更次正是最容易犯困的时候。大太监李恩刚打完哈欠，便朝自己大腿上使劲拧了一把，那股钻心的疼顺着后脊梁唰地蹿上了脑壳，一个激灵，整个人登时耳聪目明。自打陈矩死后，这李恩就慢慢接了司礼监掌印的班。可这李恩是伺候皇上惯了的老人，虽成了掌印太监，万历还是离不了他，所以司礼监所在的那条吉安所胡同，李恩还真没住过几回，反是这皇宫大内跑得更勤快。

万岁爷过了知天命的年纪，头发胡子稀了，觉也变少了。觉越少，越睡不着，越睡不着，人就越烦躁。什么安神香、助眠方都用上了，收效还是微乎其微，往往睁着一双布满血丝的眼睛，巴巴熬到天亮。

难得今日万历早早便歇下，外头哪容得动静惊扰？李恩臂弯里搭着拂子，目光在那些卫士身上扫来转去，恨不得施个定身法将他们全然定住，生怕那甲叶子发出丁点声响。他对当值的严，对自个儿也不松。脚下软靴纳了大厚底子，将原本五尺二的身量生生垫高了两寸。衣袍袖口也都拿丝绦束了，走起来相互不擦着，轻手轻脚，静得像只老狸猫。

外头李恩小心成那样，里边的人也还是没睡踏实。透过那厚厚的明黄绣帐，万历帝翻来覆去，仿佛身下躺的不是什么堆云软榻，而是些荆棘柴草，硌得他背上又痒又麻。

也不知过了多久，总算涌上来一股迷糊劲儿，万历正欲合上眼皮，却听殿门"吱呀"一声开了。

殿门一开，原本昏暗的弘德殿里也跟着大亮。受那刺目的灯光一映，万历睡意全无，气得一把扯开黄帐，冲外骂道："朕不是说过别进来吗？脑袋还想不想要了？"

岂料殿内空无一人，只传来一声女子的嬉笑。

"谁？谁在那儿？"

嬉笑声戛然而止，半个身影从殿中大柱后缓缓露出。那身子虽只露出半个，却是婀娜妖娆，香肩玉颈杨柳腰，纵使裹着一袭黑纱，也遮不住底下那团呼之欲出的春色。

偌大个紫禁城里，也就是郑贵妃敢与自己这般调情，万历揉了揉眼睛，再冲那身影问道："是爱妃吧？"

又一阵银铃般的笑声过后，那女子佯嗔道："陛下可真是的，人家有那么老吗？"

听这声音确不是郑贵妃，万历慌忙从帐中坐起："你究竟是谁？"

"我是个女人，一个专程来陪陛下的漂亮女人。"

话音未落，那女子已款款上前。只见她赤着一双玉足，纤细的脚腕上还挂着精美的金环，每上前一步便叮叮当当，清脆悦耳，如珠玉互撞。不等万历瞧清她容貌，那女子又将粉臂一挥，扯掉了遮在身上的那层黑纱。

黑纱一除，万历就觉眼前五彩斑斓。原来那女子所着衣物，皆为兽皮鸟羽所制。胸前裹着一抹虎纹短衫，腰胯间围着一条锦翎编织的短裙，裸露在外的部位，几乎都佩戴着嵌有宝石的饰物，那些宝石有绿有红，有蓝有紫，跟兽毛禽羽一衬，更显珠光宝气。再瞧那张脸，螓首蛾眉，朱唇皓齿，一双盈盈的眸子里还隐约透着些许碧色。

这模样，这打扮，分明是个异族美女。却不知她是如何通过重重宫禁，翩翩来到这弘德殿上。

美女虽是外族，汉话却说得字正腔圆。见万历直愣愣地打量着自己，那女子又掩口笑道："怎么，陛下是嫌我不美？"

被她这娇滴滴的一问，万历之前的怒气与疑心登时抛到了爪哇国："朕这宫中，从未见过你这般绝色……你是打哪儿来的？"

那女子抬手一指："天上，我是九天之上的神女。"

"天上……神女？"

"陛下不信吗？"那女子莞尔，足尖在地上轻轻一点，整个人竟慢慢飞升。

只见那女子升到殿梁处，身子又一扭，展腰舒臂，再绕着几根盘龙大柱缓缓穿梭，有如飞天遨游，飘然凌虚。所经之处，居然还绽开了从未见过的奇花异草，一簇接着一簇，红的像血，绿的似翠。

万历瞧得都痴了，张口瞪眼，半晌说不出话来。

那女子见状，又在半空盘旋了几圈，徐徐落在万历面前。万历只觉一股浓烈的幽香扑面而来，身子便软绵绵地躺回了龙榻上。那女子将两腿一分，骑跨在万历腰间，上半身紧跟着伏低，双臂环上万历的脖子，一双红唇贴在他的耳后不断厮磨，呢喃娇喘、吐气如兰。

受她这般逗弄，万历意乱情迷，闭着双眼欲仙欲死，两手也顺着那女子光滑的脊背，摸上了那饱满的翘臀。谁知刚揉了一把，万历心下便"咯噔"一声，只觉掌中一物又粗又长，毛茸茸的竟像条尾巴。

万历一惊，忙睁眼去瞧，见果然是条黑黄相间的虎尾。

那女子也停下了动作，回身一望，又向万历嫣然一笑："陛下害怕了？"

万历擦了擦冷汗，立刻反应过来，既然这异族女子身穿兽皮，在裙后挂条虎尾当饰物，倒也不足为怪，遂放下心来："美人这身打扮甚是奇特，朕方才没留意，倒让这尾巴吓了一跳……"

"既然陛下没事了，就快些躺好，莫要辜负了春宵。"那女子软语温言地说完这句，双手便在万历的肩头按实。

她瞧着没怎么使力，万历却陡然感觉肩痛欲裂，扭脸一瞧，倒抽一口凉气。只见那女子一双凝脂般的柔荑，居然变成了探着尖钩的虎爪！

"啊呀！"

万历一声惨叫，也不知哪里来的力气，双腿拼命一蹬，将那女子掀下榻去。

那女子在地上打了几个滚，竟阴恻恻地笑了："陛下的脚，可是把我踹疼了，那我就先吃了它！"

说完，那女子的眼嘴鼻全挤到一块转了起来，原本娇弱的身躯也跟着暴涨数倍。转眼光景，地上的异族美女已然不存，取而代之的，竟是一只吊睛白额的斑斓猛虎。

那猛虎狂啸一声，张着血盆大口便扑上前来，两排獠牙再疾疾一咬，将万历的双腿没膝含住。

万历只觉剧痛钻心，想挣却挣不脱，一面扯过枕头在那虎头上乱砸，一面高声冲着殿外呼叫："来人！护驾！快来人啊！救命……"

直喊了半天，李恩这才带着侍卫匆匆赶到。

"万岁爷，老奴在、老奴在……哎哟，怎么着这是？快把万岁爷扶起来啊！"

侍卫们正要上前，坐在地上的万历又挥着枕头发疯般抢了起来。

"老虎！老虎咬朕！朕的腿没了……没了……"

侍卫们你瞧瞧我，我瞧瞧你，皆有些纳闷。这殿里好端端的，哪来什么老虎？

李恩反应过来，冒着被万历砸头的风险，将他从地上搀起："万岁爷准是做梦了，瞧，您这龙体全乎着呢，跟往常一样康健。"

"做梦？"万历懵懵懂懂地站起来，刚迈了半步，右腿上便传来一股锥心的刺痛，整个人向龙榻上歪去。

"怎么了万岁爷？"李恩慌忙将万历扶坐在榻上，又急急卷起他的裤角一瞧，险些心疼得掉下泪来，"这怎么话说的，好大一块淤青……快，快传太医！"

万历朝自己腿上一瞧，也皱起了眉头："许是跌下去时，在榻沿上磕的。"

"这榻可要不得了，回头老奴便让他们换张新的来，"李恩说着，伸手在万历的瘀青处轻揉起来，"万岁爷忍一下，这得揉开了，不然会发肿……哟，弄疼万岁爷了吧？老奴该死，老奴该死……"

"行了！"万历摆了摆手，心中惊魂未定，"这梦做得蹊跷，恐非吉兆……李恩。"

"老奴在。"

"你会不会解梦？"

"老奴……老奴只会伺候万岁爷，不会解梦。不过依老奴看来，万岁爷洪福齐天，遇上什么事，都逢凶化吉……"

"尽扯些没用的！"万历不耐烦地挥手打断，"内阁那边都有谁在？"

"方从哲方阁老。"

"就他一人？朕好像记得还补了个吴……吴什么吧？"

"回万岁爷，那人叫吴道南，可吴阁老去年就因病请辞，还是万岁爷亲批的。"

"貌似有这么档子事，"万历点点头，"一人就一人吧，等天亮后，你去把那个方从哲给朕叫来。"

"叫到这儿？"

"不在这儿在哪儿？难不成要让朕过去见他？"

"是是是，老奴这便去宣、这便去宣……"

　　得知皇帝召见，那方从哲可谓受宠若惊。万历怠政，多年不朝，他虽说是内阁首辅，充其量能在天子眼前混个面熟。一接到口谕，方从哲就开始忙活起来，不光换上了新衣新袜，里头内衬也过了熏香，头发胡子打理得根根顺溜，鬓角还抹了油，连苍蝇落在上面都得打滑。再对着铜镜左右照了半天，才将那乌纱帽端端正正地一扣，迈着小碎步出了家门。

　　方从哲入宫后，倒没急着去弘德殿，先是绕着值房优哉游哉地溜达了一圈。万历虽不朝，但文武百官还得走个过场，每日清晨来值房寒暄几句，再各回各的衙门办公。按方从哲以往的习惯，不是在阁中闲坐，便是喝茶打盹，大小官员鲜见他出来晃悠。故而一碰面便纷纷行礼打拱，少不得还要追问句，阁老这是要去哪儿。方从哲正是要等他们来问，随后轻描淡写地，道上句圣上宣召。一听这话，众人更是艳羡不已，再赞阁老圣眷优渥，堪称国之柱石云云。方从哲口中谦逊，心里却乐开了花，自打他入阁后，那些尖酸的言官，私底下可没少说他尸位素餐。

嘿，今日我方从哲总算出了口气，让你们这群词林、卿寺、台省、部院部曹的官们好生瞧瞧，你们见不着的，我方从哲能见，咱这大明首辅，就是高你们一头。

显摆够了，方从哲这才拎起袍角，又迈着小碎步，兴冲冲地奔向弘德殿。一踏进殿门，方从哲瞧都没瞧，便一个头磕在地上，口呼万岁，要行那五拜三叩首大礼。

李恩赶紧在边上小声提醒道："阁老，那边儿，万岁爷在那边儿呢。"

方从哲忙扶着乌纱帽爬起，转到龙榻前又要跪："臣，方从哲，叩见吾皇万岁！"

"爱卿免礼，"万历躺在榻上挥了挥手，"李恩，赐座。"

"是。"

那一声"爱卿"已然叫得方从哲热泪盈眶，见李恩又搬来圆凳，忙擦着眼角连连推辞："老臣惶恐、老臣惶恐啊……"

"坐吧，还有事问你，别耽误朕的工夫。"

"是是。"方从哲赶紧坐下，只是屁股只敢搭在凳沿上，比那蹲马步好受不了多少。

万历瞥了他一眼："近来朝野之中可还安稳？"

"托圣上洪福，朝中百官兢兢业业，皆克己奉公。据诸省大员奏报，各地也是风调雨顺，粮米丰登，四方百姓吃得饱、穿得暖，无不赞颂我主圣明。"

"那就好。今日叫你来，是要问些私事。"

私事？

方从哲一怔，暗自寻思：自己入阁以来，凡事都讲究个得过且过，不结怨、不树敌，更没收过人家半两银子。倒是去年喝多了，到教坊司要了个鸨儿，莫非就这点破事，被人捅到万岁爷耳朵里来了？

不过万历接下来的话，让方从哲安心不少。原来那私事，指的是圣上自己。除去那段风月没好意思提，万历将梦见异族美女入殿飞升，又幻化成猛虎扑咬等事，一五一十地道出。

方从哲一琢磨，瞧皇上面色，显然是被梦境所惊扰，再说些不吉的话，只怕要惹得圣心不快，遂笑了笑，送起了宽心丸："回圣上，关于解梦之事，臣算略知一二。这女子主柔，既是异族美女来朝，那不正应了如今大明四海宾服、八方来仪之势？后来虽化成猛虎，倒有几分凶险。此事若换作旁人，那可大大不妙，然吾皇乃真龙天子，在真龙面前，猛虎亦得俯首称臣啊。"

这番话，直听得万历连连点头，正要赞声好，却听殿外传来一个洪亮的声音。

"上天言好事，下界保平安，方相真是和得一手好稀泥！"

万历一怔："殿外何人喧哗？李恩，快去瞧瞧。"

"是。"李恩忙去打开殿门一瞧，脸色唰地黄了。

天爷！怎么把这俩祖宗给招来了？

外头立着两人，一个黑脸，一个白面。黑脸的那个叫左光斗，厚嘴唇一翻就能训人；白脸的那个叫杨涟，冷冰冰的面上似挂着霜，好像谁都欠他两吊钱。这哥俩是同科进士，一个自中书舍人转了巡城御史，一个从户科改了兵科右给事中，官都不大，却怼天怼地，皆敢拿着鸡毛当令箭。帽子戴歪了他们管，宫女太监走快了他们也管，宫门上掉了块漆皮、殿角上长了丛杂草他们还要管，不论再大的官，只要触了霉头，这哥俩照骂不误。骂还要引经据典，不见一个脏字，你都还不了嘴。跟他们打过交道的，没一个不头疼，故而人送雅号"左二杆子""杨二愣子"。

见李恩出来，左光斗一抱拳："我等要面圣，劳李公公通传。"

杨涟连话都省了，阴着个脸就要朝里迈。

李恩只觉一个头两个大，忙伸手拦道："二位大人，可消停会儿吧。惊扰了万岁爷，咱们谁都吃罪不起啊。说起来，这外头有人把着，你俩怎么进来的？"

左光斗倒实诚："听说方相受圣上宣召，我和文孺正好有事要奏，就悄悄跟在他后面。侍卫或许以为我们是一起的，就没拦着。"

这帮兔崽子！

李恩暗骂一声，又劝道："万岁爷正和方阁老商议要事呢，二位回吧。"

杨涟总算开了口："里头说什么，方才我听得一清二楚，那梦我也会解，遗直兄，请！"

"哎？哎？怎么还闯上了？当这儿是自个儿家了？你们不要脑袋，咱家还想要呢！"

杨涟也不管他，拉着左光斗的手腕便进了弘德殿。

"臣杨涟、左光斗，参见圣上！"

见二人贸然闯入，万历不禁有气："谁让你们进来的？啊？还有没有体统了？刚才是哪个在殿外大呼小叫？"

杨涟再叩："启禀圣上，是臣。"

"还挺理直气壮，"万历恼道，"讥讽方阁老在先，擅闯禁殿在后，你这厮眼里还有没有尊上？"

杨涟皱眉道："臣知罪，稍后甘愿领廷杖之责，然圣上乃一国之尊，言语间若带上乡野粗语，恐有失国体。"

"你这……"万历嘴巴一闭，生生将那个"厮"字憋了回去，气呼呼喘了半天，才问道，"你们来做什么？快说。"

"解梦。"

"解梦？"

"正是，"杨涟看了一眼方从哲，"之前方相所解，皆是谀辞媚调，而臣要解的，才是那梦境的真兆。"

方从哲怕这杨二愣子再说出什么疯话，忙朝他挤眉弄眼。

可杨涟只当瞧不见，自顾自道："美女异族，当指关外女真，而化虎伤人，爪牙毕露，则预示着那建酋努尔哈赤剑拔弩张，对我大明虎视眈眈！"

见万历的脸色越来越差，方从哲慌忙一扯杨涟的衣角："杨大人，如今边关平定，你不可信口开河，故作这番惊天之语……"

"我信口开河？恐怕是方相闭目塞耳，堵了视听吧？"杨涟说完，又向左光斗道，"遗直兄，将咱们查来的消息念念吧。"

"好。"左光斗从怀中摸出一册，展开读道，"建酋努尔哈赤，先称'聪睿贝勒'，又在致朝鲜国君书信中自称'女直国建州卫管束夷人之主'，而后至蒙古喀尔喀部上尊号'昆都伦汗'，再创八旗兵制。最终在万历四十四年元月，于赫图阿拉城登基，称'覆育列国英明汗'，国号大金，建元天命。如今关外，已是大金天命二年。"

"努尔哈赤……建国了？"万历顾不上右腿淤青，陡然从龙榻上惊立，"你们所言当真？"

左光斗黑脸一昂："臣敢以性命担保。得知此消息，我们又派人专程去关外打探，查明问清后，才据实上报。然而此事惊天，又延误日久，兵部等衙门皆不敢报，我等无法，只能来找方相商议。得知方相正好前来面君，便跟随其后，斗胆闯殿，好让圣上裁决。"

"天命二年……他居然将朕的年号改成天命二年……"万历叨念几句，又转朝方从哲怒道，"如此大事，今日方知，你这内阁首辅是怎么当的？"

方从哲直骇得伏地筛糠："圣上息怒……可老臣不久前，还接到蓟辽总督来报，说那建酋努尔哈赤'唯命是从'……"

"查！将那些渎职瞒报的全给朕换了！"万历越说越激动，"小小建州女真，居然敢在朕的面前耀武扬威？当年那宁夏哱拜、播州杨应龙，还有那个倭国关白平秀吉，哪个不是朕的手下败将？方从哲！"

"老臣在……"

"事到如今，你说该怎么办？"

"正如圣上所说，小小建州，成不了什么气候。有道是亡羊补牢，为时未晚……"

"少扯七扯八，朕问你怎么灭了那努尔哈赤！"

"是是，"方从哲擦着脑门上的汗道，"第一步，须派人探清努尔哈赤的虚实，并传令九边将领，严守防线。"

"准！"

"再者要会同兵部各司，制定征讨方案、遴选统帅，同时还得从各省抽调军健北上屯结，以备不测。"

"也准！"

"大军开拔，颇费粮钱，故而……故而请圣上开内库，拨些帑银出来……"

这内库的银子，可皆为万历私攒的家底。所以万历一怔，继而怒道："主意还打到朕的头上来了？国库没银子吗？"

方从哲连连磕头："圣上容禀，前些年福王爷大婚造府、就藩之国，花费都是从国库走的，单这两项，就耗去了大半存银。"

"那不还有一小半吗？"

"剩下的那一小半，有些用在了修河挖堤上，有些用在了修缮宫殿上，今年山东、河南遭了旱灾，陕西遇上蝗灾，湖广又发了大洪水……连赈灾银、购粮开仓都算上……"

万历冷笑道："好你个方从哲，这就是你说的风调雨顺？啊？这就是你说的粮米丰登？"

"臣死罪，"方从哲差点将脑门子磕出血来，"老臣没敢实说，是恐圣上听了担忧啊，圣上明鉴，明鉴……"

"行了行了！"万历不耐烦地挥挥手，"反正内库的主意别来打，兵饷的事，就交给你去筹措，若贻误了军机，朕唯你是问！快去找钱吧！"

"是是是。"方从哲如蒙特赦，从地上爬起来便奔出殿外。

万历气呼呼地走了两步，却瞥见了左光斗和杨涟："你俩还在这儿做什么？"

左杨二人互视一眼，异口同声道："我等贸然闯殿，应受廷杖之刑，板子未领，不敢离开。"

万历捂着脑袋，感觉头快炸了："走吧走吧，有这闲工夫，帮方从哲多筹点钱去。"

"有道是圣人治世，须赏罚分明。我等应罚却未罚，怕是不合规矩……"

"滚！都给朕滚！"

正如方从哲所说，备战要调兵遣将，而调兵遣将就得花银子。国库快见了底，内库的帑币又不舍得发，银子哪儿来？总不能等着天上掉吧？

万历财迷，先前那些矿税杂赋，早就送进自己的小金库锁了起来。并且经过连年的横征暴敛，百姓已是苦不堪言，又遇上灾年，就算将他们扒光拧干了，身上也榨不出一滴油来，再想打他们的主意，非激起民变不可。江南等地倒是富裕，开商号做买卖的也多。可那些巨贾富户大多和朝臣攀着关系，平时打点、商税一分没少掏，再让他们捐钱，他们也不乐意。捐少了于事无补，捐多了就肉疼，有的仗着认识几个东林清流，便写信去大诉苦水。

在东林的一爱管闲事，二好打抱不平，纷纷跑去内阁骂方从哲逼良逼捐。就算是泥人，也会有个土性，方从哲正满头虱子无处拿，心里压不住火，不免回骂两句。他这一骂，更惹恼了东林人，什么御史，什么言官各显神通，写本子递折子要参方从哲。那纸片子多得能从内阁一路糊到他家门口去。要知这方从哲不光是首辅，还是朝中浙党的头儿，齐党那个亓诗教也是他的门生。那些老乡、弟子见方从哲受了气，哪里还坐得住？这两党一掺和，其他楚党、昆党、宣党什么的，也都跟着加入了骂阵，你不让我，我不服你，一个个脸红脖子粗，争得像乌眼鸡似的，顿时将这庙堂搅成了一锅乱粥。

文官打架，无非是挥着笔杆子，顶天了抓起砚台吓唬两下。可他们就算打出脑浆子来，也变不出银子。军饷没着落，只得一拖再拖，直到来年开了春，仍未凑齐多少。

此时的关外，天气已逐步回暖，那累积了一冬的冰雪，全然融成了春水，滋养着辽东的草木。战马喂得膘肥体壮，八旗兵也都歇得神采奕奕。这日清早，赫图阿拉的城门一开，便拥出一队队列阵森严的狼骑虎师。

天命三年四月十三，金主大汗要祭天。

合城老少早就得知了消息，皆跟着出城来瞧热闹。到了城外，那片宽阔的草地上已是旌旗蔽日、人马嘶吼，乌压压的八旗兵聚成一个硕大的圆阵，围着中央一座高高的祭台。

那祭台上竖着一杆九旒白纛大旗，旗杆下拴着一头角系彩绸的蛮牛。台周燃着数堆火焰，几名头戴面具、身披神衣的萨满巫师正绕火跳神祈祷。再听一阵鸣锣，五骑越众上前。头马上坐着的，正是那精神矍铄的努尔哈赤；尾随四人，乃代善、阿敏、莽古尔泰、洪台吉四大贝勒。四大贝勒中，属洪台吉年纪最轻，也属他生得最英武，五人五骑，风驰电掣一般，端的是威风凛凛。

八旗军瞧得兴起，皆踏脚击戈，高呼"巴图鲁"。那动静响彻云霄，好悬没把围观百姓的耳朵震聋了。

驰到祭台前，努尔哈赤一勒马缰，那坐骑扬起前蹄"唏律律"打了个转，便稳稳停住。努尔哈赤已近耳顺之年，须发皆是花白，一双鹰眼却是炯然如昔。他用犀利的目光在场上环视一遭后，又将手中马鞭高高举起。

众人见状，齐齐收声，这成千上万的军民，似乎瞬间变成哑巴，一个个如泥塑石像，竟无一点动静。

努尔哈赤点了点头，将手一挥："带上来！"

身后军健闻言，忙押来一个汉人老者。那老者交领方巾，是个学究打扮，手里还捧着一张黄纸，哆里哆嗦，甚是不安。

努尔哈赤朝那老学究望了一眼，口道汉话："夫子莫慌，待会儿好生诵读，本汗不难为你。"

"是……是……"那学究唯唯诺诺，忙将手里祷文展开。

其他人见了，皆大惑不解。瞧众人窃窃私语，努尔哈赤又朗声道："我来猜猜大伙在想什么。大伙肯定在想，咱们大金祭天，为何要找个汉家老儿念祷文？"

"大汗猜得对，我们就是这般想的！"

"此次兴兵，征讨大明，咱们这边的天神自然会庇佑大金的勇士。可明人那边，也有他们自己的天神，那边的神，怕是听不懂咱们的话，所以我就找了个汉人来宣读。我大金乃正义之师，征讨大明亦是顺应天意，给他们提前打个招呼，就如汉人常说的那句，勿谓言之不预！"

"大汗英明！"

努尔哈赤又向那老学究道："夫子，请上台念吧。"

那老学究也不敢耽搁，赶紧爬上祭台，张嘴读道："大金国……国主……"

"大点声！"

"是、是……大金国主努尔哈赤诏告于皇天后土曰：我之祖、父，未尝损明边一草寸土，明无端起衅边陲，害我祖、父，此恨一也；明虽起衅，我尚修好，设碑立誓，凡满汉人等，无越疆土，敢有越者，见即诛之，见而顾纵，殃及纵者，讵明复渝誓言，逞兵越界，卫助叶赫，此恨二也；明人于清河以南，江岸以北，每岁窃逾疆场，肆其攘夺，我遵誓行诛，明负前盟，责我擅杀，拘我广宁使臣纲古里方吉纳，胁取十人，杀之边境，此恨三也；明越境以兵助叶赫，俾我已聘之女，改适蒙古，此恨四也；柴河三岔抚安三路，我累世分守，疆土之众，耕田艺谷，明不容留获，遣兵驱逐，此恨五也；边外叶赫，获罪于天，明乃偏信其言，特遣使遗书诟言，肆行凌辱，此恨六也；昔哈达助叶赫二次来侵，我自报之，天既授我哈达之人矣，明又挡之，胁我还其国，己以哈达之人，数被叶赫侵掠，夫列国之相征伐也，顺天心者胜而存，逆天意者败而亡，岂能使死于兵者更生，得其人者更还乎？天建大国之君，即为天下共主，何独构怨于我国也？今助天谴之叶赫，抗天意，倒置是非，妄为剖断，此恨七也……欺凌实甚，情所难堪，因此七恨之故，是以征之……"

那学究每念一句，通晓汉话的洪台吉便在旁边译上一句。待这祷文念完，在场八旗军民已是怨恚填胸、同仇敌忾："明人辱我太甚！大汗发兵吧，我等誓死拥护，打进关去，攻破皇城，将那万历老儿赶下龙椅！"

"好！"努尔哈赤又道，"随我到这赫图阿拉的，每个都是我大金的功臣。这些年，咱们在草原上东征西讨、任意驰骋，所至之处，各部无不望风而降。放眼整个辽东，还有哪个能与咱们八旗铁骑抗衡？"

"八旗铁骑，战无不胜！八旗铁骑，战无不胜！"

等他们喊完，努尔哈赤却将话锋一转："但这大明实力雄厚，绝非草原上那些散兵游勇可比。故而我虽登基建国，却依然封锁边境，免得将消息传到关内使他们警觉。这两年多来，咱们在这儿厉兵秣马，也算羽翼渐丰，而今我听探报，得知明兵也在边关调兵遣将，并悬出了赏格。"

"赏格？什么赏格？"

"洪台吉。"

"末将在。"

"你把那赏格内容，说给大伙听听。"

"是，"那洪台吉笑笑，若无其事道，"那赏格上说，凡擒斩父汗的，无论出身如何，即赏银一万两，升都指挥，世袭罔替；若擒斩了我，或是其他三大贝勒的，赏银两千两，升指挥同知，同样是世袭罔替。我洪台吉这颗脑袋不怎么值钱，可我那三个哥哥却金贵得多，他们怎么才值两千两呢？起码五千两才是！"

这话一出，不止三大贝勒和一众军民放声大笑，就连努尔哈赤都难得露出了一丝笑意。

洪台吉转过身来，又道："父汗，那汉人常说，来而不往非礼也，他们既然定了赏格，咱们也定一个吧？"

努尔哈赤稍加思索，从怀中摸出一枚铜钱："大伙都听着，凡我军民，任谁活捉了那万历老儿，我就赏他天命通宝一个！"

众人先是一愣，继而笑得前俯后仰，此举对大明极尽嘲讽，不啻在万历帝脸上扇了一嘴巴。

努尔哈赤将天命钱一抛："洪台吉，你把它钉在旗杆顶上，等咱们凯旋之日，我就论功行赏。"

"是。"

洪台吉有意要在众人面前显露能耐，便要过一副弓箭，再抬手将那枚天命通宝抛上半空。那铜钱翻了几个圈，正欲下落，洪台吉手中利箭已然离弦。箭头猛然穿过铜钱中心方孔，"唰"的一声，钉在杆顶之上。

这手一亮，八旗军民好似炸开了锅，惊叹声、叫好声此起彼伏，沸沸扬扬，久久未能平静。

努尔哈赤很是满意，向着洪台吉点了点头，又举起了手中马鞭。

众军民见状，再度齐齐噤声，皆竖起耳朵，等着大汗示下。

又听那努尔哈赤道："勇士们，在出征之前，我还有句话想问你们。"

"大汗请说！"

"好，"努尔哈赤再道，"我要问的是，你们觉得是咱们这辽东好，还是关内的大明好？"

"当然是咱们辽东好！白山黑水、牛羊遍地，河中鲜鱼捕也捕不尽，林里野味打都打不完！"

"就是，咱们的姑娘不但漂亮，而且勤劳，割草放马、捉羊宰牛，个顶个的能干，哪像他们明人的娇小姐？别说干活，出门还得有人扶着，不然风一吹就倒了。"

努尔哈赤笑道："要我说，咱们的姑娘有咱们的好，他们的娇小姐也有他们的妙。我曾南下数趟，亲眼见识过大明风物，说老实话，那土地之辽阔、物产之丰盛、城郭之繁华，别说一个辽东，就是一百个辽东加起来，都比不上！"

众军民听了，虽然没说什么，心里却都不服。大汗为何要长他人志气，灭自己威风？

"勇士们！"努尔哈赤接着道，"记住，咱们的目的，从来就不是偏安一隅，而是入主中原！不要老想着得胜回来，再看望你们的阿玛额娘，而是要将你们的阿玛、额娘从这苦寒之地，接到南边那花花世界享福！到时候，咱们让明人做牛马，咱们也住上他们的大屋大院，那娇滴滴的小姐也可以多捉些来，没成家的每人发一个当老婆，让她们给你们弹琴唱曲！"

"大汗，她们光去弹琴唱曲了，家里的活儿谁来干？"

"自然也归她们！只要几鞭子下去，保管什么活儿都会了！"

众军民又是一阵哄笑，纷纷称赞大汗英明。

见时辰差不多了，努尔哈赤便从马上下来，接过一把斩马刀，飞身上了祭台："吉时已到，祭旗拔营！"

说罢，努尔哈赤把斩马刀使劲一挥，旗下蛮牛的头颅登时落下，将那汉人老学究溅得满身是血。

"八旗勇士们！出征，南下！"

两万铁骑奔袭，一路势如破竹，没出二日，便轻松攻下了抚顺关。城内的游击将军李永芳叛节出降，中军千总王命印，把总王学道、唐钥顺却力战不屈、壮烈捐躯。首战告捷，八旗军乘胜挥师，又在阵前斩杀了守将李弘祖，生擒守备李大成，连克东州、马根丹两地。

闻知抚顺沦陷，辽东巡抚李维翰大惊，急令广宁总兵张承胤、副将顾廷相、参将蒲世芳、游击梁汝贵领兵前去阻击。一番激战后，明军一万骑兵几乎全军覆没，八旗军缴获辎重无计。

之后数月，八旗铁骑长驱横扫，再破鸦鹘关，直奔清河堡。大明游击将军张旆出城迎敌，守将邹储贤坚壁清野、誓守孤城。在二人的指挥下，堡中百姓皆登上城墙助防，箭支射光了，就用石块、圆木往城下砸，竟接连打退了金兵的八次进攻。努尔哈赤大怒，再命八旗军不惜一切代价强攻，而后游击将军张旆战死，剩下的军民依旧血战不降。八旗军杀红了眼，将同伴的尸首堆在城下，再踩着尸山从东北角缺口登上了城头。城中军民宁死不屈，连妇孺都奋起巷战。自出征以来，努尔哈赤头一回尝到这般苦头，见久攻不下，便命叛将李永芳劝降，说只要主将投诚，必保高官厚禄。守将邹储贤闻言大怒，先是痛骂叛徒，再亲手杀死自己妻儿、焚毁家宅衙署，并下令将战马斩毙、粮草烧尽，不给八旗军留下任何补给。最终，清河堡一万军民尽数殉国，从老到少，无一人投降事敌。自此，关外两处险要屏障皆被拔除，大明辽东重镇，已全然暴露在八旗军的铁蹄之下。

一封封血淋淋的军报送抵京师，朝野上下全都炸了锅。内阁与兵部酌议再三，除去奏请从蓟州三协、保定、天津选兵支援辽东前线外，还因边关缺饷等事，请求内库大发帑金。

见努尔哈赤如此猖狂，万历也早已坐立不安，竟破天荒地亲自批起奏疏来。前线上要人，他便不假思索地从各地增兵。可前线上要钱，他又开始肉疼。边疆战事吃紧，万历也不好明说自己舍不得，索性以"内帑空虚"为由，驳回了下面发帑的请求。

皇上不给钱，可前方拼命抗敌的将士总不能去喝西北风。户部的官实在没辙了，就去内阁找方从哲商量，再向各省摊派田赋。群臣研究了半天，决定除去那土地贫瘠的贵州外，南北直隶、江浙等十二个布政使司，各依万历六年《会计录》上所核定的田亩七百余万顷为基，每亩再加收三厘五毫，实派额银二百万零三十一两四钱三分八毫。

只要不从自己兜里掏银子，万历自然是无不应允，也不管黎民百姓能不能活下去，当即朱笔一挥，大批个准字。可不管怎么说，战备的军饷总算有了着落。待银子就位后，朝廷便开始布防回击。

对辽东局势最了解的，莫过于宁远伯李成梁。但其时李成梁已于三年前病逝，长子如松又在与鞑靼土蛮的对阵中战死。所以这个辽东总兵官的职位，便落到了次子李如柏头上。朝廷先是加封李如柏为征虏前将军，又起复了兵部右侍郎杨镐、山海关总兵杜松、开原总兵马林、辽阳总兵刘綎等宿将。杨镐为辽东经略，赐尚方宝剑，自总兵以下，皆可先斩后奏。

遣完了将，接着便要调兵。明廷命宣府、大同、山西三镇发精骑三万；延绥、宁夏、甘肃、固原四镇再发两万五千兵；四川、广东、山东、浙江、陕西、南北直隶，合发两万五千步兵；永顺、保靖、石州各处土司兵、河东西土兵，各出二三千不等，又增七千。除明军之外，朝廷还诏令朝鲜光海君，派元帅姜弘立率军一万三千人驰援；叶赫东西城贝勒金台石、布扬古，出海西女真军一万助阵。最后，还从北镇抚司调拨了数百锦衣卫随行出征，以壮军威。兵将总计十一万，号称四十七万，浩浩荡荡地向辽东集结。

经长途跋涉，至次年二月，各路大军总算就绪。杨镐坐镇沈阳，拿着辽东舆图研究了数天，便决定将麾下兵马分为四路。一路由山海关总兵杜松为主将，率主力军三万，自沈阳出抚顺，沿浑河右岸入苏克素谷，从西侧进攻；二路受辽东总兵李如柏指挥，领兵两万五千，经清河堡出鸦鹘关，自南向挺进；三路让开原总兵马林统帅，带明军二万、叶赫兵两千，由靖安堡出发，过铁岭三岔儿堡，从北边逼压；四路以辽阳总兵刘綎带队，合明兵一万、朝鲜兵一万三，经宽甸沿董家江北上，再自东面夹击。

除去从东西南北四个方位包抄赫图阿拉外，杨镐还令张承基、柴国柱等部驻守辽阳，作为增援后补；李光荣部驻守广宁，保障后方通勤；窦承武部驻守前屯，监视蒙古各部，防止其趁火打劫；王绍勋部总管粮草辎重，负责运送补给。

这份计划，看似万无一失，实则有些纸上谈兵。将原本倍数于敌的兵力生生拆散，彼此失去策应，本就犯了兵家大忌。再者，不少将士初来关外，不谙地形地势，行进难免冒失，成为孤军。最后，天公也不作美，临到了发起总攻的日子，辽东突然降起连日大雪，杜松、刘綎等将领见状，便请求推迟发兵。而杨镐因朝廷催促得急，执意不允，还将那柄尚方宝剑高悬于辕门震慑，督令四路人马即刻拔营启程。众军无法，只得冒雪行军，这天时、地利、人和，竟无一样眷顾大明。

对明军不利，便是帮了八旗兵的大忙。明军一出关，努尔哈赤就令手下人马全线退防，先于吉林崖筑城屯兵，加强西侧防御。又将六万兵力集结于都城赫图阿拉，准备迎击即将到来的明军。

探知明军的企图后，洪台吉已有三日未曾合眼。此时夜深，他还背着弓箭立于城头，望着那漆黑的远处出神。

正望着，身后靴声趿然，洪台吉只当是城上值哨的军士，头也未回，厉声喝道："明军眼见就要打来，快去留神警戒！"

"雪急风大，小心着凉。"

话音未落，洪台吉便觉背后一暖，一件大氅披在了身上。他连忙转身，见是努尔哈赤，就要行礼："父汗。"

努尔哈赤摆了摆手，又问道："老八，你怕了？"

洪台吉被戳中心事，脸上一红："据说大明派了四十七万兵马，而我们……"

"虚张声势，"努尔哈赤微微一笑，"他们仓促调兵，能凑个十万就不错了。况且我还听说，明军誓师那天，也屠牛祭旗，可原本应一刀斩下的牛头，他们却砍了三刀才斩断。还有一个叫什么刘招孙的武将，为壮声威，于教场驰马试槊，谁知那木柄腐朽，没挥两下，槊头便落了地。"

洪台吉一喜："真的？连逢凶兆，必会出师不利。"

"不错，"努尔哈赤点点头，又指着漫天飞雪道，"你瞧现在，就连老天都在帮咱们。明军不像咱们八旗兵，他们不耐苦寒，咱们就在这儿以逸待劳，一等他们到了，就给他们一个迎头痛击。"

"可父汗，他们分了四路攻来，以咱们现有的兵力，若再分头迎击，怕是难以抵挡。"

"为何要分兵？凭尔几路来，我只一路去！老八你知道吗？这几日来，我也没怎么合眼。"

"父汗也是在担忧？"

"开始是在担忧，可探清那杨镐分兵来犯的消息后，我便乐得睡不着了。只要我们据守赫图阿拉，集中起优势兵力，就可牵着那四路明军的牛鼻子，将他们各个击破。放心吧，我会让明军的血肉，来滋养咱们这块土地。等到了来年，这辽东必然长起一片好庄稼……"

正说着，传令兵登城来报："大汗，明军刘綎部已从宽甸北上，杜松部也已出了抚顺关，逼近了苏克素河谷。"

努尔哈赤稍加思索，便道："那杜松部为明军主力，须调拨大量人马，定要将其困在萨尔浒山附近。而那刘綎部，就派五百轻骑南下阻截。"

洪台吉一怔，急道："父汗，据说刘綎可是领兵数万，只用五百轻骑如何将其阻住？是不是再增些……"

"就五百轻骑。并且那战马要用齿龄高的，骑兵也换成力气弱的。这五百人马实为敢死队，能拖一刻是一刻，好让咱们腾出手来，全力围歼那杜松军。"努尔哈赤说完，又向那传令兵道，"告诉那五百勇士，他们的血不会白流，我大金永远铭记着他们的功勋，他们的阿玛额娘，也会由大金替他们赡养！再探！"

"是！"

"洪台吉！"

"末将在！"

"传令代善、阿敏、莽古尔泰，让他们即刻召集麾下铁骑，随我赴吉林崖杀敌！"

"得令！"

此举堪称破釜沉舟，除去几千兵丁留守赫图阿拉外，八旗军几乎倾巢出动。然而大军正在行进时，身后又有哨探追报，说是东南清河堡处，也发现了大队明军。

一听这话，四大贝勒也都急了，纷纷请战，要调出一支骑兵回驰。可努尔哈赤熟知地形，断定那队明军受狭隘险岭所阻，行程必然不快，故也不去理会，而是抓紧西向行军。

兵贵神速。双方你追我赶，待努尔哈赤一行过了扎喀关后，西路杜松军已抵达萨尔浒。打探到吉林崖守卫不多，杜松便将主力驻扎下来，又分兵一万，去攻这道挡在赫图阿拉前的险要屏障。

得知杜松孤军深入，努尔哈赤大喜，只分出一旗的兵力增援吉林崖，自己则率了六旗的四万多骑兵，向驻扎在萨尔浒的两万明军发起冲锋。

那两万明军远来劳顿，主将又暂时离营，面对两倍于己的八旗军，瞬间被冲乱了阵脚。在努尔哈赤的指挥下，八旗铁骑仗着机动灵活，在明军步兵间横冲直撞，弓弩齐发、马刀狂挥，砍瓜切菜般杀得血流成河。明军的惨号在阴霾中回荡，头颅在马蹄下翻滚。短短半日光景，那白皑皑的雪地已被染得赤红一片，死尸一个叠着一个，残手断脚、肚肠缠连，整个萨尔浒山下然成了一处屠戮的修罗场。八旗兵像疯了一样，只要见到还在喘气的明军，围上去就是一顿乱砍，哪管那刀口都被骨头硌得卷了刃？此时的他们宛如一只饥饿的饕餮，永不满足，只会将利爪不断地伸向别处。随着努尔哈赤马鞭一挥，这只嗜血的狂兽又跨过堑壕、扫平栅寨，再度扑向吉林崖。攻崖的一万明兵还没等反应过来，就让身后袭来的血盆巨口当成了猎物，几乎没能反抗，便被连毛带骨地吞嚼下去。

经这一役，大明西路全军覆灭。主将杜松、保定总兵王宣、原任总兵赵梦麟，皆裹在里头送了命，险些连骨头渣子都不剩。与此同时，北路军马林部也抵达了附近的尚间崖，不等哨探回报，马林便闻到了弥漫在萨尔浒上空的血腥味。得知杜松战败，他哪里还敢冒进？一面将队伍分作三处防御，一面派人通知落后的叶赫兵火速来援。努尔哈赤审时度势，先命各贝勒分别带领小股骑兵骚扰，待将马林军龚念遂部、潘宗颜部引出后，又亲率主力夹击。再经一番厮杀，明军北路几近被金兵全歼，仅主将马林带着残存的数名部下狼狈败走。前来增援的金台石和布扬古，于中途闻知消息，吓得魂飞魄散，慌忙带着叶赫军逃回了海西老窝。

连灭了两路明军后，努尔哈赤立即移师，向进犯赫图阿拉的东路刘𬘓部出击。而东路明军因山路崎岖，行军本就缓慢，又加上五百女真骑兵舍命拖延，才走了不到半程。见时间富裕，努尔哈赤决定采用诱其速进，设伏聚歼的打法。他先让八旗主力于阿布达里岗埋伏好，再选了几名通晓汉话的士兵，穿上明军衣甲，持着明军令箭，诈称西、北二路大军已迫近赫图阿拉，请求刘𬘓速进。刘𬘓刚出宽甸不远，哪能想到杜松、马林两部已然全灭？当即信以为真，便带着先头部队轻装急进。等他赶至阿布达里岗时，八旗军便从暗处杀出，可怜这万历朝第一猛将，经过殊死苦战后仍未能突围，最终身中数箭，含恨而亡。啃掉了刘𬘓这块硬骨头，后续队伍便不在话下，努尔哈赤乘胜追击，逼得朝鲜元帅姜弘立率部投降。

至此，围攻赫图阿拉的明军已四去其三，仅李如柏一路尚存。消息传到沈阳，杨镐大惊，慌忙令李如柏部火速撤军。这李如柏虽出身于武将世家，为人却贪杯好色、胆小怕死。之前其他三路皆向赫图阿拉急急挺进，他却有意让部下缓慢而行。刘𬘓捐躯时，李如柏的南路军才到了清河堡东的虎拦岗。

撤兵的军令送达时，努尔哈赤的八旗兵也赶到了虎拦岗。李如柏险些吓破了胆，忙让部下掉头回师。主将一慌，整个南路军皆惊恐溃逃，马乱人骇，自相践踏，竟死伤过千。

望着岗下明军人仰马翻的丑态，洪台吉不由得大生轻蔑，向努尔哈赤请缨道："父汗，让我领上三千骑兵追击，定能将这胆小如鼠的李如柏部全歼。"

努尔哈赤摆了摆手："穷寇莫追，咱们八旗勇士连战数日，也该让他们歇息一下了。至于这李如柏，既已退兵，那便由他去。"

洪台吉急道："可斩草须除根。"

努尔哈赤似胸有成竹，抚须笑道："有时候借把刀来，也是能杀人的。还记得娥恩哲吗？"

洪台吉一怔："记得，那是我三叔的女儿……"

努尔哈赤目光一冷："那个妄图背叛你父汗的人，你还叫他三叔？"

"孩儿错了，"洪台吉赶紧改口，"是舒尔哈齐的女儿。"

"当年我将舒尔哈齐削爵囚禁后，就把他的女儿娥恩哲送到宁远李家，给那李如柏当了小妾。如今李如柏的三儿子，正是娥恩哲所生。"

"竟……竟是这样？"

"其时我不过是为了麻痹明廷，李家不知我与舒尔哈齐反目，还当我将亲侄女送到中原为质，便欣然应允。我大金与明朝开战后，那娥恩哲，就成了斩杀李如柏的那把刀。老八，我教你一句歌谣，之后你命边关小儿多多传唱。"

洪台吉点点头："好，孩儿听着。"

努尔哈赤闭上眼，轻轻吟道："奴酋女婿作镇守，未知辽东落谁手。"

洪台吉犹豫道："这'奴酋'二字太过不敬，是否……"

"不，"努尔哈赤摇手笑道，"就用'奴酋'，越是不敬，便越像真的。谋大业者，难道连区区一个蔑称都听不得？"

"父汗英明！"

剿灭杜松、击溃马林、伏杀刘綎、吓退李如柏，扫清这四路人马，努尔哈赤才用了短短五天，八旗兵大获全胜，明军一败涂地。

然而此时的紫禁城中，万历还在等着前线传来的捷报。这次征讨，可谓要钱给钱，要人给人，几乎全部的精兵勇将都送到了萨尔浒，堂堂天朝雄师一到，区区建州女真如何反抗？万历越想，心中便越是得意，将来青史之上，自己那三征三捷的赫赫功绩后，又要多上浓墨重彩的一章。

若打了胜仗，那可算大大露脸的事。万历虽然抠门，这回倒豪气了一把，竟从内库拨了一笔帑银出来，先让人把安定门收拾一新，又备下美酒、彩绸、赏银等物，只待杨镐他们凯旋，便要彰表功勋。

谁知又等了几天，前方仍未传来消息，直到那顺天府的米价闻风陡涨，几名浑身是血的锦衣卫才趴在数匹疲马上，堪堪赶回了北镇抚司。这几名锦衣卫皆蓬头垢面，身上穿的袍子活似在酱缸里浸过，污渍遮盖了厚厚一层，愣是连原本的绣纹都瞧不清了。刚从马背上滚下来，几人便齐齐栽倒在台阶前，门口值哨的小旗见状，连忙过来查看。

总旗下服黑，百户服白，千户上服红。他们间就有穿着红袍的，在卫中官职必然不小。众人再拿热毛巾为他们擦去脸上血污，更是哗然大骇。穿红袍的那三张脸，大伙可绝对不陌生，指挥佥事骆思恭、卫所千户田尔耕和许显纯。这三位大人皆出身名门，平日里高高在上，随军出征时也八面威风，如今怎么都成了破落户一般？

待几碗热姜汤灌下去，骆思恭几个陆续醒了。岂料这些上刑拷问连眼都不眨一下的狠角色，醒来的第一件事竟全是放声大哭。那动静可真叫一个凄惨，在场众人瘆得鸡皮疙瘩起了一层又一层。等他们哭够了，总算一把鼻涕一把泪地，将发生在萨尔浒的那幕惨剧，断断续续地道了出来。

得知这惊天大败，时任锦衣卫右都督的李如桢骇得一蹦三尺高，最后瘫在椅子上缓了老半天，这才跌跌撞撞地奔至皇城上报。

万历帝只当捷报传来，立马召见了李如桢。看到李如桢伏在地上浑身颤抖，万历的眉头也不由得皱起："爱卿，你不是有前线消息要奏吗？为何迟迟不肯开口？"

李如桢抹了把冷汗："皇上……败了……"

"败了？"万历嘴角哆嗦了一下，继而自欺欺人地强笑道，"是了，大明铁骑一到，那努尔哈赤焉有不败之理？"

"是……是咱们败了。四路大军，仅李如柏部得以保全，其他三路主将除马林外，杜松、刘綎皆已殉国……据战后统计，此役中文武将吏阵亡三百一十余人，军丁阵亡四万五千八百七十余人，阵失骡马、骆驼共二万八千六百余匹，随军锦衣卫仅有十余人生还……"

"够了！"万历发疯一般，将面前摆设一股脑推到地上，"杨镐呢？朝鲜军还有叶赫兵呢？"

李如桢又道："辽东经略杨镐已引咎辞职。朝鲜光海君也派使者去建州谢罪，表示不再支持大明。萨尔浒战后，努尔哈赤又兴兵攻打叶赫，叶赫东西城贝勒金台石、布扬古被杀，余部俱降……"

"废物！全是废物！"万历歇斯底里地冲到李如桢面前，一把攥住了他的领子，"治罪！朕要治他们的罪！速去将那杨镐拿下，对，还有那个李如柏，一并捉了，下你那北镇抚司诏狱！"

李如桢慌忙求情："皇上，李如柏他可是依军令才撤兵的……"

"朕不管！三路皆亡，为何只有他平安无事？"万历瞪着通红的眼珠子，突然道，"朕才反应过来，那李如柏正是你亲二哥啊。李如桢，他到了诏狱里，你该不会手下留情吧？"

"臣不敢……"

"谅你也没那个胆子！若被朕知道那李如柏少挨了一顿打，连他带你，朕诛你李家满门！赶紧去捉拿！"

"是是……"

李如桢连滚带爬地离开后，万历感觉胸炸欲裂，"唰"地抽出床头御剑，在殿内疯抢乱砍起来。大太监李恩怕他气出毛病，刚哭着劝了两句，大腿上却挨了万历一剑，吓得赶紧拖着伤腿滚到桌子底下，一边抹泪，一边哆哆嗦嗦。

万历又砍了一气，手掌已然酸麻，他将那宝剑猛地一砸，仰天长啸："败了……朕居然败给了那努尔……"

"哈赤"二字尚未出口，万历只觉喉咙里一阵激涌，再听"哇"的一声，竟吐出一口血来。

"万岁爷！"

那李恩失声尖叫，顾不得自己大腿上鲜血横流，急急从桌底钻出，一瘸一拐地扑向了摇摇欲倒的万历帝。

第六章　中山狼

萨尔浒的战败，像施加在大明帝国身上的恶毒诅咒，将整个九州大地都笼上了一层厚厚的阴云。那些从修罗场上逃回来的士兵，每逢天黑，总会梦到自己在尸山血海中拼命地爬着，昔时里捏枪杀敌的无畏男儿，如今皆被噩梦惊扰得夙夜哭啼，短短数月便成了一副须发花白、肿眼陷目的颓老模样。江南各处，同样是人心惶惶，努尔哈赤已被传成了青面獠牙的恶鬼形象，晚上若有小儿闹着不肯入睡，爹娘只要提起他的名字，孩子便吓得自己钻进被窝，连脑袋手脚都不敢露出。

这种吓唬小孩子的把戏，徐振之和许蝉是不屑做的。边关大败后数月，宫中又传出皇后王喜姐去世的讣告，夫妇二人虽然心忧，却也无可奈何，只得将一腔精力全然倾注在小山子身上。

日子如白驹过隙，转眼光景，小山子便从蹒跚学步、咿呀学语，长到了要启蒙的年纪。然四五岁的孩童正是淘气的时候，不是偷藏了他爹的玄铁尺，就是悄拿了他娘的秋水剑，还有一回，程五奎那独门兵器"开山爪"也被他摸去一只，丢在了归游居的荷花池里，害得徐振之下水摸了半天才捞上来。

见儿子太闹，徐振之就将他拖进了书房，与许蝉轮班守着，教他背些诗文短句磨磨心性。这天徐振之去书房换班，刚推开门，便见里头娘俩又较起劲来。

小山子瞧着像是厌倦了，将手里诗册一丢，趴在桌上奶声奶气地放起赖来："不念啦不念啦！汤爷爷死前，不是让你们不要逼孩子吗？我早听五奎叔说啦，你们别想抵赖！"

"还反了你了？"许蝉手持鸡毛掸子一敲，"那本《玉茗堂全集》里头，就是你汤爷爷写的诗，你读是不读？"

"我不要玉茗堂，"小山子嘟着小嘴道，"我瞧你们那里还有汤爷爷写的《牡丹亭》，我要读那本……"

"你这小屁孩看什么情情爱爱？那本不行！"

"什么是情情爱爱？那天我爹偷亲了你一口算不算？"

"我瞧你是皮痒了！"许蝉羞得满脸通红，鸡毛掸子一挥，作势欲打。

"干吗呀突然要打人？"小山子吓得跳起来就绕着桌子跑，"爹你也不管管娘？你儿子要被她打死啦……"

徐振之笑着瞧起了热闹："我哪里管得了她？把你娘逼急了，她能连你爹一起打。"

"振之哥！"许蝉嗔道，"都什么时候了你还说风凉话？你这儿子再不打，就要上房揭瓦了，快帮我堵住他！"

徐振之小声嘀咕一句："这性子还不是随了你……"

许蝉杏眼一瞪："你说什么？"

"我……我说要捉那臭小子，我是手到擒来。"徐振之忙岔开话头，长臂一抄，将小山子揽在了胸前，又往凳子上一墩，"快念书，要不我和你娘一起打。"

"你们两个大人欺负小孩子……"小山子眼里噙着泪水，委屈巴巴道，"回头我跟奶奶说……"

"你敢？说一次打一顿，非把你那屁股敲烂了！"许蝉拾起《玉茗堂全集》，往桌上一拍，"别废话，赶紧念！"

在这雌威的震慑下，小山子只得屈服，翻开册子，一句句读了起来："寂历秋江渔火稀，起看残月映林微，波光水鸟惊犹宿，露冷流萤飞不湿……"

"是湿不飞！"

"哦，露冷流萤湿不飞……"

这边正念着，书房外却传来一阵敲门声。徐振之开门一瞧，见是钱谦益，便赶紧请了进来。

看小山子正在伏案读书，钱谦益忙夸道："小山子这般用功，将来必是……"

这话才到一半，钱谦益就说不下去了。原来趁徐振之和许蝉分神，小山子竟从窗户跳出去逃了。

许蝉一回头，便捂着胸前难受道："叫这小皮猴子气得我心口疼。振之哥，你快扶着我些，我得缓缓……"

徐振之忙扶稳了许蝉，也觉有些尴尬，又干咳两声："钱兄此来，可是有事？"

"对，有要事，"钱谦益四下瞧瞧，又压低了声音，"东宫那边来信儿了，说是想请振之兄北上，和殿下一同出关。"

"和殿下出关？"

"不错，"钱谦益点了点头，"振之兄，殿下还让你即刻出发，说他在香山小筑与你会合。"

"那出关的原因，殿下可曾在信中明言？"

"倒未曾提起。"

许蝉与徐振之互视一眼："他就爱搞这套神秘兮兮的把戏。振之哥，你怎么说？"

"还能怎么说？"徐振之苦笑一声，"殿下指名要我，我敢不去？再说，还可以打探一下伍有德的下落，为汤老爷子报仇。"

"也是，"许蝉稍加思索，"可关外现在凶险得紧……不成，你自己去我实在是不放心，我得跟着。"

徐振之还没开口，钱谦益已摆手道："可殿下只提了振之兄，没提蝉儿夫人，若你也跟去，殿下会不高兴吧？"

许蝉秀眉一蹙："我说钱谦益，你现在可真有点狗……"

"咳！咳咳咳！"

听徐振之连连提醒，许蝉反应过来，生生将那"腿子"二字咽了下去："多大点事儿，至于这么瞻前顾后吗？就算他不乐意，也是朝我发火，你怕什么？"

钱谦益赶紧讪笑几声："我是担心小山子没人照顾。"

徐振之点头道："钱兄所言不无道理。小知了，我在关外自会小心，你留下照看小山子吧。"

"光想着你儿子，就不怕你媳妇被气死啊？"许蝉又道，"再说我多少年没出过家门了，一来沿途保护你，二来也可散散心。"

回想起小山子那副闹腾劲，徐振之也有些心疼起许蝉来："那好吧，一会儿咱们收拾一下，再把小山子送娘那儿去。"

许蝉一摆手："娘太宠他了，还是送我爹爹那里，也能跟着念点书。"

“算了吧，岳丈比娘还能惯。”

“那倒也是。”

夫妇二人说走便走，备好了行囊马匹，又从后花园里捉来小山子，送到了王孺人处。许蝉嘴上虽那样说，可当真与儿子暂别，心中还是难以割舍，忍不住背过头去掉泪。然而小山子年幼不懂事，只觉爹娘一走，就无人逼着自己背书，便躲在王孺人身后，没心没肺地直乐呵。

许蝉叮嘱再三，便将心一横，与徐振之跨马离家。路上无非是昼行夜宿，疾驰慢赶，不一日，就风尘仆仆地抵达京师。

二人认得路径，先在城外食摊上用了饭，再纵马驰至阔别多年的香山小筑。敲开那扇漆色斑驳的院门，便瞧见了几张熟悉的脸。有笑脸、冷脸，还有媚脸、谄脸。

媚脸自然是客印月；谄脸无外乎李进忠；笑脸相迎的有一双，为郭鲸和薛鳄；冷脸也有两张，一大一小。大的那个除了朱常洛没别人，小的那个一身素青衫，年纪十五岁上下，细腿长胳膊，徐振之和许蝉一时倒没敢相认。

许蝉上前端详了半晌，惊喜道：“这是由校吧？好孩子，你个头蹿得这么高了。”

见朱由校闷头闷脑，朱常洛冷冷道：“不是吵着要来见人吗，怎么又不吭声了？”

朱由校脸一红，叫了声“姑姑”，又想往客印月身后躲。许蝉一把拉住他，咯咯笑道：“挺大个小伙子，这般害羞可不成。但那‘姑姑’二字，你放在心里就好，轻易别叫出口……”

朱常洛插言道：“这里又没有外人，‘姑姑’二字，他为何叫不得？"

许蝉感觉这话有些似曾相识，再转念一想，才记起当年在归游居中，自己曾对朱常洛说过类似的话。想到这儿，许蝉不由得好笑，一面看着朱常洛，一面冲着徐振之乐道："振之哥，你瞧这人，都过去几年了还在耿耿于怀，今日可算被他找补回来了。"

徐振之笑笑，正要开口，却瞥见朱由校手指上皆是伤痕："由校，你手怎么了？为何会有这么多口子？"

面对徐振之，朱由校倒是有些放松，将手一扬，目中也露出几丝得意："先生，这些是被工具刺的，我那木匠手艺虽说是你教的，可现在，你怕是比不上我了。"

客印月笑道："徐公子，哥儿可不是说大话，他如今的手艺，就连御用监里的大匠，都佩服得紧呢。"

"不错，"李进忠也接言道，"校哥儿做出来的物什，还曾命我拿到宫外卖过，每次都能在集市上卖个最高价。"

听他们越说越欢，朱常洛不禁有气："会点上不得台面的能耐，值得高兴个什么劲儿？堂堂皇室子孙，终日跟破斧子烂木头打交道，传将出去，岂不被人笑掉大牙？"

见朱由校又吓得低下了脑袋，许蝉忙劝道："孩子还小，你别凶他，以后慢慢教就是。不过由校，就算再喜欢，也不能由着自己性子来，要多上心念书，少摆弄些木器……"

看许蝉那副敦敦善诱的神情，徐振之暗暗好笑。这可真是劝人容易劝己难，出门前，自己还操着鸡毛掸子要打小皮猴，到了这儿，却连人家教训儿子都瞧不得。

劝完了父子二人，许蝉又将目光落在了客印月身上："这么多年过去，你还是没怎么变模样，当真驻颜有术。"

"妹妹真会哄我开心。还驻颜有术呢，我眼角都有细纹了。"客印月说完，也打量起许蝉来，"你才是没变样呢，生了娃娃，腰身还是那么细，可真叫人羡慕……"

听她俩又要说些不痛不痒的闺中闲话，朱常洛不耐烦地挥手打断："印月、进忠，你们把由校送回宫吧，时候耽搁久了，那西李怕是要起疑心。"

客印月看着朱常洛，欲言又止，最终却默默行了个礼，拉起朱由校转身便走。

朱常洛望着她远去的背影，突然又道："还有，我们明晨一早就动身，你也不必来送。"

"主子！"客印月再也忍不住，几步折了回来，跪在朱常洛面前，泪如雨下，"那关外虎狼之境，不比别处，主子定要小心，千万不要深入女真腹地。印月斗胆请求主子，万一遇上了金兵，也别跟他们起冲突，咱们……咱们能躲便躲……"

朱常洛不是傻子，岂会看不出客印月对他的殷殷真情？心头一暖，便情不自禁地在她秀发上摸了几摸："我晓得，你……"

话未说完，那薛鳄突然一拍胸脯："你放心，有我和郭二哥在，必会誓死护卫常老大周全！"

经这一声吼，朱常洛方记得还有旁人在侧，忙将手掌收回。许蝉和郭鲸齐齐瞪了薛鳄一眼，皆埋怨这莽汉不解风情，早不开口晚不开口，偏要挑这种时候去打断人家。

朱常洛负手而立，缓缓道："我走的这段日子，宫里就靠你来遮掩了。"

客印月点点头，慢慢站起身："不会出岔子的，主子，你多保重，印月等你回来……"

"去吧。"朱常洛不再看她，转向徐振之肃客，"徐兄，屋里用茶。"

待客印月等人走后，许蝉和郭鲸也没着急进屋，拖过薛鳄来便一左一右地开始数落。可怜薛鳄挠着脑袋听了半天，也没搞懂自己到底错在哪儿，气得许蝉与郭鲸也不再理会，将他丢在院中，双双走进屋去。

再经一番攀谈，徐振之总算弄清了太子出关的用意。明军在萨尔浒败给努尔哈赤，向来好胜要强的朱常洛哪里会甘心？于是他便想去瞧瞧，那八旗兵是否真有什么三头六臂。并且，朱常洛也曾分析过边关战报，认为那一战，明军除去指挥失当、不耐苦寒外，还因不谙地形吃了大亏。所以才想让徐振之随行，帮着画一些详细的关外舆图。

对于舆图之事，徐振之深以为然，若当时有份能将辽东水文山脉一一标明的详图，大明与女真孰胜孰败，还未尝可知。还有，这些年来，害死汤显祖的叛徒伍有德一直没寻到踪影，这趟出关，说不定还能探听点他的消息。

想到这儿，徐振之又问道："殿下，目前辽东局势如何？"

朱常洛道："那杨镐、李如柏已拿在诏狱羁押，从萨尔浒退下来的北路军主将马林，没过多久也在开原战死。如今关外，沈阳、开原、铁岭等重镇尽丧敌手，明军仅退守辽阳一带，与那努尔哈赤勉强对峙。"

"那朝廷可曾再派将官补任？"

"朝廷已命熊廷弼代杨镐经略辽东，李如柏那征虏前将军一职，也由其三弟李如桢出任。"

"李如桢？此人貌似是锦衣卫右都督，还掌管着北镇抚司。"

"不错。那李如柏以兵败论罪后，就关在他那诏狱里。开始时，只定了个贻误军机之罪，可后来，关外传来一首童谣，叫什么'奴酋女婿作镇守，未知辽东落谁手'。朝廷再派人细查，这才发现，原来那李如柏的小妾竟是努尔哈赤的亲侄女。父皇闻知，龙颜大怒，认为李如柏通敌，当即就要下旨将他处斩。为保下李如柏的性命，李如桢拼死求情，又主动要求调往辽东前线杀敌，想以战功补其兄之过。考虑到边关缺将，李氏一门又素有功勋，父皇思量再三，就答应了李如桢的请求。"

徐振之恍然道："原来如此，愿那李如桢能汲取其兄教训，守住我大明疆土。"

"但愿吧，"朱常洛长叹一声，又道，"天色不早了，我在厨下备了些饮食，你们吃用后便早些歇息，我们明晨就出发。"

"好。"

翌日天还未放亮，郭鲸、薛鳄已将出关之用收拾停当。五人皆换了寻常百姓穿的粗布衣衫，随身兵刃也藏在不显眼处，再把行囊往马背上一搭，便各自跨上坐骑，向东北方行去。

离开京师后，五人避着大道卡哨，由香河入了玉田，再从玉田到了卢龙。自卢龙往东，绵延的长城与万顷碧涛交汇之处，傲然矗立着一座雄关险隘。这关城北倚燕山，南连渤海，正是那赫赫有名的山海关。洪武十四年，开国元勋徐达于此筑城设卫，其关始有"山海"之称。山海关地处战略要冲，像是一把大锁，牢牢把住了从关东入中原的陆上通道，故而被时人誉为"两京锁钥无双地，万里长城第一关"。

大明与女真连年征战，怕有奸细乔装混入，山海关的将兵把守得极严。五人不便表露身份，守卫想必也不会放行。正当犯难之时，身后恰巧来了一队出关运送军粮的征夫。徐振之等人大喜，忙以重金买通了打头的，连同坐骑一块混在了运粮队里。运粮队有通关文牒，守卫不疑有他，稍加查验后便放了行。

出了山海关，就是那辽西走廊。五人与运粮队分开后，便沿着这条狭长的险要古道，慢慢探访起来。徐振之一面缓行，一面在携带的小册上写写绘绘，将那前屯、高台堡、宁远城、塔山、杏山、松山等地的水形山势，一一详录在册。五人走走停停，待徐振之绘好这辽西走廊的舆图后，一行人已踏入了辽东地界。

此时的辽东正是草肥水美的时节，一望无际的林野间，鸟鸣兽叫，却鲜有人烟。再往东过了西平堡，便是那浑河水域，河畔芳草萋萋，河中鱼虾欢跃，还有几只生得像小鹿般的傻狍子，见有人来也不害怕，反而瞪着好奇的大眼睛，愣是跟在五人后面走出了好几里。薛鳄和郭鲸见它们长得肥美，便想猎几头烤了吃。许蝉因其生得可爱，心下不忍，只是拦着不允。谁知那傻狍子胆量越来越大，索性奔在马前，一边飞跑着，一边回头去瞧。

五人的坐骑皆是烈马，一见有东西挡路，就使性子去追踏。等包铁的马蹄子一扬，那些傻狍子才知道害怕，一个个都炸起了白屁股，愣在路前不敢再动。饶是五人勒缰止马，那狍子还是被踏死了一只，其他的反应过来，这才一哄而逃。见那狍子可怜的死状，许蝉开始还难受得不行，可当郭薛二人将死狍子剥皮翻烤后，那诱人的香味便频频袭来，勾得许蝉手也不听使唤了，不自禁地摸向了那烤得油汪酥嫩的狍子肉。这一顿吃完，许蝉脚下的骨头也没比郭鲸、薛鳄少多少。歇了一阵，大伙又把剩下的做成肉干带上，再度往东探去。

此时的五人，已将大队明军驻守的辽阳远远甩在身后。再驰几日过了威宁堡，越往前走，草甸子里的白骨就越多。直到这时，徐振之才猛然醒悟，原来他们在不知不觉间，已到了当年明金交兵的战场附近。在这女真腹地，战死的八旗兵有人来收殓，可明军的尸首就只能那样扔着腐烂化泥。眼前成片的枯骨，皆是为国捐躯的好汉，五人虽不忍这些英烈死无葬身之地，奈何累累遗骸实在太多，根本无力掩埋，只得默然哀悼一番，算是致敬这些客死他乡的忠魂。

　　再行一阵，隐约已能听见女真人放牧的马哨声，朱常洛担心行踪暴露，便让许蝉、郭鲸和薛鳄留在隐蔽处守着坐骑，自己与徐振之徒步往前探。

　　二人一面小心提防着四周，一面向前摸去，走出半个时辰后，就见前方有处小岗。二人刚登至岗上，便赶紧伏身趴下。原来那岗子对面竟是片广阔的空地，几座金兵大帐就驻扎在不远处。

　　借着草木藏身，徐振之又取了册子绘图，将几座军帐的位置画下后，再远处的山峰地貌，却是没法瞧清了。

　　朱常洛眉头一皱："金兵既然在此布防，那此处必是战略要冲。徐兄在这儿等着，将那笔册给我，我再去前方探探。"

　　徐振之执意不允："有道是君子不立危墙之下，我们潜至此处，已是十分冒险，殿下绝不可再探。"

　　朱常洛权衡了再三，总算答应了。既然无法前行，待在这辽东也没意义，二人与许蝉他们会合后，便决定原路回京。

　　这趟虽没寻到那伍有德的消息，却将山海关至此处的全部险要记绘成图，也算不虚此行。一路过来，浪静风平，眼下回程，大伙原本提着的心不免都松弛了几分。

　　谁知向西走了半天，突然刮起一阵狂风。被那风沙迷眼，五人渐渐偏离了来路。那风来得急，去得也快，再行了一顿饭工夫，前方已是一片陌生的河谷。河滩上灌木丛生，其间点缀着许多不知名的小花，五人正信马由缰地行着，跨下坐骑却突然齐齐躁动。

有人！

五人登时警觉，各自取了兵刃。朱常洛抬眼疾疾一扫，便察觉那不远处的灌木丛中有异样，忙向郭鲸、薛鳄使个眼色。

郭鲸、薛鳄会意，便轻手轻脚地下得马来，一前一后，向那藏人的灌木逼近。刚到跟前，那灌木丛中竟"唰"地打出一块有棱有角的石头，贴着薛鳄的脑袋险险飞了过去。薛鳄惊出一身冷汗，情急之下，挥起手中钢刀疾斩。

他一身蛮力，那钢刀又沉，这一下可谓破风呼啸。受这骇人的动静所惊，那藏身于灌木丛中的人吓得娇呼一声。

听是个少女声音，薛鳄也吃了一惊，可他出招太猛太快，再想收手却来不及了。正当那刀刃就要砍在少女头顶时，斜刺里射来一块碎石，"铛"的一声，激出一溜火星子，将那钢刀生生撞偏了几寸。

不必说，这定是朱常洛出手了。薛鳄收回了钢刀，郭鲸也于一旁警戒。那少女趁此机会，在灌木丛中打了个滚，急急站起身来。

五人定睛一瞧，只见那少女约莫十四五岁，正是花一般的年纪。从头到脚皆是女真人的打扮，左手攥着一把压坏了的野花，右手又不知何时抓起块石头。面对着五人，那少女显然吓坏了，可她的身子虽在微微颤抖，一双乌黑的眼睛里却透出几分不屈。

许蝉轻叹一声，将秋水剑收回鞘中："貌似就她一个小姑娘，放她走吧。"

朱常洛点了点头："若要难为她，我方才便不会出手了。"

一听两人对话，那少女突然瞪大了眼睛，继而欣喜道："你们是汉人？"

五人闻听她口出汉话，也都愣了："你不是女真人？"

"我还当你们是女真人呢。我穿成这样，也是没法子的。"那少女看上去很是开心，忙将手里的石头一丢，蹦跳着跑到朱常洛面前，"大哥哥，刚才是你打石子救了我吗？"

"大……哥哥？"许蝉"扑哧"笑了，"小姑娘，你今年多大了？"

那少女满脸纯真："我刚好十四，今天是我生日，所以才跑出来采些花戴。"

许蝉望着朱常洛笑道："你这'大哥哥'的儿子，都比你大着一岁呢。"

那少女挠了挠头："其实我也瞧出他年纪不小，可方才他救了我，我怕叫老了惹他不开心……姐姐，他叫什么呀？"

"你也不能叫我姐姐，我可是当娘的人了，"许蝉乐得直摆手，又朝徐振之一指，"你瞧，孩子他爹还在那儿呢。"

"真的假的？看不出来呀，我还是叫你姐姐吧，"那少女说完，又向徐振之打个招呼，"叔叔好。"

徐振之脸上一僵，一时不知如何接话，只得苦笑着点了点头。

那少女又拉着许蝉，指着朱常洛问道："姐姐，你还没告诉我他的名字呢。"

"他呀，叫常鲤。"

"常鲤？"那少女眼睛眨了两下，又将手掌伸出来，学那游鱼摆尾，"就是河里头游的那个鲤？"

"对，也可以是锅里炖的那个鲤，"许蝉打趣一句，又道，"说了这么多，小姑娘你叫啥？"

"我叫宝珠。"少女说完，跑到朱常洛面前，将手里的野花递

216

了上去，"鲤叔，我是个穷丫头，没什么好谢你的，这花送你吧。"

"不必。"

朱常洛袖子一拂，正要转头上马，宝珠却不由分说，一手拉着他的胳膊，另一手将几支野花插上了他的发髻。

"胡闹！"

朱常洛把脸一板，正要伸手扯下，宝珠却赶紧拦住，装出副可怜兮兮的样子："别摘别摘，真的好看。求你了，鲤叔，今天我过生日，别摘了……"

不知为何，朱常洛的心肠竟无法再硬起来，哼了一声，将手放下。

郭鲸和薛鳄哪里见过太子爷头上簪花？瞥了两眼，实在忍不住，皆捂着嘴偷笑起来。

朱常洛一指二人，向宝珠道："把他们头上也插满！"

"好嘞，"宝珠似得了军令，当先跑到薛鳄面前，"快低下头，刚才你差点杀死我，只给你花梗戴……哎呀你太高了，头再低些。"

薛鳄无法，只得任她摆弄。等郭鲸也被她"如法炮制"完，宝珠乐得直拍手："今天是我这两年来最最开心的日子，谢谢你们，谢谢你们陪我胡闹……"

女孩子的心性，许蝉最是了解，听宝珠那笑声中带着一丝寂寥，不禁又问道："宝珠，之前没人陪你过生日吗？"

"之前……也是有的……"宝珠眼神一黯，又换成了笑脸，"对了，姐姐，你们这是要去哪儿啊？"

"我们要回大明，可又有些迷路。你知道那威宁堡的方向吗？"

"知道啊，我们寨里好多人都是从威宁堡来的。"

"你们的寨子在附近？能不能带我们去歇歇脚？"

宝珠犹豫了一下，使劲点了点头："怎么不能？跟我来吧。"

河滩上乱石太多，五人怕伤了马蹄子，便牵了坐骑，跟着宝珠沿河谷走了起来。再经两个小山坳，便见前方不远居然种着一片茂盛的庄稼。

　　别看宝珠小小年纪，倒是极其珍惜粮食，一踏上田埂，她便折了根草秆在手，不时在马头上轻抽一下，不让它们啃食庄稼。穿过了庄稼地，迎面就看到了宝珠所居的寨子。

　　那寨子不大，统共十来间茅草屋，四边用桦树皮围了一大圈，算是寨墙。寨子里的人也都面黄肌瘦，见徐振之一行跨入寨门，一张张愁苦的脸上登时充满了警惕。

　　"宝珠，谁让你带外人来的？"

　　"你个死丫头，成天乱跑，万一把金兵招来怎么办？"

　　听那人骂得难听，朱常洛二目似箭，猛地向他身上射去。

　　那人打个哆嗦，吓得倒退几步："怎么？你想打人？"

　　宝珠见状，忙拦在寨民面前："各位叔叔伯伯、嫂嫂婶婶，他们不是坏人，他们就是过路的，在咱们这里歇歇就走了。"

　　"可这里又不是客栈。"

　　"就这一次，求求你们了，"宝珠低声下气地赔着笑脸，"今天我过生日，大伙多担待……"

　　"谁还没个生日？偏你就这般矫情。"

　　"这普天之下，还没我不能进的地方。郭鲸、薛鳄，开道！"朱常洛说完，抓起宝珠的手腕便往里闯。

　　"是！"

　　众寨民虽不情愿，可见了那两尊铁塔般的巨汉，倒也不敢真拦。

　　宝珠一面被朱常洛扯着，一面还在向寨民赔不是："对不住啊各位叔伯，不好意思了嫂嫂婶婶……"

许蝉气不过："行了宝珠，他们平时也这般欺负你吗？"

"他们就是过来问问，没欺负我呀。"

"这还不叫欺负？"

"好了。"徐振之摆手劝住许蝉，又道，"宝珠姑娘，给你添麻烦了。"

"没事的徐叔，不麻烦的，"宝珠说完，再指着前面一处茅草棚道，"那便是我住的地方了。里头有点小，怕是塞不下这么多人，咱们在门口坐坐吧。"

许蝉看了看那棚子："你爹娘都在里头吧？我先去打个招呼。"

"不用了，那棚子就我一人住。"宝珠苦笑一声，快步走到茅棚前，搬出了几个树墩子，"我这没凳子椅子，大伙凑合坐一下吧，我去给你们烧水。"

许蝉心里一酸，忙劝住了她："别忙活了，你也歇歇吧。"

"我还不累。"宝珠说完，又从棚后抱了些干草，麻利地卸下马鞍行囊，又摸着马头道，"之前怕你们吃粮食，打了你们几下，给你们多吃些草，别拿我的怪。对了，我这里还有刷子，这便拿来给你们刷刷毛。"

跟河滩上那个烂漫的小姑娘一比，眼前的宝珠忙前忙后，懂事得叫人心疼。许蝉再也忍不住，硬将她拉在身边坐了："宝珠，跟姐说实话，你的家人呢？"

"爹娘都不在了……"

"寨子里的是你亲戚？"

宝珠摇了摇头："不是，来这寨子后才认识的。"

"那你还留在这里干吗？"许蝉急道，"宝珠，你跟姐走，姐带你回……"

"我不走，"宝珠又摇了摇头，目光里满是执拗，"我要留在这里，等那片庄稼成熟。"

"你要种地？为什么呀？"

宝珠抬起头："我想要一把弩。他们说，只要我把这片庄稼变成粮食，就答应送我一把弩。"

"他们？"许蝉向远处的寨民望了一眼，"你觉得他们会有弩吗？"

"不是寨子里的人，是守威宁堡的士兵。他们有弩的，好几把，我亲眼见过。"

"可……可你一个姑娘家，要弩做什么？"

"我想练弩，以后练好了，就去东边射杀几个金兵，给我爹娘报仇！"

"你爹娘是被金兵害死的？"

"不！"宝珠眼中噙泪，脸上却带着骄傲，"我爹娘不是被害，而是守清河堡战死的！"

一听这话，徐振之等人浑身一颤。当年清河堡之役何等惨烈？面对努尔哈赤的八旗铁骑，合城上万军民奋战至最后一刻，不论妇孺老幼，绝无一人投降。莫非这宝珠，是昔时守城的军户之女？

果不其然，只听宝珠又道："我爹爹是清河堡的守城兵，他跟鲤叔一样，也喜欢用石子。所以一见鲤叔飞石救我，我便想起了我爹爹……不过我爹爹手劲不成，他只会用弹弓，他使弹弓打得准，一下就能打落天上飞的野雁。清河堡出事时，我正住在威宁堡的外公家，后来得知爹娘战死，我外公便伤心地吐了血，没过多久也死了。外公一死，我唯一的亲人也就没了……我爹娘是英雄，我想好好活着给他们报仇，再后来，我听说大明又派了大军来对付努尔哈赤，就跑去想从军。可他们嫌我年纪小，又是个女娃，非但不给我兵器，还一个劲地嘲笑我。最后，就连嘲笑我的那伙人，也都死在了萨尔浒……大军败了，威宁堡里的人死的死、逃的逃，就剩下了三十多号伤兵和我们几个无处可去的人。那威宁堡离金兵老巢太近，就连朝廷的军粮都轻易送不过来，那些守城的见粮食不够，就逼着堡里的人出来开荒种粮……"

"这帮畜生！"许蝉气道，"身为守军，居然让百姓给他们做挡箭牌！"

宝珠看了一眼那些寨民："大家都挺不情愿的，可没办法，咱们自己也得吃饭，威宁堡内的地都荒了，附近只有这里打过仗，死人一多，地就肥，庄稼长得好。怕有金兵寻过来，我们就找了些金人的衣服穿。我倒是自愿来的，因为我跟他们说好了，只要我种出一年的粮食，就得给我一把弩……"

朱常洛久居庙堂，鲜闻民间疾苦，再瞧宝珠这个英烈之后，非但没能得到抚恤，反落得这般凄楚可怜，不由得悲愤交加："宝珠，那地不种了！你爹娘不在了，本……我替他们养你！"

宝珠抹着眼泪笑了笑："鲤叔，别看你冷冰冰的，可我第一眼见你，就知道你是个好人。不过我能养活我自己，庄稼还得种的，要不哪有弩呀？"

"那伙守卫八成是骗你的，他们……"

朱常洛话未说完，便听寨门处传来一声急切的大喊。

"天哪！是金兵！有金兵来了！"

一听这话，合寨上下瞬间炸了锅。宝珠脸色大变，慌忙抱起一只马鞍，又将五人往棚后推："快，我把你们的东西藏好，你们也赶紧躲一躲！"

朱常洛立而未动："躲什么？你不是想杀金兵吗？他们来得正巧！"

"别，千万别！"宝珠急得又哭了，"现在不能惹事，寨里有会说女真话的，应该能蒙混过去。你们快躲起来啊！"

徐振之和许蝉互视一眼，便一边一个拉着朱常洛，硬拖到棚后的草垛处。郭鲸、薛鳄也各抱了马鞍行李，寻了处柴堆藏身。

"无论发生什么，你们都别吭声，更别出来啊。"宝珠又嘱咐了一句，就急急跑向了寨门。

转眼光景，十余骑金兵便驰到了寨前，打头的那个一脸匪相，显然是个兵痞。他瞄了瞄那片庄稼地，又看了看那些战战兢兢的寨民："你们这寨子什么时候建的？"

会说女真话的老者忙站上前："回军爷，去年才建的……没几个月，没几个月……"

听这女真话不算地道，那打头的金兵马刀一伸，抵在那老者下巴上一抬："你们是女真人？"

"是是，寨子里都是女真人……"

"在哪个旗？"

"镶……镶蓝旗……"

打头的金兵将马刀一收："既然是镶蓝旗，那你们的旗主就是黑瞎子不花了。"

"对对，正是黑瞎子……"那老者正说着，猛然趑摸出这名字不对劲，赶紧咬住了嘴唇。

"不接着往下编了？"那打头的金兵冷笑道，"好你们这群不要命的，还敢冒充咱们女真人？若非今日老子追猎误闯到这里，竟不知你们居然在这儿下寨种了庄稼！实话告诉你吧，一瞧见这片庄稼地，老子便起了疑心，那粮食咱们在旗的也种，可断不会像你们汉人一样，修垄划畦子，种得那般精细！"

"军爷饶命啊！我们都是普通百姓，可不是当兵的……"那老者吓得魂儿都飞了，慌忙跪在地上磕头。其他寨民见状，也都跟着跪倒哀求。

"行了！念你们能学会女真话，你们这些贱命老子就不收了，"那打头的金兵话锋一转，"不过，老子的猎物追丢了，就在这寨子里打个草谷吧。有什么值钱的玩意儿，赶紧交出来！"

那老者苦着脸道："军爷你瞧我们这副模样，像是有值钱物件的人吗？"

打头的金兵眼珠子一瞪："你逼老子动手？"

"别别……"老者脑袋急急一转，突然想起了徐振之一行，"对了军爷，我们有马……"

"马？"

"对对，有五匹，都是好马，就在那边拴着呢，我给军爷牵过来。"

一听他们要打马的主意，宝珠便急了，正想开口，就被身边人死死捂住了嘴："死丫头，你想害死我们吗？"

宝珠看了看寨民，又瞧了瞧那十来个金兵，只得含恨低下了头。

待那五匹马牵来，金兵们眼里都放了光。这些坐骑皆是大内精养的名驹，焉有不好之理？那打头的走上前，翻翻马嘴，又摸了摸鬃毛，喜道："这几匹马都上过鞍子，八成是明人大官骑的。好！真是难得一见的好马！"

见他们喜欢，那老者大松口气："军爷满意就好，那我们就当是孝敬……"

"还你们的？"打头金兵笑骂道，"你们这全部人加起来，都买不了一根马毛！偷来的吧？"

"军爷说是偷的……那便是偷的……"

"偷来的就算贼赃，我们缴了。"打头金兵再朝手下一挥手，"去他们那草窝里找找，看还有没有瞧得上眼的。"

"是。"

其余金兵闻言，便踢开碍事的寨民，闯入那十多间茅草屋中寻了起来。若在别处，那称得上是翻箱倒柜，可这伙寨民穷得叮当响，别说什么箱柜，桌子床都没两张。瞧墙上挂着干肉腊鸡，金兵们便一股脑地划拉来，见破瓮里还存着点陈米、野菜团，金兵们也不嫌，都倒在袋子里拎出去，搁在了自己的马背上。

这点口粮，还是寨民们省吃俭用攒下的。可金兵要拿，他们敢不给？只得眼睁睁瞧着这些大爷跨上马，一个字也不敢多说。

人家攥着刀把子，拿点吃的算什么？没往自己脖子上挥就算菩萨开眼了。阿弥陀佛，修来世吧。

那打头的正要招呼手下离开，却发现寨前的庄稼十分碍眼。他坐在马上寻思了半天，越想越不是个滋味。心道这趟草谷打得也忒寒碜了，虽然说得了五匹好马，可剩下的不是陈粮就是干肉，别说黄的白的，连枚铜板都没见着。一帮穷鬼！还种什么粮食？

"来啊！"那打头的手一扬，"去那片庄稼地里遛遛马！"

手下金兵会意，一催胯下坐骑，便"嗷嗷"叫着，纵马去踏那些辛苦种出来的青苗。

转眼，那庄稼便歪七扭八地倒下一片，十多匹马在地里肆意践踏、尽情撒欢，将那嫩叶细秆糟蹋得汁水四溅。

这是不让人活啊！

对宝珠来说，那片庄稼地里不只有她流的汗，还有无数明兵洒的血！那些战死的好汉，跟她爹一样，都是大明英烈。那是拿血肉养出来的地，那是她复仇的希望，那是她的命根子！

马蹄子每踏一下，宝珠的心就疼得直哆嗦，仿佛它们踩踏的不是庄稼，而是父辈们的尸首。

恍然间，她听见地里传出一声声惨叫，那是她的父辈在哀呼。疼啊！马蹄子踩在身上真疼啊！

"不要！"宝珠再也忍不住，拼命推开想要拦着她的人，冲到打头金兵的马前，"你快让他们停下！求求你，别毁我的庄稼……求求你了！"

她冷不丁冲过来，那打头的金兵吓了一跳，正要挥马鞭去打，却看到了一张梨花带雨的娇颜："哟？还有个漂亮小妞？"

"求你了！快让他们停下吧！"宝珠说完，又奔向那庄稼地，伸开两手想要挡那飞马，"别毁我的庄稼！你们快住手啊！"

一名金兵刚想抽刀，那打头的急喝道："别伤她！都停了！"

听打头的下了令，其他金兵忙勒了马，余兴未尽地回到寨前。

宝珠见状，顾不得心疼她的庄稼，忙跑回打头金兵跟前："谢谢你，你是个大好人，真的谢谢你……"

打头金兵眉头一皱，向那会女真话的老者问道："她说什么？"

那老者赶紧道："这丫头在向军爷致谢呢，她说谢谢军爷大发慈悲。"

"谢我？光嘴上说说就行了吗？"那打头的金兵盯着宝珠，一双色溜溜的眼珠子，将她从头打量到脚，"这小丫头嫩得能掐出水来，奶奶的，刚才怎么没留意？哥几个！"

"在！"

打头的金兵向寨子里瞧了瞧，见空地上有扇大磨盘，便向手下道："过去收拾一下，将这小丫头按到那上面，等老子泻完了火，也让你们几个过过瘾。"

　　"好！"

　　那些金兵欢叫一声，上来两个拧住了宝珠，剩下的来到磨盘前，合力将那石碾子推到地上。

　　宝珠听不懂他们说什么，挣扎了两下，又向那老者急问道："全伯，他们要干吗？"

　　那老者叹了口气，将脸转了过去："没事丫头，军爷和你闹着玩呢！别怕，你早晚……早晚要长大的，早晚要经历这种事的……"

　　"哪种事啊？什么意思啊，全伯？"

　　听这话头不对，宝珠挣扎得更厉害了。两个金兵手上一加劲，便将她拎小鸡一般，扔在了那磨盘上。

　　宝珠一面大哭，一面拼命踢咬："你们干吗？别碰我！你们别碰我！"

　　"按住了手脚！"那打头金兵邪笑着，开始松自己的裤腰带。

　　一瞧这架势，宝珠就算再不懂，也明白他们定然不会做什么好事。想要挣，可手脚被死死地按在磨盘上，只得扭着脸，朝寨民们哭着呼救："伯伯叔叔！嫂嫂婶婶！你们救救我吧……救我啊！"

　　那些寨民哪敢上前？皆把脑袋低了又低，像立在那儿死了一般，不再吭一声。

　　"忍着点吧小丫头，待会儿疼过那一阵，你就知道那滋味有多美妙了。"那打头的金兵说完，就要往宝珠身上跨。

　　"谁来救救我啊！"宝珠死命地扭着，哭得撕心裂肺，"爹！娘！你们在哪儿？爹、爹啊……鲤、鲤叔！鲤叔！"

"你爹不在鲤叔在！"

随着一声暴喝，一个人影疾闪至磨盘前。那打头的还没反应过来，便被踹出一丈开外。

朱常洛面上阴沉得要滴下水来，一把扯下自己外袍，替宝珠裹在身上。

"鲤叔！"宝珠又惊又喜，扑在朱常洛怀中号啕大哭。

不等那打头的金兵爬起来，许蝉与郭鲸、薛鳄也已出手，拳脚齐施，左踢右挥，登时打得那些金兵东倒西歪。徐振之解下腰间绳鞭，以"逍遥纵"身法于那金兵中疾疾穿梭一气，再跃至阵外一紧绳头，那些金兵便像捆螃蟹般，缠作了一处。

薛鳄仍不解恨，虎吼一声，将那几百斤的石碾子高高举起，就要向那些金兵头顶砸去。

"使不得！"那些寨民这会儿倒是回过了魂，忙拥在薛鳄的面前跪了一片，"好汉使不得啊，若将他们砸死，我们这寨子就完了……"

许蝉啐道："都什么时候了还帮这些畜生求情？你们身上没长骨头？"

徐振之也道："乡亲们，开弓没有回头箭，这伙金兵不除，你们更危险！"

那老者哭道："人是你们打的，和我们无关啊！各位好汉，你们高抬贵手吧，之后你们走了，遭殃的可是我们。这位壮士，快把碾子放下吧，这东西太沉，万一失手掉下来，砸的也是我们……"

见他们挡得严实，薛鳄也无法，只得将石碾子狠命一砸，拿地面撒气。

"自甘下贱！"朱常洛将宝珠往许蝉怀里一推，又扯着那打头金兵的脖子，把他按在了磨盘上。

"好汉你做什么？"那老者惊得赶上前，"不能杀他，可不能杀他……"

朱常洛哪里去理会？将内力全然灌入右手，扬起拳来，照着那金兵的天灵盖狠狠击下。

那老者慌了神，居然飞扑到那金兵身上，拿自己的后脑勺，冲向了朱常洛砸来的拳头。

朱常洛一怔，赶紧将拳头一偏，贴着老者的耳边，击在了磨盘上。"砰"的一声，那青石磨盘上，竟被打出一道指头粗的裂痕，朱常洛的拳头也是鲜血淋漓。

"贱骨头！"朱常洛一把扯起那老者，怒不可遏道，"方才宝珠受辱，没一个人敢吭声，现在我要杀这畜生，你倒有胆来护了？"

"好汉！小老儿叫你声好汉爷爷吧……"那老者双膝一软，顺势抱着朱常洛的腿哭求道，"但凡有辙儿，谁不想做个人啊？可我们这些穷苦百姓，想活在这乱世上，只能把自己当根草啊！好汉爷爷，你们有钱有能耐，骨头自然是硬，可我们呢？被金兵赶过去，又被威宁堡的明军赶回来……对我们来说，骨头再硬，都抵不上命，我们想活着，哪怕活成一条狗，也比我那三个在萨尔浒丢了命的儿子强啊！"

其他寨民也纷纷磕起头来："好汉爷爷，求你们给条活路吧……我们的家人都战死了，可我们不想再死了，我们想活，真的想活啊……"

"你们……"徐振之等人一时语塞，愣在原地不知所措。

听说这老者的三个儿子皆战死，朱常洛心头一颤，也是哑口无言。沉默了半晌，他伸手扶起那老者："起来吧，是大明对不住你们……"

"这么说，好汉爷爷答应放过那些金兵了？"

朱常洛蹙额道："我可以放过他们，但他们未必会放过你们。"

"没事，小老儿自会跟他们说。"那老者说完，又以女真话和那打头的金兵叽里咕噜地说了起来。

那打头的金兵早吓得尿了裤子，哆嗦着听了半天，这才举起手掌，呜里哇啦地回了些什么。

那老者听完，便喜滋滋地向朱常洛道："好汉爷爷，那个打头的发过毒誓了，说只要能放他们走，他们绝不会再回来。"

许蝉哼道："畜生的誓言也能信得？"

"能能！"那老者赶紧转头道，"女侠有所不知，他们女真人轻易不拿自己的阿玛额娘起誓，只要敢起，他们定然是死守着不敢破的。"

朱常洛长叹一声："随便你们吧。"

"谢好汉爷爷！"那老者比自己得了特赦还开心，忙去扶起那打头的金兵，又招呼着寨民，将他的手下从绳鞭下解了出来。

郭鲸来到朱常洛身前："常老大，真要放了这些金兵？"

朱常洛看了那些寨民一眼："还有什么法子？且由他们去吧。"

老者搀着那打头的金兵，直将他送上了马。其他金兵也不敢多耽，纷纷爬到了自己的坐骑上。正要走时，却听许蝉一声娇喝："把乡亲们的东西留下！"

打头那金兵问明后，忙把抢来的米肉扔给了那老者。其他金兵也卸下东西，加紧挥了几鞭，一溜烟驰个没影。

望着那堆失而复得的口粮，寨民们都欢呼起来，皆喊着要煮米蒸肉，答谢这些打跑了金兵的好汉女侠。

他们烧柴引灶，朱常洛等人也无瑕理会。宝珠再歇了一阵，便无甚大碍了，可她一见朱常洛拳头负伤，也不顾自己还惊魂未定，就要拉着朱常洛去棚中裹伤："鲤叔，走！我屋里还剩几块干净的布头，撕了给你包扎一下。"

朱常洛摆手道："不必，皮外伤罢了。"

"不行，血流了那么多，手背又肿得老高，走吧。"宝珠不由分说，将他拖进了自己的茅草棚。

棚内虽然简陋，却是十分整洁。宝珠先让朱常洛在木板搭成的床上坐了下来，又取来了布条、清水，在他对面坐下。

"得先擦擦，或许有点疼，鲤叔你忍着点。"

朱常洛没说话，只是默默点了点头。

宝珠拉起他的手，仔细处理起那些伤口来。

朱常洛看着她那专注的样子，眼前却慢慢浮现出客印月的容颜。

当年在净武堂练功夫时，印月便是这般给自己裹伤的。一个不开口，另一个也不讲话，就这样默然对坐着……那时的她，应该就是宝珠这般年纪吧？

思绪一飘，朱常洛便失了神，直到宝珠替他包扎好了，都愣是没察觉。

见他怔怔的模样，宝珠将手掌伸在他眼前挥了挥："好了，鲤叔，你刚才发什么呆？我知道了，八成在想我婶吧？"

"你婶？"朱常洛一时没反应过来，"什么乱七八糟的。"

"哎哟，还不好意思了？"

"人小鬼大。"

朱常洛扔下这句，起身出了茅草棚。

穷人的吃食粗，做起来不费事。转眼工夫，寨民们便凑出了一桌饭菜。饭不过是糙米或杂合面饼子，菜的样数稍多些，素的有凉拌猫爪子草、干蒸蕨菜团、酱炒水芹菜；荤的有炖狗鱼棒子、腊树鸡腿、熏獐子肉，都拿木盘子托着，底下垫了芦苇叶，皆是寨民在附近寻来的野味。那个会说女真话的全伯，不知从哪个犄角旮旯里挖出了一坛酒，连同寨子里仅有的几只缺口粗盏，一起端在了那张大松木桌上。

那酒早就开了封，郭鲸和薛鳄凑上去一闻便乐了："想不到你们能有酒。"

那全伯笑了笑，将粗盏在徐振之等人面前摆好："这是我自酿的野山果酒，在地下埋了半年，一直舍不得喝……今日拿出来，让几位好汉尝尝。"

"满上满上！"

"好好，"全伯抱着酒坛子倒了一圈，又端起一盏，放在了宝珠面前，"丫头，今天对不住了，我们胆子太小，不敢……唉！"

宝珠摆了摆手："大伙也是没办法，我不会喝酒，你拿去喝了吧。"

"尝一口压压惊，"全伯叹口气，"就当陪陪你这些好汉朋友。"

郭鲸薛鳄皆是嗜酒如命的人，还没等人劝，已双双喝光了三盏。寨里人口味重，许蝉和徐振之吃了几块酱肉，感觉有些咸，也各自饮了些。

这果酒劲不算大，入口倒有些麻嗖嗖的，可这荒山野岭的，能有这种劣酒润润喉就不易了，故而夫妇俩也不挑，就着饭菜，细酌慢饮。

朱常洛喝惯了琼浆玉液，一闻那酒味，便不由得皱起眉头。但这果酒虽差，却是寨里人想喝却没舍得喝的，他也不好意思再嫌，一仰脖子，将那盏里果酒饮尽，又拭着嘴道："我思来想去，那些放跑的金兵不会善罢甘休。故而我决定，待咱们吃饱喝足，就带着寨里的百姓离开。振之兄，你意下如何？"

徐振之看了看许蝉，笑道："我们正要提这事呢，不想常兄先说了出来。"

"那好，"朱常洛转向身边的宝珠道，"一把弩算得了什么？跟我走，等回到关内，我教你功夫，再摆出一排火铳让你挑。"

"火铳？"宝珠欣喜道，"我听说过那东西，可那东西金贵得很，就连威宁堡的兵都没摸过。"

"他们算个屁！"薛鳄喝得有点急，大着舌头道，"宝珠丫头，你就听我们常老大的，别说火铳，就算你要门火炮，他都能给你弄来！"

"真的？我……我还是有点不敢相信……"

"到时候你就知道了，"郭鲸也红着脸笑道，"乡亲们也赶紧吃着喝着，既然常老大开了口，你们后半辈子就有着落了。你们的家人为国捐了躯，咱们不会亏待了你们。放心吧，回了关内，大伙都有田地种，都有瓦房住。"

"太好了！"宝珠乐得拍了几下手，忽然又有些担忧，"是白给的吗？我们可是没有钱的……"

朱常洛哼道："我几时说向你们要钱了？"

宝珠开心得手舞足蹈，可一众寨民却没吭声。

这大话可是吹上了天。那田地、房子能白给？还一给就给一群人？这五人不像官也不像商，倒像是走江湖的。也对，若在关内混得好，他们还能到这苦寒之地来闯荡？走江湖的爱吹牛，几碗黄汤子下肚，他们敢说自己跟皇上沾亲戚。别说是他们，就算那当官的说话都信不得，丈夫、兄弟、儿子把命扔在了萨尔浒，当官的还说有抚恤银子发，可一直等到现在，谁见过一个铜板了？

寨民们怎么想，宝珠自是不晓得，她直直看着朱常洛，认真道："鲤叔，你知道吗？今天我被按在那磨盘上时……就盼着我爹能活过来救我……"

朱常洛点点头："我听见了。"

"可盼着盼着，爹就成了你的模样，所以我才拼命喊你……"宝珠顿了顿，拿过那盏果酒一饮而尽，"咳咳……鲤叔，我求你个事行吗？"

"说。"

"我……我能叫你声'爹'吗？"

朱常洛一怔，忽觉脑中一阵晕眩，面前宝珠的眉眼竟开始模糊。

不好！这酒中有麻药！

"鲤叔你怎么了？"宝珠慌了神，再四下一望，脸色顿时大变，"徐叔！蝉儿姐！你们都醒醒啊……"

不妙，大意了！徐兄他们应该也没想到，这帮穷得叮当响的寨民、这帮胆小如鼠的寨民、这帮方才还冲着自己千恩万谢的寨民，居然能有麻药。是啊，谁能想得到……朱常洛想着，眼皮越来越沉，终于仰天倒下。

"鲤叔！"宝珠噌地站起，只觉脚底也有些发软："你们……你们在酒里使了什么？"

那全伯开口道："丫头，别怪我们心狠，你们不死，我们便活不成了……"

"你给我们下毒？"

"不是毒，是麻药。临走的时候，那军爷给的。那麻药是他们抹在箭头上猎熊的，沾着点就能睡半天。"

"为什么？他们都说要帮我们了啊！为……为什么……"说到这里，宝珠已是摇摇欲倒。

全伯和寨民们都低下了头："别说了丫头，修来世吧……"

第七章 死社稷

宁为太平犬，不做乱世人。

世道一乱，很多事就要颠倒过来。白成黑，鹿叫马，羊也能变狼。狼龇牙，不算可怕。然那向来温顺的羊都跟着龇了牙，可就吓人了。

谁能想得到？谁又能防得了？

也不知过了多久，徐振之头痛欲裂地醒了过来。脑袋里嗡鸣了老半天，才能慢慢地瞧清楚。想伸胳膊，双肩一紧，要动下腿，脚踝也被绑了个结结实实。左边是仍旧昏迷的许蝉，长睫毛垂着，不时微微动下，看来不久也会苏醒。郭鲸和薛鳄背对着背，让人捆在寨中的一棵大树上，从头到脚也不知缠了多少圈，只是他们喝得多，此时仍在呼呼大睡。朱常洛闭着眼，倚坐在自己右侧不远，看不出醒着还是睡着，倒是宝珠横卧在其身后，将头埋在他反拢的两手间，悄悄用牙齿咬着那段绳子。

察觉徐振之望来，朱常洛双眼急睁，向他摇了摇头。徐振之会意，也合上眼装睡，心里却急急思量起脱身之法。寨民们在全伯的带领下都挤在寨门前，朝远处不停地眺望。不必说，定是在等那些金兵去而复来，好将自己这些"罪魁祸首"交与他们发落。

引狼入室！与虎谋皮！一帮自作聪明的糊涂蛋！一群造茧自缚的可怜虫！

同样的话，朱常洛在心里也暗骂了不知多少遍。可有什么用？那些寨民就是认准了，只要把反抗的几个刺头交出去，就能在金兵手底下继续当他们的顺民。

没出一炷香的光景，远处铁蹄阵阵，金兵果然到了。

这趟过来的人马，比上次多出一倍还不止，一个个背弓持刀，径直踏过那片苟延残喘的庄稼地，冲入了寨中。

众金兵一入寨，便纷纷下马，各抽出腰刀，将寨民们团团包围。

见了这杀气腾腾的阵势，寨民们全成了受惊的鹌鹑，缩着头挤着脑，抖着身子抱成了一团。那全伯瞧着，心里也十分忐忑，忙点头哈腰地来到那打头金兵面前，强颜笑道："军爷的麻药好使，那几个闹事的都麻翻捆好了，只等军爷来处治。"

那打头的金兵望了一眼，又问道："人都在这儿了？"

"是是，五个外来的，还有那宝珠丫头，都一并捆在这儿了。"

"老子是问你寨里人到没到齐？"

"寨里人？"全伯一愣，"也都齐了，军爷们过来，他们敢不迎着？"

那打头的金兵点了点头，突然朝全伯冷笑道："老头，之前老子出丑，你没少瞧热闹吧？"

"不敢不敢……"

"说是不敢，不也照样瞧了？"那打头金兵手一挥，"杀！"

杀？杀谁？那闹事的不还在那边丢着吗？

还没等全伯转头，身后便响起几声凄厉的惨叫。二三十个金兵，一手抓着一个寨民，另一手的腰刀便架在他们的脖子上狠狠一抹。

惨叫声越来越多，血腥味也越来越浓，不过半盏茶的工夫，原本抖如筛糠的"鹌鹑"，便成了一窝横七竖八的"死鸡"。鸡临死前，好歹还能扑腾一番，可他们最多蹬了几下腿，跟着就咽了气。

"你们……"全伯傻了眼，呆了半晌，忽然发疯一样扑向那打头金兵，"你说会放过我们的！我们帮你抓了闹事的，为什么还要杀我们？为什……"

"唰"的一道银光，全伯的脑袋便飞离了腔子。打头的金兵甩了甩腰刀上的血水，啐了一口："奶奶的，吵得老子都要聋了！"

全伯那颗头颅"骨碌碌"滚着，直到徐振之等人脚边方停。两只灰白的死眼圆睁着，没剩几颗牙的嘴巴也大张着，似乎还想问个为什么。

除宝珠外，合寨居民尽数被屠。醒着的人将这幕惨剧看个满眼，他们虽猜到了寨民的下场，却没想到此番血洗竟来得如此之快。

是那些倒在血泊里的人，将自己麻翻；是那些倒在血泊里的人，捆住了自己手脚。如何反抗？如何阻止？靠嘴皮子翻上两翻，那些金兵就能放下屠刀？罢了，这是他们的命，自作孽，不可活……

徐振之紧闭着双眼，哀痛、悔恨，在胸中不断地交织碰撞。宝珠也悲伤得泣不可抑，一边狠命撕咬着绑在朱常洛手上的绳子，一边任凭那鼻涕眼泪，顺着两颊哗哗流下。

血腥撞脑，能把人熏得打个激灵。许蝉鼻子再抽动几下，也彻底醒了过来。她急急张眼一望，登时含悲带愤，向众金兵痛骂道："畜生！你们真是群畜生！"

"哟，醒了？"那打头的金兵见状，便笑眯眯地走到许蝉面前，

"小娘们，叫得还怪好听的，什么意思？"

许蝉又啐了一口："王八蛋！"

"瞧着像是在骂人吧？这小娘们不赖，不光长得漂亮，性子也野，倒有几分女真姑娘的泼辣。"那打头金兵说完，又从旁边行李处拾起那把秋水剑一掣，"这剑更不赖，我记得这是你使的吧？再耍几下，让老子瞧瞧？"

见他抽出秋水，朱常洛以为他要对许蝉不利，急喝道："狗东西，你若敢动她一根毫毛，我让你后悔生在这世上！"

那打头的金兵还是听不懂，气得飞起一脚，将全伯的脑袋踢出老远："奶奶的，这老东西杀早了！"

全伯脑袋一飞，鲜血四溅，有一滴恰巧落在宝珠脸上，吓得她尖叫了一声。

"小丫头也醒着？"那打头的金兵几步上前，一把从朱常洛背后扯起宝珠，"之前没玩够，咱们接着玩？"

一瞧他那色眯眯的模样，朱常洛就知他没想好事，身子急扭了几下，怒道："放开她！"

"急了？现在急有用吗？小子，不管你听不听得懂，但老子仍要跟你说一句，那英雄能逞一时，可逞不了一世！"那打头的说着，将宝珠猛地推向手下，"把这丫头给我吊在树上！"

几名手下押过宝珠，又指着徐振之等人问道："那他们都宰了？"

那打头金兵恨道："先不急，我要让这些好汉女侠瞧瞧，老子是如何玩弄这小丫头的。树底下绑着的那两个也泼醒，等他们从头到尾地瞧完了，老子再一刀一刀拆了他们！"

"是！"

等两个金兵拿凉水泼醒了郭鲸和薛鳄，宝珠也被悬空吊在了树上。郭鲸、薛鳄醒来，也少不得张口大骂，任凭金兵如何踢打都不肯住嘴，最后还是朱常洛出言喝止，这才恨恨地闭上了嘴巴。

那头金兵来到宝珠面前，向朱常洛皮笑肉不笑道："大英雄，你瞧好了，老子要跟这小丫头慢慢玩。"

朱常洛面沉似水，双手却在背后暗暗运劲。虽被宝珠一番啃咬，可那绳子毕竟太粗，只是微微松动了些。

打头的金兵手掌动了几下，便扯去了宝珠的鞋袜，那毛乎乎的大手再一伸，就将宝珠的脚攥了过来："啧啧，好嫩的小脚丫，比那小脸还白呢，大英雄，别低头啊，一起来把玩把玩？"

"下作东西！"朱常洛哼了一声，手上继续发力去挣。

那打头的金兵又把手探到宝珠胸前，"哧啦"一声，将她衣服的前襟撕下了一大片。宝珠里头只穿了件肚兜，白花花的腰肢全然露在了外面。

许蝉、徐振之等人早将脸扭在一边，心里怒极，却无可奈何，只是把嘴唇咬得出血。

那打头金兵就是要这般羞辱他们，一瞧他们模样，越发来劲："来来！将那个冷脸的带上前来，老子下一步，就要扒这丫头的裤子，让他好生瞧着，瞧个仔细！"

几个手下闻言，便过去拖了朱常洛。那打头金兵刚想再伸胳膊，就听朱常洛猛然一声暴喝。

这一下，朱常洛使出了毕生的力气，缚住双手的绳索登时绷开。那打头金兵还没明白过来，喉咙就觉一紧。电光石火间，朱常洛一手扼住那打头的，一手抢过他的腰刀向身后疾疾一挥。没等两个手下捂着脖子倒地，刀头再朝下一抖一挑，捆住双腿的绳索，也节节断落坠地。

其余金兵大惊，一个情急之下愣头愣脑地放了一箭，朱常洛连头也没回，左手腰刀再挥，斩飞了来箭，右手指力一收，掐得那打头金兵喉咙里咯咯作响："你想死？"

杀气透目而来，何需要人通译？那打头金兵吓得魂飞魄散，忙从嗓子眼挤出几个字来："别……别放箭！"

宝珠之前怕众人担心，任那畜生如何羞辱都强忍着没哭出声，一见朱常洛脱困制敌，再也忍不住了，放声哭道："鲤叔！我就知道你行的……我就知道你一定会来救我……"

"再忍一会儿，现在不是哭的时候！"朱常洛挥刀砍断吊住宝珠的绳索，又将腰刀抛给了她，"去，赶紧给其他人解绑！"

"嗯！"宝珠将眼泪死命一收，抱着那腰刀冲向了徐振之。

徐振之用下巴一指许蝉："先解开她！"

"好！"

许蝉手脚上的束缚一除，便抓起秋水剑疾挥。"唰唰"两下，徐振之就重获了自由，许蝉再几步抢到树下，剑光频闪，斩落了缠在郭鲸和薛鳄身上的绳索。

那打头的见几人都脱了困，急得如热锅上的蚂蚁，可自己小命还攥在朱常洛掌中，纵使再慌，也不敢轻举妄动。

郭鲸、薛鳄一言未发，只是自顾自地活动着手脚。许蝉退至徐振之身边，低声道："振之哥，一会儿我护着宝珠，你自己多加小心。"

徐振之点点头，手掌也按在了腰间的绳鞭上："只管护好宝珠，我不扯你们后腿。"

朱常洛拿余光扫了一圈，又向那打头金兵道："这下，轮到你来看戏了。"

"你说什么？我听不懂！别杀我，我还有这么多手下，杀了我，你们也活不成……"

"聒噪！"朱常洛手掌一松，腿却疾抬，一脚正中那打头金兵的胸口，将他踹得口吐鲜血飞了出去。

还没等那打头的落地，薛鳄已然等不及，几步冲到那石碾子前，抓起横木架一甩，当即将三名金兵砸成了肉泥。郭鲸也不落后，脚在那磨盘上一点，借力跃至一名金兵头顶，劲肘再一压，那人的脖子登时缩进了腔子。

剩下的金兵回过神来，忙张弓搭箭朝着几人射来。朱常洛边躲边抄，一面闪转腾挪，一面将接来的利箭回甩。许蝉将宝珠护在身后，手中秋水剑舞成一朵银花，把射来的箭矢纷纷斩成两截。

徐振之左右一顾，见有三名弓手正并成一排，趁他们摸箭拉弓的空当，手腕一抖，绳鞭唰地甩出，笔直地钻入了三张弓弦的中间。随着徐振之手腕再一摆，那金兵的长弓脱手齐飞，有一个撒手慢了，手指都被那锋利的弦线切掉两根。

此时的郭鲸、薛鳄已各取了兵刃在手。只见两把宽背钢刀上下翻飞，在人堆里斩出道道血花。金兵们哭爹喊娘，就像之前被他们纵马践踏的庄稼般，一个接一个地栽倒，转眼工夫，二三十个手下都到了阎王爷那里点了卯。

见杂兵收拾完，徐振之正要喘口气，忽然看那打头的从怀中掏出个竹管。竹管上头封着口，下头拖着根线。那打头的再将线使劲一拉，竹管便开始"呲呲"冒出火星子。

一瞧这架势，徐振之猛然想到了伍有德。那竹管若是像掌心雷一般的暗器，在场几人恐要凶多吉少。

"都趴下！"

徐振之一个飞扑，当先压倒了许蝉和宝珠。朱常洛反应倒快，身子一个疾滚，也伏在了地上。郭鲸和薛鳄离那打头的最近，还没等蹲下，那竹管便"砰"地爆出了一团火苗。

坏了！

徐振之以为二人定会炸伤，岂料那竹管爆出火苗后，却没有炸开，反是疾疾弹出一块小黑团，那小黑团拖着一道白烟，打着转钻上半空，再听"噗"的一声，爆成了一团浓浓的红雾。

他在发信号？

徐振之顾不上多想，几步抢到那打头的面前，指着那竹管道："做这东西的，是不是伍有德？快说！"

那打头金兵听不明白，嘴角淌着血，却笑得很狰狞："你们……你们一个也别想跑……那红雾能撑半炷香才散，只要附近的大金勇士瞧见，就会赶来追杀……"

徐振之攥住他的衣领："我问你是不是伍有德？不对，他现在应改回了本名，叫敖登！是不是敖登做的？"

"敖登？"那打头金兵瞪大了眼，"你也认得敖登？"

"那叛徒果然是投了努尔哈赤！"一瞧他的神态，徐振之顿时了然，"好了，既然弄清楚了敖登的下落，你这厮也该向这伙寨民以死谢罪了！"

说完，徐振之便以绳鞭往那打头金兵的脖子上一套，拖着他到了那棵树前。

那打头的光听懂个"敖登"，就想着跟徐振之套交情："我跟那敖登很熟！朋友的朋友也是好兄弟……你不要杀我！"

徐振之听不懂，也不想听，手一扬，将绳鞭另一段，搭在了方才吊过宝珠的那根粗树枝上："宝珠，这畜生就交给你了。"

宝珠刚碰上那绳头，又瞥见那打头金兵的眼睛，慌得赶紧松开："我……我没杀过人的……"

徐振之看着宝珠，一字一顿道："我虽见惯了生死，可至今也没亲手杀过人。宝珠，想想你的爹娘，看看那些死去的乡亲！"

"嗯！"宝珠眼圈一红，将双手握住了绳头，可连咬了几次牙，却仍旧狠不下心。

"来，徐叔帮你一把！"

徐振之拽着那绳鞭狠狠一坠，那打头金兵当即被扯着脖子吊上半空。可他一时还没断气，腿脚蹬了几蹬，反拼命低下脖子，瞪着满是血丝的眼珠子向宝珠看来："小……小丫头……"

宝珠抬头一瞧，登时被这副可怕的模样吓哭了，但她没扭过脸，也没低下头，就那样流着泪、仰着脸瞪了回去："我不怕你！你是第一个……以后我学了本事，还要多杀几个金兵给我爹娘报仇！我不怕你！不怕！"

那打头的金兵再一阵哆嗦，手脚便软绵绵地垂下。

"松手吧，这畜生已经死了。"朱常洛在宝珠头顶轻拍两下，又抬头望了望天上那团红雾，"那貌似是召唤同伙的信号，咱们得赶紧离开，去换身衣服。"

直到这时，宝珠才想起自己前襟还缺着一大块，脸一红，急忙掩着怀跑回了自己的草棚。

待宝珠换好衣衫，五人也将马鞍套回各自的坐骑上。见宝珠不会骑马，许蝉正要与她共乘一匹，朱常洛却伸手一抄，直接将宝珠接上了自己的坐骑。

"宝珠，从现在起，由我来保护你，直到入关前都别离了我身侧。"

"好，我记下了。"

"走吧，驾！"

满地的尸首不及掩埋，只得留在原处。徐振之等人不敢多耽，忙纵马驰出寨中。宝珠坐在马背上，恋恋不舍地回望着，心中滋味万千，又忍不住流下泪来。

这寨子隐藏在河谷中央，再往西行，两侧依然是狭长的山崖。在宝珠的指引下，五骑越驰越远，两侧的山崖也越来越收拢。再行出半个时辰，河流已打了个弯，钻入地下奔涌，而前方山谷却合成一线，只容并骑通行。

刚出谷口，迎面便豁然开阔，一望无际的绿草地一直通向天边，目之所及处，连几只野兔子欢蹦乱跳都瞧得清清楚楚。

朱常洛皱了皱眉："宝珠，那威宁堡还有多远？"

宝珠指着一个方向道："往那边一直骑，再有个十几里地，应该就到了。"

朱常洛还欲再问，徐振之却突然下马，将身子急急伏低。

"怎么了振之哥？"

徐振之摆了摆手，把耳朵贴在地上听了一会儿，脸上顿时变色："不是错觉，身后追兵到了！"

"什么？"

"并且马蹄音极密，恐怕不下百余人！"

"这……"就连那天不怕地不怕的薛鳄此时也愣了。方才经一番激战，五人皆有些力疲，若真有百人杀来，怕是难以抵挡。

郭鲸没作声，也跳下马来，望了望面前的草地，又瞧了瞧身后的山谷。

244

"还愣着做什么？赶紧走！"朱常洛一抖缰绳，拨转了马头。

郭鲸非但没上马，反举起掌来，朝自己坐骑的顶门狠狠拍下。吃这一掌，那马四蹄一软，当即七窍流血瘫在地上。

"二哥！你疯了？"薛鳄当先从马上跃下，"这马……"

"老三！"郭鲸挥手打断，"你那块牌子拿出来！"

原来他二人虽是东宫侍卫，但之前陈矩也曾给他们在禁卫中挂了虚职，一个在羽林，一个在金吾，皆为那从三品的同知指挥使。这趟出来，哥俩怕路上用得着，便将那标有官衔的腰牌贴胸带了。此时见郭鲸要，薛鳄虽不知何意，还是伸手探向怀里，摸出了腰牌给他。

郭鲸连同自己的那块，一并递还给朱常洛后，又拉着薛鳄跪倒："常老大，今日一别，恕我们兄弟不能尽忠了！"

薛鳄还没明白："二哥，咱咋了？"

徐振之心中一凛："郭二哥，你想在此阻敌？"

许蝉也急道："不行的，郭二哥，挡不住的！"

"我知道挡不住！可我和老三豁出全力，再依着这山谷天险，应该能撑个一炷香工夫！"郭鲸说完，又向薛鳄歉然道，"兄弟，二哥没经你答应，就擅自把你拖进来，对不住了……"

"你早说啊，二哥！"薛鳄回身一拳，也狠狠击毙了自己的坐骑，"从小到大，咱哥俩分开过没？"

"混账东西！"朱常洛怒不可遏，"什么时候轮得到你们来发号施令了？赶紧和大伙共乘一匹，都是好马，驮得动你们两个蠢货……"

"常老大！"郭鲸一反常态，也冲着朱常洛吼了起来，"宝珠姑娘的话我听到了，那威宁堡在十几里开外，等追兵过了山谷，咱们谁都走不了！"

"那就都留下！"

"都留下都得死！"郭鲸梗着脖子喊道，"常老大，想想宝珠，想想徐兄弟、蝉妹子……"

"别想我们！"许蝉与徐振之双双下马，"咱们一起挡，不一定就灭不了那伙追兵！哥，大明没你不行，若我和振之哥回不去，小山子交给你了！"

徐振之也笑道："殿下，那小子淘气得很，以后劳你多费心……"

朱常洛身形一闪，如鬼魅般离了马鞍，还没等徐氏夫妇反应过来，便分别拊中了他们的穴道："愈发添乱！在马上捆结实了！"

"是！"

郭鲸、薛鳄一手拎了一个，拽断了徐振之的绳鞭，几下将他们绑牢，再在马屁股后一拍，两马便驮着夫妇俩扬蹄奔驰。

"郭二哥！薛三哥！"

"徐兄弟、蝉妹子，咱哥俩给你们告辞了！"郭鲸喊完，又冲着朱常洛道，"常老大，你也别拖拉了，请吧！"

"常老大，你生平最是爽利，不要再婆婆妈妈了！"

"好兄弟……这份恩情，来世再报！"朱常洛一抹脸，飞身上了马。

宝珠急道："可鲸叔、鳄叔他们……"

"你只管坐稳！"朱常洛一夹马腹，"驾！"

郭鲸和薛鳄冲着朱常洛的背影再磕了一个头，便爬起来拖着两匹死马，堵在了谷口。

当二人抽出钢刀时，远处便瞧见了腾腾尘烟。

薛鳄笑笑："徐兄弟还真是没说错，人不少啊……二哥，你说人家那耳朵怎么长的？"

"没本事还能辅佐咱们太子爷？"郭鲸也笑了笑，手掌在刀柄上攥了又攥，"老三，能耐别藏着，过了这个村，怕是没这个店了。"

"那还用说？二哥，再赌一场？"

"赌酒吗？没机会喝喽……"

"赌谁死得好看些，别等到时候下去，相互间都认不出来了。"

"那不会，咱背后都烙着罪章，扒了衣裳一瞅就认得。"

"成，那我放心了，杀吧？"

"杀！"

转眼光景，大队金兵也赶到了切近，乌泱泱的一片，像一股洪流般席卷而至。与方才那伙人不同的是，这是一队久经沙场的亲兵卫，带队的正是四大贝勒之一洪台吉。

在那红雾升上空中后，洪台吉恰好带人在附近围猎。一见信号，便知有事，故而寻到寨中。瞧寨中有自己人横尸，洪台吉又惊又怒，忙命猎犬寻味，堪堪追至谷口。

见那谷口极窄，而守谷的也仅有两人，洪台吉怕有诈，赶紧命亲兵卫停下。他骑着马四下打量了一圈，这才向郭鲸、薛鳄问道："那寨子里的金兵，都是你们杀的？"

"二哥你听，这鞑子官汉话说得还挺溜。"薛鳄笑笑，又朝洪台吉喝道，"没错，是你爷爷杀的！"

洪台吉蹙额道："就你们两个，能杀了我们二三十名女真勇士？"

"你眼里的勇士，在咱们看来，不过是些草包，"郭鲸傲然道，"若不信，只管放马过来试试！"

见他们有恃无恐，洪台吉愈发感觉有埋伏。郭鲸心里暗喜，能多拖上一刻，太子爷他们便越是安全。

洪台吉又瞧了一会儿，便决定先行试探，当即命两骑突击。两名骑手也不说二话，腰刀一掣，鞭子一拍，就向谷口策马冲来。

还没等他们近前，薛鳄已快步迎上，那雄伟的身躯像一柄大铁锤般，猛然撞在一马胸前。那马吃这一撞，前半身一仰，后蹄子一软，连同背上那金兵一起翻倒在地；与此同时，另一匹也冲到郭鲸面前，郭鲸只将身子一侧，手中钢刀便自下而上地一挑，连马带人生生斩成四段。

郭鲸为了拖延时间，便故作骄横，指着洪台吉嘲笑道："这就是你所谓的女真勇士？下面是不是打算野狗抱团，一拥而上了？"

一名亲兵大怒，正要搭箭射去，却被洪台吉拦下。洪台吉脸色铁青，向着身后喊出一串人名："呼塔布！阿克丹！额图浑！济尔朗泰！"

"在！"四人越众而出。

洪台吉道："你们四人，皆是我麾下一等一的猛将，若能生擒那两个明蛮子，每人赏一锭金子！"

"得令！"

这四人一瞧便是孔武有力的悍将，两个扛着狼牙棒，另外两个一持双刃斧，一操金瓜锤。

"这几个还像些样子，"郭鲸冷笑一声，"老三，使斧锤的归我，剩下两个是你的。"

"好！"薛鳄瞧了瞧自己手中钢刀，眼睛盯着那狼牙棒，"正好我嫌这刀轻，他们就要送那趁手兵刃来了。"

说话间，那使斧的已冲到近前，郭鲸矮身避开，反一刀刺向使锤的。那使锤的也不躲，双锤"咣"的一合，登时将刺来的刀身夹实。

郭鲸也不去抽夺，索性一松手，身子一个后翻，两脚分别朝那双锤、刀柄上"啪啪"猛顶两下。那人只觉虎口一麻，双锤便有些握不住，那钢刀也"噗"的一声穿胸而过，将他戳了透心凉。郭鲸还不及在死尸上取刀，那个拿斧的又杀了回来，只得一面闪避着，一面去夺抢兵刃。

薛鳄此时，也与两个使狼牙棒的战在一处。见一棒砸来，他忙挺刀去格，但那狼牙棒势大力沉，当即将刀口崩掉一块。薛鳄赶紧卸劲，将那人的狼牙棒引得一偏，再急急丢了钢刀，一手攥住那人手腕，一手抓实那人腰带，"呼"地一抡，将他从马上扯下。

趁着薛鳄与那人厮打，另外一个从后赶来，挥棒便抡中了薛鳄的后肩。薛鳄被砸得打个趔趄，肩上也被那尖刺扯下一团血肉。这股剧痛令薛鳄发了狂，他大吼一声，攥实那马蹄子一掀，猛地将那人坐骑掀翻在地。再夺过一柄狼牙棒，"砰砰"狠砸两下，地上两个金将便头破血流，已然断气。

那边的郭鲸也抢了柄大斧在手，没用三合，便将那人的脑袋砍飞。他提着斧头站起时，腰间却是一疼，低头一瞧，才见不知何时被划了道大口子。

见四名爱将惨死，洪台吉哪里还顾得上什么面子？红着眼珠子便怒吼道："杀！给我一起上！砍下他们脑袋的，我也给赏！"

众亲兵齐打着呼哨，如潮水一般向二人冲来。郭鲸、薛鳄互视一眼，双双退至谷口，尽力不让一骑从山谷奔出。

在兵潮的冲刷下，二人背对着背，仿佛成了一座孤岛，任凭那三面恶浪激拍狂打，也要拼尽全力，不肯被其吞噬。

薛鳄抢棒砸马头，郭鲸挥斧斩马腿，在人群里杀出一道接着一道的血花。在他们的殊死拼斗下，亲兵卫的脑袋、胳膊齐飞，人肝马肠子淌了一地。等脚下的空地全被死尸占满，郭鲸和薛鳄也成了血人，胸前身后插了不知多少支箭，手抖着，腿哆嗦着，几乎无法站稳。

"老三……噗……"郭鲸吐出一口血，手里的双刃斧再也把握不住，直直坠在地上，"你杀……杀了多少？"

薛鳄拄着狼牙棒大口喘着粗气，不顾嘴里鲜血哗哗往下流："记……记不清了……"

"还……还剩不少……能耐别藏着……过了这村……"

"知道……就没这店了！"薛鳄发一声狠，猛地举起狼牙棒，可还没到中途，整个人便被那狼牙棒带得一斜，踉踉跄跄地跌出好几步。

这一番血战，洪台吉在阵外瞧个满眼，英雄重英雄，对这二人已是大生敬佩。见一名亲兵正要挥刀斩向薛鳄，忙喝一声"住手！"

其余亲兵闻言，也都收手不动。洪台吉一催坐骑，踩着手下的残尸来到薛鳄面前："今日我才方知，什么是真正的勇士。让开吧，饶你们不死。"

郭鲸跌跌撞撞地拾起一根铁枪，拼命抵在了自己的背上："大明……大明儿郎……宁死不退！"

"不退！"薛鳄虎吼一声，抓过身旁一名亲兵，头下脚上举了起来，"不退！不退！"

洪台吉猛然张弓，将锋利的箭镝对准了薛鳄的面门："不要逼我，放下他！"

薛鳄咧嘴一笑："你做梦……"

洪台吉箭头一压，"唰"的一声射中了薛鳄左膝。

薛鳄身子顿时一低，手却始终未松，咬牙撑了半天，硬是将腰杆生生挺起："大明儿郎……宁死不……"

"嗖"的又一支利箭射出，直穿薛鳄右腿而过。薛鳄再也支撑不住，双膝一软，身子跪了下来。跪倒的同时，他将仅存的一丝力气全然运至双臂，把举着的那个亲兵大头朝下，当杵一般砸在地上，直溅了洪台吉一脸鲜血。

"二哥……兄弟又杀了一个……"

"老三……你能耐比哥强……二哥杀不动了……"

洪台吉抹去脸上的血，缓缓抽出了腰刀："好汉子，我给你个痛快的！"

一刀斩过，薛鳄颈间喷出一道血花，上半身轰然倒地，就此死去。

洪台吉拍马越过薛鳄的尸首，来到郭鲸前面："你们兄弟皆是真正的勇士，之后我会奏明大汗，封你们为'无双巴图鲁'。让开吧，你若能活下来，我会派人将你和你兄弟的尸骨送回大明。"

郭鲸没说话，只是默然矗立。

洪台吉叹了一声，驱马绕开，刚走了两步，胯下坐骑一声嘶鸣，紧接着人立起来，险些将他甩下鞍去。洪台吉回头一瞧，原来那马尾巴竟被郭鲸死死攥在手里。

"好，我成全你！"洪台吉腰刀一挥，斩下了郭鲸的头颅，再向二人尸首深鞠一躬，又朝亲兵吩咐道，"将那名汉子的首级也割下吧。这等巴图鲁的脑袋，配做我洪台吉马前的挂饰！这二人拼死阻拦，想必是掩护同伙逃生。这四下最近的明关便是那威宁堡，他们八成往那里逃了。亲兵卫听令，稍事休整，还能骑马的便赶紧上马，随我继续追击！"

"是！"

金兵在后面急追,朱常洛一行在前面急赶。此时,徐振之与许蝉的穴道已被朱常洛解开,他们冷静下来,也明白郭鲸、薛鳄换来的逃生机会不易,便不再多说,只是强忍着胸中悲愤,打马向前疾奔。

胯下坐骑虽然矫健,可自打离寨后几乎一歇未歇,再驰一阵,马匹接二连三地吐起了白沫,没出几步,便陆续栽倒在地。失了脚力,四人只得徒步奔行,宝珠跟着跑出半里后,再也支撑不住,徐振之和朱常洛见状,轮番将她背在身后,继续前行。

渐渐地,西方露出一道黑影,隐约是一座城郭的轮廓。

威宁堡!

四人心中一阵激奋,脚下更是加紧了步伐。不一会儿,奔至那砖缺墙裂的城门下,四人连汗都没顾得上擦,便急急叫门。

过了半天,城头上才探出几个脑袋,兵帽都歪戴着,嘴里也有气无力地问道:"什么人?"

"我等皆是大明子民,速开关门!"

"大明子民?"

宝珠也急道:"你们不认得我了?我是宝珠,原来就住在这堡子里,你们还答应给我一把弩的!"

"宝珠?"一个军官模样的也探下头来,"还真是你……可你不是去开荒了吗?回来做什么?"

"来不及说了,先把城门打开啊!"

"莫非那边出了事?"那军官心里打个突,赶紧朝远方一眺,脸色顿时惨白,"不好,有金兵!快快,拿木棍顶牢了城门!"

"先放我们进去!"宝珠急得都哭了,"你们怎么这样啊……"

那伙守军哪里还听?皆缩回了脑袋,赶到城内搬东西顶门去了。

"这帮混蛋!指望这种鼠辈上阵杀敌,我大明焉能不败?"朱常洛痛骂一声，向徐振之和许蝉喝道，"准备迎敌，背水一战！"

"好！"徐振之取了玄铁尺，许蝉抽出秋水剑，"宝珠，你躲在……"

"不用管我的！"宝珠忙道，"这堡子外头我熟，知道哪里能藏人，你们放开手脚就好！"

"行，藏好了，千万小心！"

三人说完，便齐齐转过身去，面向那团越来越近的尘烟，神情坚毅，心下却沉了又沉。追兵能到这儿，那郭鲸和薛鳄想必已然阵亡。三人心照不宣，哀伤却全写在了脸上。

面对这孤悬于关外的明军城寨，众亲兵皆视若无睹，"嗷嗷"狂叫着，骑在马上耀武扬威。洪台吉的坐骑脚力好，本是冲在阵前，然他再骑出一阵，心下便急打个突。像他们这等擅射之人，皆有双好眼，打老远起，就瞧着那城门下的徐振之和许蝉十分面熟，再转念一想，猛然记了起来。

当年他与父汗乔装潜入大明，遇上蒙古人前来行刺，若不是那一男一女出手，自己早将那伙蒙古人全歼。尤其是那女子，手持一柄削铁如泥的神兵，只是几个眨眼，便把随行高手全部制服。若非他们手下留情，自己和父汗怕是不能全身而退。

有道是一朝被蛇咬，十年怕井绳。这句汉人耳熟能详的俗语，洪台吉未必知道，可道理却是懂的。想到这儿，他赶紧收紧缰绳，慢慢退至队后，脱下头盔战甲，抛向了身边的亲兵："快，你穿我这身，把你的衣甲给我！"

那亲兵一愣："小人不敢……"

"少废话，快脱！"

女真人号称是在马背上长大的，骑术自然相当精湛。二人松了缰绳，任胯下坐骑疾奔，三下五除二地互换了衣甲。换好之后，二骑又贴身并行，洪台吉与那亲兵错位一跃，再互换了坐骑。

藏在亲兵卫中，洪台吉顿觉心安，一手持弓，一手搭箭，当先向城门下三人射去。见他开了弓，其他亲兵也纷纷放箭，但因离得尚远，再加上与郭薛二人争斗后膂力不济，射出的箭倒有大半落在了三人的脚边。

怕他们再度拾取，许蝉身形几个疾闪，将那些斜插在地上的箭杆悉数斩断。洪台吉气得大骂，忙命手下节省箭矢。

朱常洛刚抄起一把石子在手，便瞧见了那名冒充成洪台吉的亲兵。那亲兵坐骑前挂着两个血糊糊的头颅，再定睛一瞧，竟是怒目圆睁的郭鲸和薛鳄！

许蝉和徐振之也瞧得真切，巨悲之下，险些没站牢。

"郭二哥！"

"薛三哥！"

这两声喊，倒让朱常洛猛地回过魂来，指间使足了真力，将一枚石子"嗖"地疾射向那亲兵面门。

石子"噗"的一声，穿颅而过，余力未减，又打入了他身后一人的眼窝。朱常洛手不停歇，指间连弹，又将冲在最前排的亲兵打得人仰马翻。

洪台吉纵马跨过那名扮成自己的亲兵，心中连道好险，若非提前换装换马，此时在那马蹄下翻滚的，便是自己的尸首了。

"二哥，三哥，我给你们报仇！"

许蝉抹了把脸，舞起秋水剑便冲入马阵。不管是人是马，前方凡有喘气的，抬手就是一剑。秋水闪着银光，在人群中似激起了一道道白浪，裹杂着残刀断弓、人手马蹄，混成一团接一团喷涌的血雾。徐振之紧随其后，一面护着许蝉背心，一面以玄铁尺在那些尚未断气的亲兵身上急戳乱砸。朱常洛于阵外打光了石子，也纵身加入战团，似一只猎禽的海东青，左手勾拿，右掌劈挂，在马背人头上不停闪跃，将那一腔怒气全然发泄在这一帮亲兵身上。

听到城下的杀喊声，威宁堡的守军也从垛头间探出脑袋来瞧。洪台吉察觉后，随手一箭，便将那军官的勇字盔射飞。那军官叫了声娘，裤裆里顿时湿了一片，被几个守军拖着，再也不敢露头。

再冲杀一阵，朱常洛和许蝉出招明显慢了下来。徐振之也气喘吁吁，再挡开一名亲兵砍来的腰刀，玄铁尺亦被震飞脱手。旁边几人瞧出便宜，又挥刀来斩，徐振之后纵几下，脚底突然一空，被那地上的血浆滑倒。

"振之哥！"许蝉大惊，刚砍翻了一个挡路的亲兵，左臂突然一疼，竟中了一刀。

"不必管我！留神杀敌！"徐振之右手一撑，堪堪滚出一丈，掌中便摸到了一件硬物。

马鞭？

"啪"的一声，追在最前的亲兵脸上已多了条血痕，还没等他叫疼，双眼又是一黑，直接倒在地上哭爹喊娘。有了马鞭在手，徐振之大显神威，那鞭头只照着亲兵面门狂扫，登时又抽瞎了三个。

见许蝉已有些左支右绌，徐振之赶紧过去相助，再打退了一波猛攻后，又朝城头上大吼："金兵只剩下十来个了，还不出城杀敌？听见了没？出城杀敌啊！"

威宁堡里的守兵不聋，岂会听不见？可当年萨尔浒三个明兵打他们一个，都没打胜，如今堡里连伙夫算上，总共也就十来个兵。一打一？当我们三头六臂？谁去送死？反正老子不去！

军官不吭声，守兵更是装聋作哑，任凭徐振之在城下喊破了喉咙，只当是耳边风。

"别跟他们浪费口舌，得靠咱们自己！"朱常洛说完，又拾起一柄腰刀，斩断了一名亲兵的脖子。

嫌地上的人头碍事，剩下的亲兵一边冲杀，一边踢开。一个个血呼呼的脑袋，从阵内"骨碌碌"滚出，直滚到洪台吉脚下。洪台吉正要躲避，却见其中一个正是薛鳄的头颅，眼珠子一转，顿时有了打算。

他一把抓起薛鳄的人头，又向身边仅存的两个弓手道："给我射那冷脸的！"

见他指着朱常洛，两个弓手作难道："可他身边还有咱们的人挡着，硬要放箭，怕是……"

"要你们射便射！持续射，不要停！"

看洪台吉那狰狞的样子，两个弓手只能依命而行。随着几轮利箭射出，围斗朱常洛的亲兵又倒下三个。洪台吉趁这空当，将那人头急抛，自己也搭箭张弓。

朱常洛挡开几只来箭，就见一只头颅飞来，正要举掌格飞，却猛然认出了薛鳄的模样。

"兄弟！"他一把将人头接来，心中酸楚似要炸胸而出。就这么一愣神，洪台吉的利箭也疾疾离弦，"噗"的一声，扎在了朱常洛的大腿上。趁着朱常洛身形一斜，两名亲兵又从左右扑至，朱常洛腰刀一挥，砍中了一人的脖颈。可不想力气使得太大，竟卡在那人骨缝里，一时没能抽出。刀一离手，整个人便被另一名亲兵压在地上。情急之中，朱常洛伸手一探，从大腿上生生拔出那支利箭，狠狠地将那亲兵的脑袋扎个对穿。

"哥！"见朱常洛倒地不起，许蝉拼死来护，还没等赶到跟前，就觉脑后一股劲风袭来。她顾不上多想，急急把头一偏，一支劲羽便险险贴着腮侧钻了过去。

许蝉猛一回头，见不远处正立着张弓引箭的洪台吉，恨得当即将秋水剑掷出。

秋水剑泛着寒光，似一道闪电刺向洪台吉。洪台吉见识过这神兵的厉害，看避不开，忙扯过一名弓手挡在身前。秋水插入那亲兵胸膛，直至没柄。洪台吉死里逃生，骇得一屁股蹲在地上。

他这一蹲，头上的亲兵帽也落在一旁。一瞧那眉眼，许蝉立马认出，这不是努尔哈赤的那个儿子吗？

"振之哥，你瞧那是谁？"

徐振之只一眼，便失声叫道："洪台吉？那是洪台吉！"

朱常洛打个激灵，想要从尸堆里起身，却又重重落回地上。

"擒贼先擒王！"

许蝉娇喝一声，就要向着洪台吉冲来。

"把箭全给我！"洪台吉疯了一样，一把夺过另一名弓手的羽箭，连珠般向许蝉疾射。许蝉左跃右闪，接连避过来箭，依旧朝洪台吉疾冲不停。战阵中仅存的两名亲兵见状，忙撇下徐振之，追在许蝉后面扑至。一名被徐振之的甩鞭勾住了脚，摔了个嘴啃泥，而另一名却搭住了许蝉肩头，将她生生拉倒。

二人一倒地，双双滚作一团。那洪台吉利箭再发，穿过那亲兵的后腰，扎在了许蝉腹间。许蝉拼命推开那死尸，腹间却被那箭头的倒钩扯下一团皮肉，身子一软，趴在地上喘起了粗气。

"小知了！"

徐振之刚要上前，便觉颈中一紧。原来那个被绊倒的亲兵已挣开马鞭，掐住了徐振之的脖子。许蝉正要过来，却被那亲兵一脚踢中了伤口，摔在地上，半天没撑起身子。朱常洛也抓起一柄断刀，急急向那亲兵掷来，但重伤之下失了准头，只在那亲兵背上擦了条小口子。

那亲兵穷凶极恶，一心要与徐振之同归于尽。就在徐振之快要窒息时，扼住颈间的手突然一松，那亲兵口吐鲜血，胸前多了一个滴血的刀头。那刀头再一缩，亲兵的尸身已然歪倒，背后露出了流泪颤抖的宝珠。

"宝珠，将刀给我！"徐振之要过腰刀，摇摇晃晃地爬了起来。

"蝉儿姐……"

"我没事，你鲤叔伤重，快去瞧瞧他！"

"好好！"宝珠连连答应着，跑向了朱常洛。

徐振之一抖腰刀，又冲着城墙上朗声喝道："如今金兵仅存二人，并且其中一个是那努尔哈赤之子洪台吉！他的人头值多少银子，还用我说吗？此时不来杀敌邀赏，更待何时？"

这动静响彻云霄，炸得城头上的守兵齐齐打个激灵："洪台吉？就剩两个人了？"

洪台吉的羽箭早已全然射光，见许蝉和朱常洛也都挣扎着要爬起，忙在那弓手屁股上一踹："上去杀了他们！快啊！"

那弓手朝城墙上一瞅，见那几个守军果然露出头来，吓得魂飞魄散，忙跑去拉过一匹还能站起的马，便要骑上逃窜。

洪台吉见状，飞奔过去一脚踢开那弓兵，自己反夺了坐骑，拍马欲逃。

徐振之此时已是强弩之末，拼力喊出那番话后，便累得瘫倒在地。与此同时，威宁堡的城门总算开了，那十来个守兵在军官的带领下骑马冲出。

洪台吉肝胆欲裂，刚使劲拍了一下马，手腕却被一阻。他扭头一瞧，见那马屁股上居然还插着一支箭。他不及多想，伸手便拔出那箭，又猛地拉圆了劲弓，对准了身后，"唰"地离弦。

那伙胆小如鼠的守军洪台吉瞧不上，徐振之与许蝉又倒地未起，自然不好瞄准。所以这一箭，便是直奔半坐在地上的朱常洛而去。

朱常洛背对来箭，一时无法瞧见，可对面的宝珠却瞪大了眼。眼见那支箭呼啸而来，宝珠顾不得多想，急忙绕到朱常洛身后，想为他挡下这一箭。宝珠身子甫动，朱常洛便已警觉，反手一抓，猛然将宝珠甩开。

此时再躲，已然来不及了，那箭头带着寒光，"噗"的一声，正中朱常洛后心！

"哥！"

"鲤叔！"

随着几声惊呼，朱常洛嘴角挂下血来，低头一瞧，那利箭已从后背穿透了前胸。守军见那洪台吉仍能持箭伤人，吓得都滚下马来，藏在马后等了半晌，才敢露头："那人……没再放箭吧？"

徐振之红着眼珠子暴斥道："那洪台吉的羽箭早就射光了！还愣着做什么？追啊！"

"对……他脑袋值钱得紧，兄弟们，上马追！"

那军官忙招呼着手下追出，驰出一阵，见那个弓手正跌跌撞撞地逃着，便赶上去几刀杀死。刀头见了血，那军官多少有了些胆气，腰杆也挺直了，马鞭子也敢挥了，一心只想捉那洪台吉请赏邀功。

"鲤叔……"宝珠抱着朱常洛，已哭成个泪人。

朱常洛费力地摸了摸她的头顶："宝珠，我真名叫作朱常洛……

是……是大明太子……"

宝珠一怔，继而又哭道："难怪徐叔曾叫过你一声殿下……可我不管你是谁，我只想让你好好的……鲤叔你别怕，我给你裹伤……"

说完，宝珠就想去摸那箭头，手腕却被声泪俱下的许蝉死死握住："别……别碰……"

朱常洛挤出一丝笑来："宝珠……你在寨里问我，能不能叫我声爹……当时没来得及答复，现在我告诉你，能！"

"真的？那鲤叔你别死啊，之后我天天喊你爹……"

"听我说完，我要你当我儿媳……"朱常洛说完，又朝许蝉和徐振之道，"宝珠这丫头，我很喜欢……由校能娶到她，是那小子的福分……这件事，你们一定替我办好……"

许蝉再也忍不住，哭喊道："我们又不懂你们宫里的规矩，哥，你没事的，等你好了自己去操办……"

"妹子，"朱常洛看向许蝉，缓缓道，"其实哥第一次见你时，就知道你的身份……可那会儿，哥羡慕你没长在皇家，嫉妒你活得无忧无虑，所以总是找你的茬……好妹子，别怨我……我不配当你哥……"

"你别这么说，"许蝉哭得上气不接下气，"小山子出生那天，你特意赶去江阴，我就知道你一直记挂着我们，你偷偷让钱谦益写信密报，也是为了听听我们的家长里短，听听我们过得怎么样……我懂的！我都懂！"

"妹子，有时候，我真想当个普通人，真想知道一下，有个真正的家，是什么滋味……"

"你有啊！你有我，你有振之哥，现在你还有宝珠……"

"晚了，哥悔啊！以前心里装的东西太多，唯独没给亲情留些位置，"朱常洛长叹一声，透着无限的不舍，"皇位、江山、天下……这些年，我苦心孤诣，谁知到头来，终归是一场空。"

徐振之懂他的不甘，忙哽咽道："常鲤死了，朱常洛还在！殿下放心，之后振之定当用尽所能，辅佐由校登上大宝！"

朱常洛的眼睛一亮，闪出一丝异样的神采："我信你……徐振之，我妹子、宝珠、由校，都交给你了。可惜，可惜我到死，也仅是区区一名储君……"

"哥，不想了，咱不想那么多了。"

"我朱常洛虽没坐上皇位，却也没给历代祖宗丢人。天子守国门，君王死社稷……江山……大明的江山……守住……拼死也要守住……"

朱常洛的手，朝着威宁堡的方向抬了几抬，终于无力地落下。

"叔！鲤叔！"

"哥！哥啊……"

"徐振之，恭送太子殿下！"

徐振之向着朱常洛的尸身五拜三叩首后，伏地不起，泣不成声。

三人抚尸大恸，直哭得草木生悲。又过了片刻，马蹄声由远及近，原来是那些守军折了回来。

那军官刚下马，衣领便被徐振之攥住："洪台吉呢？洪台吉哪儿去了？"

"别他娘动手动脚！"那军官打开徐振之的手，"咱这坐骑都又老又瘦，哪里跑得过人家？只吃了一肚子烟，还追个屁！我说，逃走的那小子真是洪台吉？他可只穿着普通亲兵的衣甲。"

"逃了，居然被他逃了！"徐振之口中喃喃，拳头却捏得咯咯作响。

那军官朝死去的朱常洛瞧了一眼，愣是没当回事，反招呼着手下道："兄弟们，那死人堆里还躺着个皮甲上绣着白龙的，想来是他们女真人的大官，你们快去扒了他的衣甲，然后再割下这伙人的首级，咱们向上头邀功去，光是这些脑袋，也值不少银子吧？"

"邀功？"徐振之怒极，狠狠一拳打在那军官的下巴上，"你们这群鼠辈，杀过几个金兵？"

那军官被打得一个踉跄，登时也恼了。他在女真人面前是条虫，可在百姓面前却能把自己当成龙："你小子活腻歪了？信不信老子将你的脑袋也砍了，当成金人首级换他娘的三两银子？不就死了个同伙吗，有什么大不了……"

"你知道他是谁？啊？你知道他是谁？"

徐振之生平从未如此暴怒，眼珠子似能瞪出血，一下将那军官扑倒在地，骑在他的身上便挥拳狠砸。

"哎呀！反了反了！"那军官一面哀号，一面朝手下呼救，"都他娘的愣着？还不快上来宰了这王八蛋！哎呀，老子快被他打死了，快帮忙啊！"

众手下正欲上前，却被一名守兵拦住。那守兵手里正握着两块腰牌，苦着脸向那军官道："头，忍着点吧，他们都是大人……"

原来经一番苦斗，郭鲸和薛鳄的腰牌已从朱常洛身上掉落，那守兵拾在手里一瞧，登时吓得腿软。那从三品的同知指挥使，放在京师不算什么，然而在这边城小堡，可谓只手遮天的大官。

那军官瞧清了牌子，又差点吓尿了，抱着头捂着脸，苦苦哀求道："大人饶命啊！小的有眼不识泰山……饶命啊大人，再也不敢了……"

王八蛋！一群胆小如鼠的王八蛋！

你们毁了一个能重振我大明雄威的储君！你们在原本就风雨飘摇的大明朝头顶，又生生撒了一把寒霜！你们，断送了我大明的锦绣前程！

徐振之状若疯魔，哪里听得见？只是一拳接着一拳地砸下，若非许蝉和宝珠哭着来拉，险些将那军官活活捶烂。

第八章 红丸案

天子守国门，君王死社稷。

自打离开威宁堡的那天起，这句话就一直萦绕在徐振之的耳畔。大明储君朱常洛，于朝堂运筹争锋，于边关剑斩仇寇，一生所行，无愧于朱家的列祖列宗。

江山的担子，实在是太重。累了就歇歇吧，接下来，自会有人来扛！

座下是一驾马车，身后是三口沉甸甸的棺材，徐振之喝空了坛中酒，将空坛随手抛在路上。

醉卧沙场君莫笑，古来征战几人回？

一醉未必解得了千愁，却能稍解心头不时涌来的哀楚滋味。

车声辚辚，雁鸣阵阵。三人三棺就这样闷声不响地离了辽东，向关内缓缓行进。

入关比出关时还顺利。一见棺材，守卫便立马放行。沿途不少百姓望着他们的马车，又是艳羡又是心酸，瞧瞧人家，好歹把自家亲人的尸骨从关外寻了回来，可我们呢？只能任由战死的丈夫、兄弟、儿子烂在那里化泥。怨谁？孤儿寡母的能怨谁？又敢怨谁？只能怨自己没本事……

徐振之等人不忍看，更不忍听，只得挥动着鞭子，催着马车急行。进了山海关，就是永平境，再经顺天府，便到了京师。入京前，徐振之拿油毡布盖了车上棺材，又写了张字条打发人去送，自己和许蝉、宝珠先行赶赴了香山小筑。

那人收了银子，便拿着字条奔午门外东头的兵科衙署找杨涟。那杨涟见上面只写了个"鲤回香"，心里便有了数，也不声张，送走了那人，就悄悄去东宫将字条给了王安。

鲤是常鲤，香是香山小筑。在太子爷身边跟了多年的王安，一瞧便能明白。

听说朱常洛回来，客印月和李进忠哪里还坐得住，忙兴冲冲地换好衣衫，跟着王安直奔香山小筑。

一到山脚下，王安等人便瞧见了那辆马车。一靠到车前，王安和客印月便直皱眉，李进忠也捂着鼻子，向徐振之等人笑道："徐公子，你们是打关外运回些什么？味道却是不大好闻。"

"岂止不好闻，都有些发臭呢。"客印月笑着打量一圈，"怎么还多了个小丫头？主子他们呢，先上山歇着了？"

一听这话，宝珠哇地哭了。许蝉也忍不住，再度垂泪。

"怎么了这是？"王安不解道，"徐公子，这好端端的，她们哭什么？"

客印月看看他们，又望望马车，心里"咯噔"一声，涌上一股不好的预感："那车上，难道……"

"印月姑娘……"

徐振之刚要开口，客印月却突然捂住耳朵，尖叫道："不！你别说！我不听！我不信！"

王安与李进忠互视一眼，彼此都瞧出了目中的惊恐："殿下他们……徐公子，难道殿下他们……"

徐振之默然点了点头，将车上毡布慢慢掀来。

刚见那棺材一角，客印月猛地爆出一声哀号。那动静似是被人捏着胸腔一挤，没经喉咙便直接冲出了口腔。

凄厉、悲痛、绝望，疾疾拧在一起，又陡然炸散，化成一根根尖锐的针，直直戳进耳朵眼，还打着转地往里钻。

叫完这声，客印月似耗尽了全身的力气，脊梁骨像是被人瞬间抽走，软绵绵地瘫坐在地，脑袋一耷拉，不哭不闹，也不再吭一声。

李进忠慌了，忙蹲下来劝道："印月姑娘，千万别憋着，主子出了事，你可不能再有什么闪失了……"

可任凭李进忠怎么劝，客印月还是傻了一般，眼睛直勾勾地空望着，渐渐褪去了神采。

王安已爬跪到车前，摸着棺材泣涕连连："自打太子爷动身那天，老奴便是一天三炷香地求平安，从没断过一次。老天爷，你不开眼哪！太子爷，你这一走，可让老奴怎么活啊！"

半晌，客印月的嘴唇微微动了一下。李进忠见状，忙凑了上去："印月姑娘，你说什么？"

"滚开！"客印月发疯一般，推得李进忠打个趔趄，又直直望向徐振之，"主子他，怎么出的事？"

徐振之长息一声，便将威宁堡前的那场死斗缓缓讲了出来。

听罢良久，客印月才将双手往地上一撑，可连用了几次力，都没能爬起来。

"李进忠，你来扶我一把。"

"好好。"李进忠急忙搭手，将客印月搀起。

客印月连捯了三口气，又慢慢走到宝珠面前："他……是为你死的？"

宝珠含泪点头道："鲤叔他……"

"啪"的一声脆响，宝珠脸上登时肿起五道指痕。

许蝉大惊，一把攥住了客印月的手腕："你打她做什么？客印月你疯了吗？"

客印月狠狠抽回手，眼神如毒蛇般望着宝珠，咬着牙，一个字一个字地往外迸："你记住，我一辈子都不会原谅你！"

那冷冰冰的字眼似乎全然渗入宝珠的骨缝里，吓得她激灵灵打了个寒战。徐振之见状，赶紧将宝珠护在身后："印月姑娘，殿下临终时曾有遗言，要将这宝珠姑娘许配给由校为妻。"

"什么？"客印月的眼中似要滴下血来，"她已经害死了主子，还想再来夺走我的校哥儿？凭什么？她凭什么？"

许蝉抹了把脸："我知道你心里不好受。那个人也是我的至亲，我懂你现在的心情……"

"你不懂！"客印月又哭号起来，"你怎么会有我爱他？这世上不可能有人比我更爱他！你们不懂！你们谁也不懂！"

"姊姊，"宝珠"扑通"跪在地上，"鲤叔是为救我而死的，我对不住你，你打我吧，只要你能出气，你就打我吧……"

"谁是你姊姊？"客印月一把扯住宝珠的头发，"你这丧门星！你这该死的丧门星！还我主子！你还我主子！"

还没等徐振之和许蝉出手，向来笑眯眯的王安，已沉着脸大步冲来，一巴掌将客印月扇倒在地。

"够了！你要疯到什么时候？主子，是大伙的主子！他的遗言，你敢不听？"

客印月像是被打蒙了，捂着脸怔怔道："听的，印月最听主子的话了……"

见她这魔怔的样子，许蝉瞧着也十分难受，将手一伸，轻言道："先起来吧……"

"蝉妹妹！"客印月忽然抓住了许蝉的手，"主子临终时，还说过什么？他有没有提到我？你告诉我，他有没有提到我？"

许蝉望了徐振之一眼，缓缓摇了摇头。

客印月如同泄了气，面如死灰，嘴角却扬起一抹苦笑："一个字都没提吗？在你心里，我究竟算个什么？"

徐振之忙道："印月姑娘，当时殿下垂危，一心只系着天下，这才无暇……"

"天下……"客印月硬撑着，从地上站了起来，"朱常洛，你是我命里的劫。我躲不过你，更得不到你，可你为什么要拿走我的心？为什么啊？朱常洛！我恨你！我好恨你！"

客印月说完，泪如泉涌，一面撕心裂肺地哭号着，一面跌跌撞撞地向远处跑去。

王安急喝一声："进忠，赶紧跟着她！这事须得保密，绝不能透出一丝风声！"

"是！"

待李进忠跑远，王安又拭了拭眼角，向徐振之道："徐公子，接下来的事，你给拿主意吧，我都听你的。"

徐振之点了点头："天气越来越热，又在路上耽搁这么久，殿下和郭薛二位大哥的尸身，应及早下葬。正如公公所说，此事紧要，需秘不发丧，所以我想就先在这香山上寻处地方掩埋，待日后再启坟另迁。"

"唉，只好如此了。"

徐振之又道："殿下一走，只能由周鹤继续假扮他了，东宫那边更不能有差池。可印月姑娘现在这样子……"

"没事，之后我再劝劝。那丫头用情太深，一时走不出来。放心吧，她终归是太子爷调教出来的人，大事上能掂量得清，就算为了由校，她也不会将这差事办砸。"

"那好，印月姑娘那边，就有劳王公公了。"

见宝珠脸上又是指痕又是眼泪，许蝉很是心疼，拿出手帕轻轻帮她擦起脸来："振之哥，宝珠呢？先让她在香山小筑安顿下来？"

徐振之摇了摇头："这个问题，我在路上思索了很久。在事情未办成前，宝珠若跟着我们，势必会成为我们的顾虑，她的安全也无法保障。"

"徐叔，"宝珠流着泪又跪了下来，"我如今就只有你们几个亲人了，若不愿我嫁给鲤叔的儿子，我就不嫁了。可你们别赶我走，我会洗衣烧饭的，你们拿我当丫环使唤就行的。"

"傻孩子，快起来，"徐振之和许蝉慌忙去扶，"还什么丫环，想哪里去了？宝珠你记住，你可是太子殿下亲自选的，将来是要做皇后的。现在时机未到，我们只能先将你安置在别处，只管安心等待，徐叔绝不食言。王公公，京城地界我们不如你熟，就劳你为宝珠寻个可靠的存身处，最好是官宦人家，以后入宫选秀时，也好让宝珠有个名份傍身。"

"成，这事我去办。"

宝珠又眨着眼睛问道："那我要等多久呀？"

徐振之叹口气："宝珠，我也想跟你说很快，可我，真的不知道……"

"怕也用不了太久，"王安插言道，"徐公子，我正要跟你们说起此事，自打进了七月门，太医就见天出入乾清宫，有时候我碰见伺候皇上的李恩，也瞧他总是愁眉苦脸。这阵子，就连郑贵妃都搬到弘德殿住了。"

"什么？"徐振之一惊，忙追问道，"现在皇上身边，除了郑贵妃外还有谁在？"

"只她一人，就连李恩都轻易不让靠前。不光如此，听说那郑养性也在暗中活动。"

"郑养性？"

"这人是郑贵妃之侄，其父郑国泰病死后，他便袭了左军都督府待俸都督金事一职，虽是个虚衔，可也因此认识了不少军卫人物，如今，那郑养性就在锦衣卫上下打点，调动了守卫殿廷的一千多名大汉将军，左大人和杨大人他们连冲了几次宫门，都被阻了回去。"

万历病危，仅郑贵妃一人在侧，连她侄子都这般明目张胆地把着内禁，其居心何为，自是不言而喻。

想到这儿，徐振之倒抽了一口凉气："王公公，我们要抓紧了，迟恐生变！"

事不宜迟，几人也不敢耽误。将朱常洛和郭鲸、薛鳄的尸首草草葬下后，王安便依着徐振之的吩咐回宫谋划。王安有个交好的棋友，名为汪文言。他原是狱吏出身，后投在东林门下，当年叶向高任首辅时，见他机灵善谋，便向东宫引荐，这才有了与王安结纳的机会。

这汪文言现任中书舍人，虽是个从七品的小官，却有着掌管诰命、册表之职。各地的官员受勋、亲属荫封，皆经他手，故而也结识了不少地方要员。

一听王安提及宝珠之事，汪文言便想到了一个合适的人选——河南祥符的张国纪。这张国纪跟如今的英国公张惟贤，还算搭着远亲，并且他膝下唯一的女儿张嫣，近来也染上重病奄奄一息。张嫣与宝珠年纪相仿，又因自幼多病，从十岁起便没再下过家中绣楼。若她过世，宝珠刚好能接替其身份，只要张家人严守口风，定可瞒天过海。

想到这儿，王安忙带着李进忠又来到香山小筑。徐振之听罢，虽觉那河南稍远，但于宝珠而言确实是个上佳的栖身之处。日后宝珠当上皇后，那张国纪便是国丈，亦能受朝廷进封。对张家来说，这是一份无上的殊荣，不用嘱咐，他们也会守口如瓶。

将宝珠送走后，徐振之更是心无挂碍，又和王安研究起对策来。

"王公公，东宫除了净武堂外，可还有能调动的人手？"

"倒有支几百人的净军。"

"净军？"徐振之一怔。

"对，"王安点了点头，"徐公子有所不知，这净军算是旧制了，充当净军的，都是些小宦官，像那些宫里头犯了错的、不按规矩自阉净身的、战场上捉来的敌方幼童，都在里头当净军，当年那下西洋的郑三宝，也是净军出身。"

"这支净军现在何处？由何人统领？"

"就设在南海子那边，管事的是我手下的底实人，叫涂文辅。除了涂文辅外，还有个叫王体乾的，也曾在我手底下干过，他现在当了尚膳太监，管着乾清宫的一日三餐，跟皇上身边的李恩能搭上话。"

徐振之稍加思索，又问道："那朝中大臣呢？确定支持太子的有多少？"

王安想了想，掰着指头数道："如今在朝的，左大人和杨大人不必说，还有我提过的那个汪文言、行人司行人魏大中、吏部尚书周嘉谟、户部尚书李汝华、兵部尚书黄嘉善、京营戎政尚书黄克缵、署刑部事总督仓场尚书张问达、礼部署事右侍郎孙如游……"

徐振之怔道："连尚书、侍郎这等部曹的堂官，也皆在东林？"

"那倒没有，"王安摆了摆手，"这几位尚书、侍郎虽不全是东林，但当年在'梃击案'中，俱敢直言追责，都将矛头指向郑贵妃，表明要支持太子。唉，不过他们官位再高，也高不过内阁首辅啊，方从哲是个揣着明白当糊涂的老狐狸，只想着明哲保身，谁得势便要往谁那边靠。他那个得意门生亓诗教，又是朝中齐党党魁，为了压住东林人，也不惜向郑贵妃示好……"

徐振之叹道："群党纷争，实我大明之巨祸，但我现在最担心的倒不是他们，而是那群把守宫禁的大汉将军。"

"大汉将军？"

"对，这大汉将军隶属锦衣，而眼下锦衣卫又在郑养性的活动下偏向了郑福一党。若他们把着乾清宫不放，咱们就只能任由郑贵妃在里头兴风作浪了。"

王安咬了咬牙，压低了声音："实在不行，咱们就豁出去吧，我去调来那支净军，强行闯入宫中……"

"不可！"徐振之断然否决，"调动人马闯宫，那便是犯上作乱，更给了郑福一党口实。更何况那支净军几乎没什么战力，别说皇城外还有金吾、羽林、虎贲等亲军卫轮流警跸，单是宫里那上千大汉将军，就可不费吹灰之力地将他们全歼。"

"也是……"王安泄了气，"这可怎么办？我思来想去，在锦衣卫中，咱们没一个人能搭上话啊。"

听到这里，一直闷不作声的李进忠突然跪倒："王公公，徐公子，锦衣卫那边，或许小的有办法拉拢一下。"

见这年过半百的李进忠伏地叩拜，徐振之心下不忍，忙上前将他挽起："李公公，振之一介布衣，之后断不可再行此大礼。你的法子是什么？"

李进忠伸出两指："攀情和许官！不过此举能不能成，小的也不敢打包票，但左右无法，不如死马当成活马医吧。"

王安皱眉道："进忠，你能跟锦衣卫攀上人情？可就算能攀上，官又怎么许？官职是皇上才能加封，咱们顶了天，也只能打着东宫太子的旗号。"

李进忠道："若太子即位，便是皇上，之前所画的饼，自然就能成了真。王公公，徐公子，你们要是信我，这事就放开手脚让进忠去操办，至少能有七成把握！"

徐振之看了看王安，见他也点了头，便同意道："那就有劳李公公了。不过事态紧急，留给咱们的时日不多……"

"三天，三天内无论成与不成，我必有答复！"

"诸事小心，宁可不成，也不要打草惊蛇。"

"徐公子放心。王公公，进忠斗胆，借净武堂的高手一用。"

王安一惊："怎么，你想行刺？"

李进忠笑道："小的哪有那个胆子，只是打算挑几个轻功好的去打探情报。"

王安这才大松口气："那没事，只管去挑。"

"还有，汪文言汪大人那边，在诏狱里是不是有一条暗线？"

王安又是一惊："汪大人那条线可是绝密，不到万不得已，不能去动。"

李进忠头一仰："公公，如今就是万不得已之时！"

王安沉吟半晌，终于点了点头："是了，只能动了……走，我去跟汪大人说一声。"

锦衣卫分南北镇抚二司，这南镇抚司，管卫内的军规法纪；北镇抚司则掌天子诏狱，可不经三法司，自行将人犯逮捕、审讯、用刑，甚至直接处决。

别说是作奸犯科之辈，就连良人百姓路过这北镇抚司前，也都不敢逗留。可就是这么个令人谈之色变的虎狼衙门，晚上却遭了贼。

这贼还是个雅盗，没偷金也没碰银，只是取走了几张纸。若是寻常文书，倒也没什么大不了，可那偏偏是留有郑养性手印的字据。底下人不知这事，但三个当官的却慌了。因为那字据上，除了郑养性的红指印，还写着他们三个的大名。

锦衣卫指挥佥事骆思恭，千户田尔耕、许显纯。

要命了！那该死的贼！

本想捞点银子，送些顺水人情，怎么惹上这等祸事？结交外戚、勾连宫闱，随便哪条都能下诏狱，将那十几道酷刑轮番尝个遍。三人掌管刑狱多年，能不知厉害？能不知那生不如死的滋味？

为把这字据藏好，他们还专门在诏狱尽头寻间没关人的黑牢，撬开墙砖，拿小铜箱封了，又在那牢门上加了好几把大锁。

可今日过来一瞧，锁掉了，砖撬了，小铜箱开了，那字据自然也就不见了。

莫非有内鬼？可那字据见不得光，总不能抓手下来挨个问，更不能大张旗鼓地找。

要命了！真要命了！怎么办？该怎么办？

三人失了主意，都躲在那牢里没露头。骆思恭如条死鱼，瞪着两只灰白的眼珠子出神；田尔耕仰在一张破椅上长吁短叹，像个翻肚子蛤蟆；许显纯闲不住，似只刚出水的虾子般，跳着脚蹦来转去，先将那贼的祖宗十八代骂了个遍，还是不解气，索性一脚将那小铜箱子踢开。

小铜箱"骨碌碌"一滚，底下便露出一张布条。骆思恭瞧得真切，一把将那小铜箱抄在手里，撕下了那张布条。

"想要你们的东西，今晚前来一会，只带亲信别领兵，否则后果自负。"许显纯凑上来急急念完，气道，"我就知不是一般的贼，瞧这样子，是想要挟咱们。"

田尔耕皱眉道："可光说见，怎么不留个地址？"

"地址写在了后面，"骆思恭翻过布条一点，"这地方我知道，是个挺偏的小巷子。"

许显纯又道："知道地方就好，要不我带人悄悄去抄了他们……"

骆思恭瞪了他一眼："人家敢留地方，能不留后手？"

"那怎么办？"

"能怎么办？把柄在人家手里捏着，只得听人家的了。"骆思恭说完，又向田尔耕道，"去把那几个兄弟叫上，反正他们让带亲信，都随身藏些短家伙，今夜一同过去，看究竟是哪路牛鬼蛇神跟咱们过不去。"

"是！"

骆思恭口里的几个兄弟，皆是当年从萨尔浒生还的锦衣卫。那会儿，他们从死人堆里将田尔耕、许显纯等人刨了出来，再忍着饥、耐着伤，一路搀扶着逃回了关内。几人死里逃生，回来后便成了生死之交，虽然现在大多仍是普通的校尉，但包括骆思恭在内的三人却都拿他们当心腹。

这几个心腹，骆思恭等人之后也没少为他们请功邀职，可那会儿正巧赶上李如桢调往辽东，新任的都督王之祯不好说话，不但不答应提拔，还说他们是战场逃兵，差点打发他们去宫里扛旗举伞。

为这事，骆思恭三人也颇觉对不住兄弟，本想着那郑养性许的银子一到，也分他们一份。谁知甜头没来，要命的字据先丢了。

打虎亲兄弟，上阵父子兵。字据的事，那几个兄弟绝不会捅出去，故而可以放心叫去帮忙。

入夜后，骆思恭一行便换上布衣，腰后各揣了小弩、短铳，悄悄赶赴约定的地点。到了地方，一行人先把小巷里外摸了个遍，又扒在院头瞧了半天，这才翻墙进去。

院子不大，屋里掌着灯。正北中堂上挂着一帘黑帷布，帷布下，坐着一个削眉吊眼的老太监。

那老太监喝着茶，见骆思恭他们进院后也没吭声。等田尔耕和许显纯带着人将屋前屋外查了一番后，骆思恭又朝他俩使了个眼色。

田尔耕和许显纯朝屋里一瞅，双双变色。那郑养性写的字据，就被那老太监正大光明地摆在了身旁的茶桌上。

正当骆思恭犹豫着要不要进时，里面老太监站起身来，朝着屋外拱了拱手："咱家李进忠，是东宫典膳，给各位大人请安了。方才咱家没开口，就是想让各位大人先摸清地方，知道没藏埋伏，才好放心说话。"

骆思恭摸过一遍，知李进忠所言不虚，但他仍不放心，让手下留在外头警戒，自己带着田尔耕与许显纯入内。

李进忠伸手做了个请的动作："三位大人坐。"

"不必，"骆思恭立而未动，眼睛却瞥着茶桌上的字据，"公公是东宫的人？不知我等有什么地方得罪了太子殿下？"

李进忠故作不解："大人何出此言？"

许显纯忍不住插话："你别明知故问，太子若不想找我们的麻烦，为何要派人盗去字据？"

田尔耕一摆手，又向李进忠道："莫非诏狱中有东宫的好朋友？是哪个，公公说出来，我们日后也好以礼相待。"

嗯，你算有心眼的，比那姓许的精。

李进忠瞧了瞧田尔耕，打起了哈哈："能进诏狱的锦衣卫哪个没被筛子筛过？咱家何德何能，能结识那样的人物？咱家不才，入宫前三教九流都打过交道，所以认得几个当飞贼的朋友。"

见李进忠口风紧，田尔耕也不再多问："公公，咱们明人不说暗话，字据怎么到你手上的，我不想知道。我只想知道，你拿了这字据后，要做什么？"

一针见血，果然是聪明人。

李进忠笑了笑："救人。"

"救谁？"

"你们。"

"救我们？"许显纯只觉好气又好笑，"你抓了我们的把柄，还说要救我们？当咱们锦衣卫都是白痴吗？"

田尔耕嗔道："老许，你少说两句。"

许显纯不服道："嘿，你这老田还管起我来了？"

"闭嘴！"骆思恭低喝一声，又向李进忠一抱拳，"下官愚钝，还望公公赐教。"

好，很好，口气松了。你这堂堂正四品指挥佥事，倒向咱这东宫管灶台的称起下官来了。这是服软，服软了，就好办！

李进忠没说话，拿起那字据，便放在了烛火上烧。

三人都怔了。骆思恭和田尔耕想的是，他要干吗？怎么把要挟自己的罪证毁了？可许显纯的脑子却一下转不过弯来。

娘咧，他居然烧了我们白花花的银子！

许显纯上前要夺，那字据早化成了飞灰，气得连连顿足："你……你知道这字据值多少钱吗？烧之前你倒是问一声啊！"

李进忠微微一笑："那不过是张画饼，还是张有毒的画饼。"

"你什么意思？"

"那郑养性若真有银子，不早就送到各位府上了？至于又是签字又是画押的，甘冒这么大的风险？三位大人且琢磨一下，这字据于你们而言，那是罪证。于他郑养性而言，不同样也是罪证吗？"

田尔耕一点就透，向着骆思恭道："不错，这公公说得在理。"

许显纯也回过味来："怎么着，那郑养性涮了咱？"

骆思恭长叹一声，冲着李进忠一揖："谢公公指点，既然字据已毁，那就当什么都没发生过吧。告辞……"

"且慢，"李进忠叫住骆思恭，又看向许显纯，"又是忙活调兵，又是担惊受怕，到头来什么都没见着，呵呵，甘心吗？"

许显纯不悦道："少说风凉话，搁你身上你甘心？"

"知道你们不甘心，所以咱家也备了份实打实的厚礼，"李进忠说完，从怀里掏出一本册子，亮在三人面前，"这是太子殿下拟写的令旨，将三位现在的官职，都连升两级。三位大人，有了权，银子还叫事吗？到时候随便抄几个福郑一党的家，那落入自己口袋的银子，怕是够普通人花费几辈子了。连升两级啊，三位大人！"

"升两级？"许显纯掰着手指算道，"我和老田是千户，再往上是镇抚使，两级就是指挥佥事……嘿？跟骆头平起平坐了？不对，骆头也得升……天爷！他成指挥使了？"

"你吼什么？"田尔耕说完，又向着李进忠冷笑道，"郑养性给我们画了张饼，公公还想再画一张？太子殿下的令旨，可不是圣旨。"

李进忠笑道："只要三位肯帮个小忙，还怕那令旨变不成圣旨？"

"什么忙？"

"其实很简单，也是让大汉将军把住乾清宫，但原来能进的人，现在不放。原来不能进的人，现在要放行。三位可要想清楚了，皇上龙体抱恙，太子作为正统，理当去那病榻前侍奉汤药的！"

"皇上万一不愿意……"

"我们只需一天。等太医院传出皇上病危的消息，我们的人才进，到时候皇上病中恍惚，哪还有什么愿不愿意？"

"这……这还是有风险……"

"富贵险中求！咱家索性把话说透吧。太子的地位在朝中日渐稳固，六部中的尚书、侍郎，皆曾表明要支持东宫。福王呢，一来他远在洛阳，二来他名不正言不顺，就算到时候郑贵妃假传遗诏，有朝里的大臣拦着，也未必能如愿。三位，你们的前程可就在一念间。帮太子，不过是顺水推舟，算不上担什么大风险。若走上了岔路，那风险可就大了去喽……"

三人你瞧我，我瞧你，仍拿不准主意。田尔耕沉吟良久，直直盯着李进忠的眼睛："公公，恕我直言，就凭你今夜这番话，定个谋反的罪名都算是轻的。眼下我们的把柄已被你毁了，你就不怕我们上报？"

李进忠叹道："你说得不错。咱家原可先留着那字据，再逼你们就范，但太子爷不准。太子爷说了，几位皆是在萨尔浒洒过热血的儿郎，拿着把柄要挟英雄的混账事，他绝不肯做！"

萨尔浒？

这三个字是什么？这三个字是修罗场，是他们的噩梦！这是他们心里永远愈合不了的疤、永远跨越不了的坎！谁不怕？打从娘胎里出来，有几人能见过那么多的死尸？谁不恨？那么多锦衣卫兄弟，就那样没名没姓地死了，别说是入土为安，胳膊腿能找全就不错了！

三人不约而同地，心里的刺痛一阵接着一阵："殿下他……还知道我们上过萨尔浒？"

李进忠点了点头，缓缓道："骆思恭，湖广永州籍，嘉靖朝锦衣卫都指挥使骆安之后，万历二十年，曾率锦衣卫出征朝鲜，后随军出关赴萨尔浒，编在西路军杜松部；田尔耕，河间府任丘籍，前兵部尚书田乐之孙，征辽东时随军，编在北路军马林部；许显纯，保定府定兴籍，驸马都尉许从诚之孙，武进士出身，征辽东时随军，亦编在北路军马林部。"

听到这里，三人已在微微颤抖："这……这些殿下都知道？"

"不止如此，"李进忠大步走到屋门口，手指着外头的几个锦衣卫依次道，"王保丁，东昌府堂邑人，编西路军杜松部，现锦衣卫试百户；李传宗，大同府宣宁人，编北路军马林部，现锦衣卫小旗；张双顺，广平府永年人，锦衣卫校尉；张二春，常州府武进人，锦衣卫校尉，兄大春、弟小春，皆殁于萨尔浒……"

李进忠每看一人，便念出一个名字，待一圈人叫完，屋外已是泣声四起。

"公公……你居然连我们这些小兵都认得？"

"数百锦衣卫随军，回来的仅有你们几个，你们皆是我大明脊梁，我如何不知？又怎敢不知？"

"谢……谢公公！"有几个再也忍不住，趴在地上便放声大哭。

公公说了，我们不是逃兵！我们是大明脊梁！我们好不容易从那修罗场活下来，凭什么叫我们胆小鬼？我们也杀过敌！我们委屈！委屈！

骆思恭等人也是泪流满面："公公，谢了……谢谢你能为我们说句公道话……"

"别谢咱家，咱家都是按着太子爷的吩咐行事。"李进忠来到那帘黑帷布前，一把扯开，露出几排黑压压的牌位。

"这……这是……"

"这是太子命皇孙亲手制作的灵位，上面的名字，也皆是殿下亲手写的，过来看看吧，你们应该都不陌生。"

田尔耕和许显纯忙擦着眼角上前，才瞥了几眼，脑中便似爆出一道霹雳，手脚都不由自主地哆嗦起来。

天爷！这牌位上密密麻麻的，全是殁在萨尔浒的锦衣卫兄弟！兄弟们，你们不是死得没名没姓，连牌位都是由皇孙亲手做的、太子爷亲手写的！太子爷知道你们！他竟然知道你们！

骆思恭一行泪如泉涌，浑身上下的血却似煮沸了一般，呆立了半晌，猛然伏在地上，吼出一声炸雷："锦衣卫自骆思恭下，唯太子殿下马首是瞻！"

李进忠虽说有法子，可徐振之并未抱太大的指望。此时的他正和王安合计，是否能将李如桢的二哥李如柏先从诏狱中救出来。李如桢虽调往辽东，但在锦衣卫尚有些旧部，若真能获取他的支持，或许可打通一些门路。然而头疼的是，李如桢远在关外，就算能将李如柏救出，这一来一回，路上怕是要耽搁。

正当徐振之和王安一筹莫展时，李进忠便带回了消息："徐公子，王公公，那桩事妥了。"

二人齐愣了，都有些不太相信自己的耳朵："那桩事……是指？"

"锦衣卫指挥佥事骆思恭，还有两名千户田尔耕和许显纯，都答应为东宫效力。"

"真的？"王安喜不自胜。

"小的不敢欺瞒王公公。"眼下的李进忠低眉顺眼，全然不是破院中意气风发的模样。

徐振之也追问道："李公公，他们真的肯死心塌地？你究竟是如何做到的？"

李进忠见问，便轻描淡写地将事情说了一遍，言语恭顺、神情谦卑，并无一丝得意之色。

徐振之听罢，大生感慨："原来李公公说的'攀情'与'许官'，居然是这般用法……李公公，真想不到你竟有谋策之才。佩服，振之真是由衷佩服！"

"徐公子折杀小的了！"李进忠赶紧跪地，"小的能办成此事，全仗着太子爷威望，还有徐公子和王公公昔日里的教导。"

"快起来吧，进忠，"王安哈哈笑道，"徐公子自然能教导你，我哪里成？若不是你露了这一手，我至今都不知，原来自己身边除了徐公子外，还另藏着一个智囊！"

"小的何德何能，敢与徐公子相提并论？"

"李公公不必自谦，都是为殿下效力，日后还望李公公多多分忧。"

"不敢不敢,徐公子若有差遣,小的一定尽力……"李进忠说完,又从怀里摸出字据,"这样东西,请徐公子和王公公处治吧。"

徐振之拿起来一看,愣了:"这是那郑养性写的字据?你不是烧了吗?"

李进忠笑道:"当着他们面烧的是假的,小的也怕打动不了他们,就留了个后手。"

徐振之皱了皱眉,慢慢将字据撕毁:"既然应了人家,就不该再留这东西。"

"是是,"李进忠忙道,"徐公子是至诚君子,是小的下作了。"

徐振之摆了摆手,又向王安道,"拿下锦衣卫,大事便成了一半。王公公,剩下的就是要紧盯乾清宫和太医院了。"

王安点点头:"不错,这些我去盯着。"

七月二十一,宫里明显不对劲了。打清早起来,太医们便像没头苍蝇似的,在乾清宫进进出出。到了中午,翊坤宫的大太监崔文升便领了郑贵妃的旨意,带着一群大汉将军封了乾清宫的门。如今李太后、王皇后皆已仙逝,郑贵妃俨然成了后宫之主,她的话,谁敢不听?

傍晚时分,尚膳太监王体乾来报,说留在弘德殿伺候的,仅剩下郑贵妃一人,就连万历身边的李恩都被赶了出来。那李恩一出殿,便哭成了泪人,还念叨着万岁爷已昏迷了几个时辰,怕是到了大限。李恩刚哭了几声,便被那崔文升厉声喝止,可怜那堂堂司礼监掌印,就这样吓得又把泪给憋了回去。

听完王体乾带来的消息,徐振之等人便决定动手。他们分成两拨，一拨先行入宫，是徐振之、许蝉、周鹤、李进忠，外加一个可靠的御医。另一拨则由王安去联络，叫上左光斗、杨涟、周嘉谟、李汝华、张问达等人到思善门候命，只等徐振之一发出信号，便要拥立新君。不管怎么说，方从哲是内阁首辅，故而也不能掉了他。

月至中天，徐振之一行都换了卫服，在骆思恭的带领下，进了紫禁城。怕许显纯鲁莽坏事，骆思恭没让他来，只是命田尔耕在午门外候着，待稍后接引王安一行。

大汉将军，初名天武，永乐年间改称此名。然而此大汉将军，非彼大汉将军。大汉倒真是伟岸的彪形大汉，可那将军，却非货真价实，仅名头听着响亮些罢了。这些卫士戴金盔、披金甲，宿卫护驾，好不威风。但他们大多无品无级，有时候碰见在卫的小旗，都得老老实实地低头打招呼。

都没用骆思恭亮牙牌，一见他腰束鸾带、身着大红织金飞鱼补罗，那些大汉将军就赶紧放行。到了乾清宫，他们也没走正门，自西头凤彩门直接进去。过了这凤彩门往北，没几步就是弘德殿，李恩正坐在外头巴巴望着大殿，见徐振之等人走来，不由得吃了一惊。

"你们是……"李恩打量几眼，突然瞧见了打扮成朱常洛模样的周鹤，失声叫道，"哟，太子爷？"

周鹤忙打了个噤声的手势："公公莫嚷。"

李恩赶紧捂了嘴，又透过指缝，急急道："太子爷来得正好，那郑娘娘……唉！万岁爷都那样了，她还是不让老奴守在跟前。"

周鹤点点头："这些我都知道，我来便是要对付她。李公公，待会儿照我吩咐行事。"

"哎哎，"李恩诺诺连声，"老奴听太子爷的，说句大逆不道的话，郑娘娘在里头，老奴不放心哪，老奴害怕她祸祸万岁爷……

不让万岁爷走得安生……"

正说着，那崔文升便领着几个大汉将军巡逻至此，见状不由得起了疑心："李恩，他们什么人？"

周鹤急忙低头，却被崔文升瞧出不对。还不等他上前，许蝉突然出手，在其脑后狠狠劈了一掌。崔文升一声未吭，倒在地上晕死过去。

众卫士大惊，刚要举枪，却被骆思恭低声喝止："太子殿下在此，谁敢放肆？都老实站你们的岗，一会儿听到什么，当没听见，看到什么，当没看见！"

"是。"

众卫忙退下，给徐振之等人让开了道路。

一行人来到殿前，徐振之便向李恩使了个眼色。李恩会意，轻轻拍打几下殿门："郑娘娘，郑娘娘……"

过了一会儿，里面传来了郑贵妃的低喝："嚷什么？有事找崔文升说。"

"可……可崔公公出去迎人了，让老奴过来跟郑娘娘回禀一声。"

"迎谁？"

"福王殿下。"

"什么，洵儿来了？我还没来得及通知他呢！"郑贵妃闻言，急忙打开殿门走出，"福王他现在哪儿？"

郑贵妃眼珠子熬得通红，刚要再问，便察觉不妙："你们……"

"得罪了！"骆思恭眼疾手快，不等郑贵妃呼喊，便举掌将她打晕，"殿下，臣将她和那姓崔的拖至别处看押，就不进殿了。"

周鹤点了点头，便带着徐振之一行进了弘德殿。

此时龙榻上的万历确实陷入了昏迷，嘴角流着涎水，腮上粘着药渣，枕边还放着一本包了黄边的诏册。

李恩心疼得又落了泪，也不敢大声哭，急忙掏出手帕，轻手轻脚地为万历拭面："老奴就知道，她郑娘娘哪会伺候人呀……"

徐振之取过那诏册翻开，只扫了几眼，便大觉后怕："还好赶上了……这上面不但要立福王为新君，还要册郑氏为后。"

许蝉向册上看了一下，皱眉道："这是他亲手写的？"

李进忠瞧了瞧那太医和李恩，忙插言道："皇上重病，哪里提得起笔？定是那郑贵妃矫诏。"

徐振之看着诏册上歪歪扭扭的字迹，未置可否，只是向那御医一挥手。

那御医也不作声，拉着万历手腕把了会儿脉，摇了摇头。又从药匣里取了几根金针，在万历头上灸了起来。待下好针，那御医便起身道："片刻就醒，但最多能撑一炷香的工夫，之后……唉。"

"知道了，"徐振之点了点头，"有劳。"

"那我在外头等。"御医说完，知趣地退出殿外。

这针着实管用。那御医前脚离殿，万历后脚便醒了。他张着无神的眼睛，瞧了瞧榻前众人，最后把目光落在了周鹤身上："太子……呵呵，朕没猜错……你还是有法子进来的……"

周鹤淡淡道："我必须来。"

万历又道："那诏册……看到了吧？朕写的……"

周鹤将那诏册拿来，慢慢撕成了碎片："弘德殿内，未见什么诏册。"

"好，好啊……"万历非但没吃惊，反而微微笑了一下，"这些年来，你总算敢在朕的面前硬上一回了……李恩……"

"万岁爷，老奴在。"

"你说，朕该把皇位……传给谁？"

"这……"李恩看了看周鹤，没敢说话。

"朕换个问法吧……待朕龙驭宾天后，你想继续伺候太子呢，还是福王？"

"万岁爷，"李恩伏地痛哭道，"老奴伺候了万岁爷半辈子，心气全用在万岁爷身上了。说句掏心窝子的话吧，若万岁爷……万岁爷真的大行了，老奴也不想在宫里待了，打算在天寿山上盖间屋子，给万岁爷守陵去……"

"朕知你忠心，倒也不必如此……若累了，就出宫吧，让太子替朕，从内库拨些养老银子给你……"

让太子从内库拨银子？

众人齐齐一怔，李恩也琢磨过味来："万岁爷的意思是？"

万历挪了挪身子："朕这身子底下，还藏着另一本诏册……你取了让他们看吧。"

"是是。"李恩答应着，伸手在万历身下摸，果然摸出一本同样包着黄边的诏册。那诏册表皮皱巴巴的，也不知在万历身下压了多久。

"这本是立太子为帝的，也是朕的亲笔……朕之前，偷着写了两本诏册……郑爱妃看得紧，这本朕只能藏起来……朕想着，就算你太子进不来，日后他们为朕换殓服时，也能发现……李恩，朕决定了，这本才是真的诏册，你先收着，待朕大行后，向文武宣读吧……"

"老奴遵旨！"

"朕还有些话要跟太子说，你退下吧。"

"万岁爷……"

"退下吧。"

李恩无法，含泪叩了再叩，默然出了殿。

万历帝看了眼周鹤，又笑道："太子，朕猜你想问为什么吧？其实朕之前确实想立福王的……可在这病榻上躺了这么久，突然想通了……于公于私，都只能立你啊……"

见周鹤不语，万历又道："你在朕面前，向来唯唯诺诺……可朕到了最后，终于想明白了，那不是真的你。从最初的国本之争，到'妖书案'，再到那'梃击案'……看似是你吃了亏，可结果占尽便宜的都是你……步步为营，韬光养晦，太子，你不简单啊。洵儿他，斗不过你的……"

周鹤冷冷道："这便是私？"

"是私，也是公。如今建酋兴兵关外，我大明江山，需要你这等腹有韬略之主……若洵儿来管，他守不住的，成了亡国之君，他也落不到什么好下场……朕知道对不住你们母子，也知道郑贵妃与洵儿之前的胡作非为，可朕就是喜欢他们……没办法，朕喜欢他们啊……太子，你有喜欢的人吗？"

周鹤沉默了半响，突然叹了口气："我有。"

"那你应该能懂朕……真要喜欢上一个人，不管她年纪多大，也不管她做了什么，只要她能陪着你，听她说几句话便很快活……太子，朕把江山给你，换他们母子后半生的平安，行吗？"

说到最后，万历几近哀求。徐振之等人无不暗叹，想不到这看似昏庸的万历皇帝，居然用情如此之深。

"太子……好洛儿，算父皇求你，你已经得到了你想要的，给你庶母和弟弟一条活路吧……"

周鹤不敢做主，只是看向徐振之。

徐振之长叹一声，点了点头："我们答应了。"

"你是谁？"万历猛地转过头，"朕问的是太子！尔等锦衣小校插什么言？"

见万历即将油尽灯枯，徐振之也不忍再瞒他，将头顶的黑纱幞头缓缓摘下，把面容清楚地露了出来："圣上，我是徐振之，先前曾与叶阁老金殿面君。"

万历端详了半天，这才想起来："你……你是那个为秦良玉讨要龙袍的人？"

"正是，"徐振之又道，"还有一事，振之思来想去，觉得应向圣上禀明。其实真正的太子殿下，已在关外辽东与八旗军的交锋中战死……眼前这位，实际是他的替身。"

"什么？那你们……"万历帝大惊，"来啊，李……"

李进忠慌了，上前一把捂住了万历的嘴。

"不可放肆！"徐振之低喝一声，"圣上放心，我等绝非谋朝篡位，只要接过大统，便会传位于皇孙朱由校。"

万历张着嘴巴，使劲喘了几口粗气："洛儿……他为何去了辽东？"

"殿下不甘萨尔浒之败，便决定出关打探，结果遭遇洪台吉的亲兵卫，力战后，中箭不治……殿下临终前，还说过'天子守国门，君王死社稷'。他此生，无愧于朱家的列祖列宗！"

"天子守国门，君王死社稷……"万历怔怔念了几遍，眼角流下两行清泪，"洛儿，你比朕有骨气……就凭这句话，朕可以把皇位传给由校……"

徐振之一揖："谢圣上恩典。"

万历帝也不知哪里来的力气，突然一把攥住徐振之的手腕："可你如此谋划，事成之后，究竟要得到什么？"

徐振之正色道："我别无所图，只为我大明国祚延绵。上对苍天，下对君父，我徐振之事成后，不受一官，不要一赏！"

"叫朕如何信你？"

许蝉再也忍不住："他算起来，也是你的女婿，为何不能信他？"

"女婿？"

许蝉也摘下帽子，脱下了外面的卫服："他是我相公，我和太子的生母都是王恭妃，我的本名，叫作朱轩媖……"

万历这一惊，又是不小："朱轩媖……你……你是云梦？你没死？"

"我没死，"许蝉慢慢从脖子上摸出那只小金锁，哽咽道，"这是我小时候戴过的东西，娘死前，将它给了我……"

"是，朕记得这金锁……你的眉眼，确实有些王恭妃的样子……"万历心中激动，喘气也越来越急，"你是朕的女儿……孩子，你上前来……"

许蝉轻轻摇了摇头，跪在地上，向万历磕了个头："你虽是我生父，却囚我生母一世，压我胞兄半生……这一拜，是跪谢你生了我，但你于我并无养育之恩，云梦公主朱轩媖已经死了，我现在的名字，叫作许蝉。"

"许蝉、许蝉……呵呵，朕这……这一辈子……"万历身子抬了几抬，慢慢合上了眼睛。

见他嘴角还在微微翕动，李进忠忙将耳朵凑了上去。

"荒唐啊……"

说完这句，万历便没了气息。李进忠又在他鼻底拭了拭，这才直起腰来："徐公子，皇上宾天了。"

看着那慢慢僵硬的万历，许蝉心里莫名凄楚，又怔怔流下泪来。

徐振之叹了一声，来在殿外："李恩公公。"

李恩两腿一软："万岁爷他……大行了？"

"公公且忍住悲凄，眼下须到思善门，向几位顾命大臣宣布遗诏。"

"是是。"李恩忙憋着泪，捧着诏册与徐振之下殿。

思善门一开，王安早便与左光斗、杨涟等一众大臣候在外面。一见李恩手中诏册，众人慌忙跪倒。

李恩哆哆嗦嗦地展开册子，带着哭腔念道："宣大行皇帝遗诏……朕以冲龄，缵承大统，君临海内，四十八载于兹，享国最长，夫复何憾？念朕嗣服之初，兢兢化理，期无负先帝付托。比缘多病，静摄有年，郊庙弗躬，朝讲希衔，封章多滞，寮寀半空。加以矿税繁兴，征调四出，民生日蹙，边衅渐开。夙夜思惟，不胜追悔，方图改辙，嘉与天下维新，而遘疾弥留，殆不可起，盖愆补过，允赖后人。皇太子聪明仁孝，睿德夙成，宜嗣皇帝位。尚期修身勤政，亲贤纳谏，以永鸿图。皇长孙宜及时册立。瑞王、惠王、桂王各择善地，令早就藩封。大小臣工，务协恭和衷，辅理嗣君，保乂王室，是皆朕惓惓之至意也……"

"不！"随着一声尖叫，郑贵妃跌跌撞撞地奔了过来，扑到李恩面前就要抢夺，"那不是真的！你们改了诏书！那诏书我见过，皇上要立洵儿为帝，他还要立我为皇后的！"

"大胆！"田尔耕唰地抽出刀来，"先皇遗诏，谁敢抢夺？"

"我瞧你才是胆大包天！"

又是一声大喝，阴影里走出几个人来。打头的那个是骆思恭，可他却被五花大绑着。身后三人，一个是崔文升，一个是郑养性，比他俩高出半头的那个，居然是锦衣卫都督王之祯。

王之祯看着田尔耕，哼道："若非小郑金事报信，我竟不知你们敢闯下这等无法无天的大祸！左右听令，将这田尔耕拿下！"

几名顾命大臣登时拦道："不可，田尔耕是依太子之命行事……"

"我眼里只有皇上！"王之祯见那些大汉将军还未动，怒喝道，"怎么，本督的督令你们敢不……"

"去你娘的督令！"又一个人从黑影里跃出，竟将那王之祯一脚踹翻。众人齐齐一瞧，发现居然是许显纯。

许显纯武进士出身，拳脚自然了得，还没等王之祯爬起，便一把捏住了他颈后麻筋，又回头冲着田尔耕道："老田，你他娘的还不让老子来！瞧瞧，没老子能行吗？"

王之祯怒道："许显纯！你以下犯上，想造反吗？"

崔文升和郑养性也急催着那些大汉将军："快啊！别愣着了，快将这些反贼拿了！"

"都住手！"再一个人影，慢慢走了过来。

郑贵妃看得真切，猛然扑上去："朱常洛！你假传遗诏，你大逆不道！"

许蝉没说二话，冲着郑贵妃腿弯一脚，将其踢得跪倒，又将秋水剑架在了她的颈间。

周鹤绕开郑贵妃，缓缓上前："列位臣工，先皇遗诏都听清楚了吧？"

左光斗与杨涟当即跪倒："回圣上，臣等皆已听清。"

周鹤点了点头，又向李恩道："李公公，先皇大行前你也在场。那遗诏可有改过？"

"回太子……不，回皇上。老奴可做见证，那先皇遗诏，一字未改。"李恩说完，又将那诏册亮给了众人，"各位大人，你们自己瞧瞧吧，这确是先皇手迹……"

"李恩，你这狗奴才！"

郑贵妃刚喊了一声，便觉脖子上一紧。许蝉冷着脸，低声道："再嚷上一声，别怪我无情！"

周鹤来到骆思恭前，伸手解去他身上绳索："李进忠，传朕口谕。"

"是，"李进忠赶紧道，"圣上口谕，锦衣卫都督王之祯勾结外戚，意图不轨，就地革职，永不复用；左军都督府待俸都督金事郑养性祸乱宫禁，褫其封号，夺其世袭，发配万寿山守陵三年；骆思恭、田尔耕、许显纯三人，护驾有功，立即封赏，擢骆思恭为锦衣卫都指挥使，田尔耕、许显纯，俱为锦衣卫指挥金事！"

"谢吾皇万岁！"

"你们假传诏书……"郑贵妃瘫在地上，眼泪"吧嗒吧嗒"地滴下，"皇上要封我为皇后的……他真的是要封我为皇后的……方阁老，你是内阁首辅，你倒是说句话啊，你就眼睁睁瞧着，他们这伙人欺负我们孤儿寡母吗？"

"这……"方从哲犹豫了一会儿，"各位大人，先皇与郑贵妃着实是感情笃深，说不定真的……"

"方从哲！"左光斗怒喝道，"你要和稀泥，也得分个场合！"

杨涟也冷冰冰道："方相，如今新皇已立，你这副鼠首两端的做派，可不配统领百官！"

"放肆！"郑贵妃哭骂道，"你们这等小官小吏，竟敢……"

"郑娘娘！"李进忠声音一抬，又伏在郑贵妃耳边，"小的给娘娘提个醒，您口里的皇上，已经龙驭宾天。现在的皇上，之前您可没少得罪。嘿嘿，您和福王爷还能不能有命，如今只是皇上一句话的事，您要是不怕，只管再接着闹。"

这每字每句，都让郑贵妃不寒而栗。她虽然不愿承认，可那却都是实话。完了，彻底输了，郑贵妃愣了半晌，突然爬起来，失魂落魄地奔向乾清宫："皇上，让妾身再看你一眼……"

见她跑远，李进忠赶紧悄声向徐振之问道："要不要小的捉她回来？"

徐振之叹了口气："由她去吧。"

"那这崔文升？"

"也一并放了。"

对郑福一党不究不问，除去是履行对万历的承诺外，还有一个重要的原因，便是安定朝纲。这些年来，郑福一党笼络过不少人，在朝中的势力，可谓盘根错节。新帝登基，局势未稳，徐振之此举就是为了让百官看看，当今圣上宽宏，连崔文升这等祸首都肯放过，其他人自可安心辅佐。

因万历的灵柩还停在乾清宫，故而新君只能暂居东宫慈庆。第二天，周鹤便于文华殿升座，以朱常洛之名处理政务。当务之急，乃先皇国丧。因万历生前早在万寿山上修好了定陵，埋葬的地方倒是不愁。但帝王逝后，需有谥号、庙号，如何给万历定评，却是难坏了群臣。

方从哲咬着笔杆子想了几天，便拟了个"显宗恭皇帝"。见阁部递了这种称谓，徐振之不由得暗叹，那方从哲果然是个和稀泥的高手。照谥法所定，这"恭"谥里，除去临终时"知过能改"外，像那"尊贤贵义""夙夜敬事""不懈于位""勤恤民隐"等，万历一样也不沾边。然因要为尊者讳，也不好用"荒""炀""纵"等恶谥，故而徐振之与一众东林大臣商议许久，先将庙号，改为了"神"。这"神宗"之谓，明褒实贬，暗指他多年怠政，神龙见首不见尾。再将那个内阁拟的那个"显"字，挪至后面，成了"范天合道哲肃敦简光文章武安仁止孝显皇帝"。

万历盖棺定论后，他生前积累的弊政也需及时革除。如今，内阁仅方从哲一人，应该及时增补。部院、科道常年缺官，尤其都察院下设十三道，按制应有御史一百员，可现在却仅有五人在职。

于是乎，擢东林元老韩爌、刘一燝为东阁大学士，入阁参赞机务。昔年因直言进谏而获罪的言官、净臣，尤其是在东林的，皆一一下诏召回。不仅如此，周鹤还以新君之名，于七月二十二、二十四两日，连发内帑各一百万两，一份解赴关外，抚恤辽东将士；一份解赴九边，犒赏守疆吏卒。并下旨废除万历朝的矿税、榷税，撤回遍布各地的矿监和税监。

新政一颁，朝野上下无不叫好，群臣拥护、百姓爱戴，就连那郑贵妃也感觉大势已去。然而她仍不甘心，只是赖在乾清宫中终日哭泣，死活不肯离去。

这天夜里，郑贵妃抱着万历生前穿过的龙袍黯然垂泪。一连几日，她水米未曾打牙，整张脸似被刀子削过，瘦得有些吓人。除去伤心，郑贵妃更多的还是害怕，那老太监说得对，如今朱常洛当了皇上，她和洵儿的命，便攥在人家手里了。

八月初一，就是朱常洛登基的日子。他想何时下手？是要明旨赐死，还是派人暗杀？一想到暗杀，郑贵妃没来由地打个哆嗦，是啊，行刺是个好法子……悄无声息，斩草除根，洵儿！你在洛阳还好吗？

渐渐地，郑贵妃眼前浮现出一群提刀的锦衣卫，疾疾奔赴至福王府前，再一推，那府门便"吱呀"开了……

"不！别杀他！别杀我的洵儿！"

"娘娘，是奴才。"

郑贵妃回过神来，这才发现，方才"吱呀"一声后，开的是所居的那扇殿门，进来的也不是什么刺客，而是几日没露头的崔文升。

"崔文升？你这些天去哪儿了？"郑贵妃又惊又喜，可当看清他一身粗布短打后，眼泪又忍不住掉了下来，"是了，树倒猢狲散。你这副打扮，是来找我辞行吧？你走吧，我不拦着……"

崔文升慌得赶紧叩头："娘娘把奴才当什么人了？娘娘对奴才有恩，奴才死都不会离了娘娘！不过，奴才前两日的确不在宫中，而是去外头寻了八个绝色美女。"

"美女？"

"对。奴才准备将这八名绝色作为一份厚礼，送给那朱常洛示好。"

郑贵妃一皱眉："可现在是国丧期间……"

崔文升笑笑："放心吧，娘娘，他肯定会收的。奴才打听过了，那朱常洛看似无懈可击，实则有个致命的弱点，那就是好色。"

"何以见得？"

"娘娘听奴才慢慢说，朱常洛原有个太子妃郭氏，郭氏病死后，他虽然未再立正妃，却纳了不少新人，什么刘淑女、王才人、东西选侍，这妃那嫔的，大大小小共有九个之多。奴才还听说，他跟皇孙那个俊俏奶妈子也不清不楚，时常避着人躲在屋里，想来也是为了床上那点事。不仅如此，那选侍中有两个姓李的，居慈庆宫西头那个，都称她西李。这西李性子悍妒，行事乖张，可凭着一张好脸蛋，就能把朱常洛迷得神魂颠倒。娘娘有所不知，朱常洛的儿子大多夭折，仅存的朱由校和朱由检，生母俱是死在那西李手上。"

"当真？"

"断无虚言。朱由检的生母刘淑女，先前不知何事得罪了西李，西李便去朱常洛那里哭闹，结果朱常洛大怒，当即就将刘淑女遣死；朱由校的生母王才人，在太子妃郭氏死后，便属她在东宫女眷中地位最高，可那西李仍是恃宠而骄，就在去年，只因一场口角，竟派人将王才人活活殴打至死。这两桩事出后，朱常洛非但没怪西李，反将朱由校、朱由检两个孩子过继到西李名下抚养……娘娘请想一想，那朱常洛岂止是好色？他简直是色中饿鬼啊！"

郑贵妃拭了拭眼角："照这么说，那西李的路子，咱们得走一走？"

"西李那边，奴才早有打算，"崔文升又道，"奴才另找的这八名美女，每个都比西李好看百倍，况且，这八名美女皆被调教过，有得是那狐媚子手段，只要他朱常洛沾上，不出两日，嘿嘿，怕就下不来床了。"

郑贵妃点点头："我懂了，你的意思是说，献这八名美女不光是为了示好，还能用软刀子割肉，将他的身子拖垮？"

"软刀子割肉虽然解恨，但难免夜长梦多。"崔文升冷笑一声，又从怀中掏出一个小瓶，"还得给他加点料！"

"这是什么？"

郑贵妃刚想打开塞子，却被崔文升急急阻止："娘娘别碰，这里面是蛊虫，仅有这一只。"

郑贵妃一惊，忙把手缩回："你怎么会有这种东西？"

崔文升道："娘娘，奴才先跟您告个罪。其实这东西，原本是想用在先皇身上的。"

"什么？你……你居然……"

"娘娘且听奴才解释。这蛊虫产自苗疆，吃了死不了人，但据说服下后，那人便会乖乖听从下蛊之人的命令。奴才说要给先皇用，自然是为了娘娘，可这蛊极其难找，奴才派人去苗疆寻了好多年，才在一个老苗巫手上寻到了这一只。那老苗巫当时还不肯给，那些手下便将他杀了夺来，紧赶慢赶地送上京，结果还是迟了一步。"

"真有那么神奇？"

"应该不假。据寻蛊的人说，这东西放在整个苗疆都是圣物，为保护这蛊虫，三个苗寨的人都不惜豁出了命，最后全被咱们的人杀绝了。"

郑贵妃有些不放心："那些寻蛊之人……"

"何须娘娘嘱咐？奴才一拿到这蛊虫，就将他们……"崔文升伸出手，朝着自己脖子上一抹。

"嗯，"郑贵妃点了点头，又道，"可这蛊怎么下？朱常洛如今做了皇帝，三餐饮食皆有尝膳试毒的，别说是咱们给的东西他不会入口，就算他肯要，这仅有的一只蛊虫，也会下到尝膳人身上。"

崔文升笑笑："这蛊咱们不送，就等着他自己来要。"

"说清楚些。"

"娘娘可知道红丸？"

"红丸？"

这个名字，在后宫的人恐怕都不会陌生。说起来，这还是嘉靖年间的一桩旧事，当年世宗嘉靖帝笃仙信道，四处寻找长生之方。后来便有术士献红丸，也就是所谓的"三元丹"。世宗服了红丸后，大觉身强体健，连呼"仙丹"，遂下令再多多配制。然而这红丸颇为怪异，如今制法已不可考。只听说主料貌似要用童女的首次经血，

298

还有什么夜半初露，混着人乳、松脂、红铅、辰砂等物淬炼而成。

单听那主料，便觉匪夷所思，可当时世宗入了迷，竟下诏遍选童女入宫配药。前前后后找了上千名尚未成年的少女。这些少女入宫后，便被灌药催经，时常有人承受不住血崩而亡，那些活下来的，也被折磨得面黄肌瘦，生不如死。世宗将她们当成了药渣，日夜摧残，终于引起了少女们的暴动。其中有个叫杨金英的，联合了十来个胆大的宫女，趁世宗睡熟之时将绳索套在他脖子上，打算将其勒死。岂料众少女慌乱中竟把那索套打成了死结，世宗因此逃过一劫，反将叛乱的少女尽数凌迟。经此一难，世宗不免后怕，赶紧下旨停炼了红丸，并吓得搬出紫禁城，在西苑万寿宫住了多年。

想到这儿，郑贵妃忙追问道："如今这世上还有人会制红丸？"

崔文升摆手道："那东西的制法已然失传，但奴才却打听到，鸿胪寺丞李可灼手上，还珍藏着三颗。李可灼的祖上当过嘉靖朝的高官，曾以'荐仙之功'蒙世宗赏赐红丸三颗，李家得了那'仙丹'，视为珍宝，也没舍得吃，就这样代代传了下来。"

"可我还是不懂，这红丸与那蛊虫如何联系？那朱常洛又怎么来讨？"

"这便要靠那八名美女的手段了。娘娘知道，奴才出身医药世家，还掌着御药房，是懂些医理的。据奴才分析，那红丸服下后会让人精神大振，原因没有别的，只因那红丸就是一种极其罕见的春药。咱们只待朱常洛被掏空了身子，就找人放出风去。后面的事，那还不容易了？等朱常洛中了蛊，咱们就让他下诏传位，到时候，这皇位自然就换成福王爷来坐了！"

"是个法子，"郑贵妃眼中又闪出了光芒，"若此事能成，你就是司礼监掌印！"

"奴才倒不在乎封赏，"崔文升又道，"娘娘，在此之前，咱们得在朱常洛面前低头。所以奴才斗胆，请娘娘先离了这乾清宫，给他朱常洛腾出地方来。"

"是得先低头了。那你去跟司礼监说吧，为了不耽误新皇的登基大典，我这个先皇遗孀，就搬去慈宁宫住了。"

新帝即位后，仿佛天地日月都换了新颜，那垂垂老矣的大明朝，返老还童般重现了勃勃生机。朝中万象更新，四方各地也屡有祥瑞来报，什么江南浮龙云、塞上映佛光、凤阳凝彩烟、金陵生灵芝。最稀罕的，是西北藩兰县的奏表。九曲黄河十八道弯，一道就弯在了藩兰。这天附近的百姓起来，皆是目瞪口呆，原来那浑汤子般的黄河水，竟在一夜之间变得清澈透明，上下数十里，水面如镜，可鉴人影，这不仅是百年一遇，千年怕是也瞧不见几回。

古谚云：黄河清，圣人出。如今的圣人在哪儿？不正在紫禁城里的龙椅上坐着吗？这消息一到京师，文武群臣无不欢呼雀跃，祭天的祭天，拜地的拜地，皆说天地神灵庇佑大明，总算盼来一位中兴之君。

可群臣高兴了没几天，就觉出了不大对劲。登基大典不久，圣上的脸色就慢慢变得青白，脚底下也好像没了根，有时候出来进去，竟得靠王安搀扶。

圣上正值壮年，怎会如此虚弱？莫非这新皇帝不光在龙书案前操劳，在寝宫的床笫上也挺勤奋？

开始，大臣们还不太敢相信，怕自己猜错了，便偷着找来不少御医，挨个躲在殿外瞧。既然是偷瞧，闻问切没法用，只能使那"望"字诀。所有御医瞧了个遍，说来说去，无非就是一个字，虚。

怎么虚的？显而易见，历代皇帝中不少都有这毛病，原因都差不离，甘露洒太多。群臣你瞧我，我瞧你，这怎么话说的？先皇那会儿，大伙都递表上折子，劝他雨露均沾。可到了儿子这辈，倒是不用劝了，新皇岂止是均沾？简直就是不挑，听说连郑贵妃送的人，都照单全收，一收便收了八个！

自古以来，就是裤裆里那点事不好劝。怎么劝？换成寻常人都不好开口，何况是皇上。怎么说？当年万历那副病恹恹的样子，都得昧着良心夸上句生龙活虎，如今皇上正当少壮，敢说他不行？他能先让你不行！并且现在的新皇，除去好这一口外，其他事都办得井井有条，就算以敢言著称的左二杆子和杨二愣子，也不大好意思开口去骂。

眼见新皇一日比一日憔悴，群臣实在坐不住了，先是文绉绉地上疏，论些什么修身养性之道。再是慎起居、保元阳，最后便成了收敛淫欲、少近女色，就差直接说请皇上管住胯下那话儿了。

新皇这点像是随了万历，对群臣的上疏不恼不表态，一股脑地留了中。后来索性称病不朝，待在内宫不见人了。

天爷，真不愧是爷俩。可不同的是，新皇是真有病，并且还病得不轻。

不光群臣担心，就连后宫的西李也是又妒又恨。可有什么法子？自打那八个美女进门，新皇就恨不得见天待在屋里不出来。一男八女九个人，一待就是一整天！铁打的身子都禁不住这么折腾啊！

这天，西李又打那附近路过，还没到近前，就听新皇屋里传出女人的尖叫，那动静一声高似一声，一阵连着一阵，差点把窗户纸给震破了。

王八蛋！之前怎么没见你有这般大能耐？

西李在东宫骄横惯了，如今从太子身边人成了皇上身边人，那脾气自然也得跟着翻上一番。她妒火中烧，回去拉了皇太子朱由校和他九岁的弟弟朱由检来，就要带着孩子往那寝宫闯。

守门的王安见状，赶紧来拦："选侍娘娘，圣上现在不方便。"

"我知道他不方便，他在里头忙着跟那八个狐媚子快活呢！"西李冷哼一声，"没事，他忙我不忙，我进去开开眼，瞧瞧他们弄了些什么花样。"

"娘娘留步！"

"怎么着王安？你现在可不得了，司礼监秉笔了，我这小小的选侍，你瞧不上眼了是吧？"

"不敢，"王安急忙赔笑道，"我也是托了圣上洪福。娘娘，我昨晚还听圣上提起过，他再过几天，就打算加封娘娘为皇贵妃呢。"

一听这话，西李心下多少松快了些，但她脸上依然板着："什么贵妃，我要当皇后！"

"是是，回头老奴就把娘娘的意思，转达给圣上。"

"别回头，现在就说！"西李在朱由校和朱由检身后齐推了一把，"快，你俩赶紧叫，把你们那爹给我喊出来！"

朱由校低着头没作声，朱由检年纪小，"哇"的一声哭了。

"哎哟！"王安赶紧将朱由检抱在怀里，"娘娘，您别难为孩子啊！我向您保证，那皇后的位置，定准是您的！那八个狐媚子，圣上就是图个新鲜，等这劲儿一过，也就爱答不理了。您听我的，眼下圣上正在兴头上，贸然闯入，会适得其反。娘娘请先回去，耐心等待佳音。"

西李想了想，总算答应了："记住是皇后啊，贵妃我瞧不上。"

"肯定忘不了。娘娘请吧。"

西李朝那寝宫的方向啐了一口，这才转身回头，临走还没少向两个皇子埋怨："听听你们那个爹，这才刚当了皇上，就要这般折腾。还是大白天呢，也不知羞，呸！"

待三人走后，屋里的动静也停了下来。王安四下望了望，这才轻轻敲了敲那殿门。

殿门开了一线，里面露出了周鹤的面容："走了？"

王安点了点头，看着他脱了相的脸，心疼道："周鹤，还撑得住吗？"

周鹤摇了摇头，苦笑道："没事，徐公子说了，郑贵妃那边送人过来，定然是有什么诡计，咱们就如她所愿，瞧瞧她能有什么花招。"

"可总这样，身子受不了的，要不你吃点东西，再好歹歇一下吧？"

"我本就是个要死的人，戏不做得像些，他们不会轻易上套。公公放心吧，我有数的！"

周鹤说完，便将殿门关死，又摇摇晃晃地走向那殿内的八名美女。

"朕的口味，跟别人不大一样。你们叫得越厉害，朕便越欢喜！众美人歇得怎么样？咱们再来？"

回应他的，只是几声呜咽。因为这八名美女此时，皆被牢牢捆在几根殿柱上，嘴里还横绑了一根布条。

"别怪朕心狠，要怪，就怪你们跟错了人！"

周鹤说完，便挥拳向其中一名美女打去。那美女"呜"的一声哀号，眼泪鼻涕齐下。

"轮到你了……"

周鹤一个个打去，殿内的喊叫之声，登时此起彼伏。

新皇八月初一登基，前半月殚精竭虑地处政，后半月起，就开始拿汤药吊着一口气了。皇上得了病，须得御医去瞧，可新皇面皮薄，也知自己这病不大光彩，竟不肯用御医，反要从宫内太监里寻些懂医理的来看。内监里懂医理的，就是掌御药房的，那个掌御药房的，自然便是崔文升。

可这崔文升是郑贵妃的人，所以他来为新皇把脉时，司礼监、阁部等不少重臣皆在场。见众人虎视眈眈，崔文升也不敢要花招，只得老老实实地诊断。

摸了半天脉象，崔文升才道："圣上邪热内蕴、肚腹郁结，须用大黄、石膏为引，泻火通利……"

在场人也有稍通岐黄的，当即便喝道："通利之方不就是泻药？圣上龙体虚弱，如何禁得住那虎狼烈药？你这奴才是何居心？"

崔文升赶紧叩首："奴才自然知道那通利方是虎狼药，所以才提前说明。诸位大人，恕奴才直言，圣上这病着实棘手，邪火越积越多，必须早些通散，可硬要使药去泻，龙体却又吃不消。既能祛热又不伤疲身的，奴才之前在医书上倒是查到过一种，唉，只可惜……那药的制法已然失传了。"

王安皱眉道："先别管它失不失传，那药是什么？"

"三元丹。"

"三元丹？"众人你瞧我我瞧你，皆有些茫然。

崔文升忙解释道："就是当年嘉靖爷修仙炼气时，经常服用的红丸。"

"红丸？"方从哲突然一拍脑袋，"我前几天下朝回家，在路上曾听小儿传唱过一首歌谣，貌似就与这红丸有关。"

"阁老快说，那歌谣唱了些什么？"

"我想想……哦，三元仙珠红丸丹，鸿胪寺丞李家传，若能讨得半颗吃，延年益寿活神仙。"

"现任的鸿胪寺丞，好像确实姓李……李什么来着？"

"李可灼！"

"对，就是他，可他家为何会有那什么红丸？"

"叫来一问不就清楚了？"

"等等，"方从哲有些不放心，"那红丸是方士的东西，真能当药使？"

"不错，阁老所虑甚是。这世上哪有什么仙方仙丹，不过是那些方士糊弄人的伎俩，不可信，绝不可信！"

听到这里，病榻上的周鹤突然开了口："医者无用，仙方又不可信，你们……你们难道盼着朕死？"

群臣慌得赶紧跪倒："圣上明鉴，臣等绝无此意，只是担心那丸药有害无益。"

"那红丸，朕也听说过。自打太祖开国，在历代先帝的寿数中嘉靖爷可排第三位……他素来服用红丸，后来才因宫变停服。当年他若能一直吃下去，恐怕寿数会超了洪武爷和永乐爷。那红丸是至宝……朕要试一试……"

"圣上三思啊！"

"就这么定了……"周鹤不容分说，"速让李可灼来献！"

当崔文升将这消息带回，郑贵妃就开始急急筹备。等李可灼将装有三颗红丸的锦盒献进宫后，她便以探视为名，闯到了周鹤的病榻前。

一见周鹤，郑贵妃便向病榻轻施一礼："万岁，听说我那蠢奴才向你荐药了，可万不能听他胡说八道，万一那红丸有害无益……"

周鹤缓缓道："不妨……若那红丸真有奇效，朕还要重重封赏崔文升的荐药之功……"

郑贵妃心中暗喜，却装作担心的样子，轻轻取过了装着红丸的锦盒。

这锦盒古朴，确像是数十年前的东西，盒上还贴着嘉靖朝的封，封条黄旧，绝无撕拆的痕迹。

"王安他们查过，李家这仙丹确是祖上传下的……王安，替朕打开吧……"

"是。"王安接过锦盒，慢慢撕开了封条。

郑贵妃见状，突然跪倒在地："万岁，且不说这红丸是真是假，光是放了这么些年，怕是早已腐坏了。这荐药人是崔文升，若万岁服食后有什么不适，那我可就百口难辩了。所以，我斗胆请求试药。"

见郑贵妃终于露出了狐狸尾巴，王安与周鹤偷偷交换了一下眼神："试药自有其他奴才，郑娘娘千金之躯，不必如此犯险。"

郑贵妃轻叹一声："我之前做了许多恶事，新皇宽宏，却未再追究。这些日子以来，我回想起前事，便羞愧无地。说实话，我这次以身试药，一来是自证清白，二来是为了向万岁表忠心，万岁爷若能给我一个改过自新的机会，就请成全吧！"

周鹤点了点头："也好……朕要是再拦，倒拂了郑娘娘的美意……"

"谢万岁！"

郑贵妃接过锦盒，不由得暗皱眉头。只见盒中三颗红丸皆已腐坏发黑，还隐约传出一股怪味。她仍然强忍着，将手掌慢慢伸入了盒中。郑贵妃手上还戴着一枚长指甲套，这甲套内部中空，里头提前藏了崔文升寻来的那只蛊虫。趁着王安和周鹤不备，郑贵妃便将套尖插入其中一颗丸药内，待那蛊虫爬入，再匆匆捏了几下表皮，将其封在里头。

做完这些，郑贵妃将心一横，从边上拾起另外一丸，眼一闭嘴一张，径直将那丸药吞咽入腹。

"再等半天，若我没事，万岁再服。我先告退了。"

"有劳郑娘娘。"

郑贵妃谢了恩，便强忍着干呕恶心，跌跌撞撞地奔出殿门。

周鹤冷冷一笑，慢慢从榻上坐起："王公公，方才你瞧见了吗？这奸妃在药上做了手脚。"

王安点了点头，叹道："她应该是下了毒。这妇人的心肠可谓蛇蝎，若不是当初答应了先皇，真不该留这种祸害于世。"

"不过她这样一来，倒也正合我们的计划。"周鹤缓缓道，"就让她'得逞'吧，这毒害天子的罪名，足以让她待在冷宫过下半辈子了。"

让郑氏"得逞"，周鹤自然会丧命。王安心头一酸，也不知该说些什么："周鹤，我代死去的太子爷，代大明江山……"

"王公公，不用这样……"周鹤苦笑着摇了摇头，"自从当了太子的替身，我便知道，自己早晚会有这么一天。先前见那奸妃只在一颗药上动了手脚，那我就再多活两天吧。不过公公，等我要死的那天，请你帮我完成一个心愿……"

"周鹤你说，只要我王安做得到！"

"我想死的那天，让印月姑娘陪我走完最后一程……"

王安一怔："这是自然。印月那丫头，还得帮你乔装改扮。"

"那就没事了，"周鹤微微一笑，"有劳公公帮我弄些吃的来吧。"

从乾清宫回来，郑贵妃便和崔文升不住地祷告，盼着朱常洛能先吃那颗下过蛊虫的药。可等了一宿，却听说朱常洛居然能下榻站起，还在王安的搀扶下，到群臣面前走了一圈。

见那红丸果有奇效，群臣自然无不欢喜。郑贵妃也没太过沮丧，因为她知道，只要那红丸有用，朱常洛少不得还要服，迟早会将那颗蛊丸吞到肚中。

八月初一登基，九月初一也该死了。

选准了日子，周鹤便决定服毒自尽。徐振之等人纵有不舍，却也无可奈何，以周鹤一命换来社稷绵延，孰轻孰重，自不必言。但他们不忍亲眼见着周鹤赴死，只能远远躲在香山小筑，将那苦酒饮了一杯又一杯。

入夜，乾清宫寝殿内，默然陪在周鹤身边的，只有客印月。

自从得知朱常洛的死讯后，客印月就变成这副寡言少语的样子，不轻易哭，更不轻易笑，冷冰冰的，一如当年的朱常洛。

当客印月一声不吭地将周鹤扮好，寝殿内便陷入了死寂，安静得连一根针落在地上都能听见。

二人又对坐了半晌，周鹤的一声轻叹打破了这沉闷的压抑："我要死了……"

客印月木然点了点头，漆黑的眸子中瞧不出任何悲喜。

"那奸妃送来的八名美女，我没碰。"

"我知道，"客印月总算开了口，"可你是将死之人，应该尽情享受的。"

周鹤摇头苦笑："心里头有人了，容不下其他的。"

一听这话，客印月心头似被什么扎了一下，盯着周鹤看了半晌，轻轻叹道："想不到，你也是个痴人。说吧，说出那个女人的名字，你死之后，她会一世富贵。"

"我不敢……"

"你不敢？再不说，就没机会了。"

"是啊，再不说，就真的没机会了，"周鹤低头怔了一会儿，一字一顿道，"那女人的名字……叫作客印月！"

客印月先是一愣，继而无名火起，劈手甩了周鹤一个耳光："你敢拿我消遣？"

周鹤也似有了勇气，猛然抬起头，直直望着客印月："没错，那个人就是你！我爱的人，就是你！"

"你混蛋！"客印月又羞又恼，连抽了周鹤几个巴掌，"你……你再说一句试试！"

周鹤眼睛都没眨一下，顶着满脸的指印，倔强地抬着头："说多少遍都一样，客印月，我爱你！从小时候，你给主子包扎时，我就躲在一边看，我羡慕主子！我真的很羡慕他身边有你！当我被选为主子的替身时，我激动得要命，激动得好几天都没睡着！因为，我终于有接近你的机会了，你知道吗？每次你为我乔装时，都会骂我，让我别乱抖。可我，那已是在强忍了！因为，每当你的指尖触在我脸上时，我都会忍不住发抖，我控制不住啊！我控制不住地喜欢你！控制不住地让自己爱上了你……"

客印月身子摇了几摇，突然捂住耳朵："别说了！我不听、我不想听……"

"我要说！"周鹤歇斯底里地吼道，"再不说我就要死了！客印月，我爱你！这一生都只爱你！"

"你闭嘴！闭嘴啊……求求你周鹤……不要再说了……"

"不！我就是爱你！我死之前，一定要让你知道，我是真的爱你！"

一样的容颜，却说着不一样的话，客印月心中的冰山似在一瞬间轰然融化。泪雨滂沱中，她已分不清是真是假，脑海里浑然一片，模糊的泪眼中是朱常洛的面庞，是朱常洛的眼睛，是朱常洛的鼻子，是朱常洛的嘴巴……

你知道吗？这个爱字，我等了有多久？等得都快忘记了自己是谁。这是梦吗？一定是的，可我不想醒，我只想永远沉醉在这个梦中。这一天，我等得太久太久，真的不想醒来……

渐渐地，客印月的眼神变得迷离："你……真的爱我吗？"

"真的，我这一生，只爱你一人！"

客印月脑中似炸开一道闪电，如痴如迷，猛扑到周鹤身上。

主子！印月也爱你！印月这一生，只爱你！

炽烈的心，炽烈的唇，两个炽烈的身体，也在炽烈地交织、纠缠，紧紧盘绕，难分难舍。

终于，那急促的喘息声渐渐平静下来，周鹤仰着头，气息愈发微弱："谢……谢谢……"

客印月将头深埋，任由两行清泪，流入周鹤的臂弯："别谢，你再像，也不是他……"

周鹤没再作声，嘴角淌下一道刺目的鲜血。与那鲜血同样刺目的，还有客印月身下的一抹落红。

一人一尸，就这样赤身裸体地缠在榻上，尸无法再动，那人也没再动，仿佛死了一般。

不知过了多久，殿外突然响起一阵急促的敲门声："印月姑娘？周鹤死了吧？王公公他们怕你一个人害怕，打发我来帮衬。印月姑娘？里头怎么样了？我推门进了啊……"

殿门没锁，李进忠应手而开，还没等到了榻前，便被那榻上白花花的身子闪了眼。

"你……你们做什么？客印月！你跟他做了什么？"

客印月没遮，也没掩，叹了口气，又变成那副冷冰冰的神情："我要做的事情，需要你李进忠恩准吗？"

"你……"被褥上那抹落红，硬生生扎入李进忠眼中，刺得他脑子里一阵阵晕眩，"为什么……你为什么要这样？我对你一直……难道你一点不知？"

客印月一怔，突然放声大笑起来："在你们眼中，我客印月就如此不堪？连什么阿猫阿狗，都敢来打我的主意？"

"你闭嘴！"李进忠恼羞成怒，"我知道你们都看不起我！可总有一天，你们再看我时，都得跪在地上，都得抻长了脖子，才瞧得见我李进忠的脚指头！"

客印月万念俱灰，半是心酸，半是鄙夷："是啊，谁敢瞧不起李公公？我就躺在这榻上，李公公若有能耐，只管上来……"

这话似一把剑，戳进了李进忠的最痛处，又狠命搅了几搅。李进忠气急败坏，几步冲到榻前，扬起巴掌就要向客印月脸上扇。

客印月不躲不闪，嘴角依旧挂着那抹冷笑，直直瞪着李进忠的双眼。

"你……"

李进忠心头一紧，这巴掌再也无法落下。呆愣愣立了半晌，这才拉过一条被子，替客印月盖在身上。

"我知道你心里苦……"

"你知道个屁！"

"我不知道你心里多痛，但我知道，你没了主子！"

一听"主子"二字，客印月不由得打个激灵："别提他……"

"再怎么躲，再怎么糟践自己，主子都已经没了！他死了！死了！"

"是啊，他死了……"

"他死了，你得到了什么？你再这样下去，这一世就都完了！印月，你这前半生都为别人而活，后半辈子，也该为自己想想了，你得为自己而活啊！你好好想想，现在周鹤已死，明天校哥儿便是新皇！校哥儿可是咱俩一手带大的！"

"你这话……什么意思？"

"只要你我联手，就能共享这大明江山！荣华，富贵，千万人之上！客印月，你可别说你不动心！"

殿中又是一阵死寂，良久，客印月才幽幽叹道："说得容易，你离那千万人之上，起码隔着一个徐振之……"

李进忠上前一步："我只问你一句，他徐振之算不算君子？"

"至诚君子。"

"那我呢？"

"真小人！"

李进忠仰天笑毕，目中透出骇人的杀气："那你还担心什么？自古以来，君子有几回斗得过小人？"

客印月正欲再说，忽然听那殿外人声嘈杂。李进忠脸色一变，赶紧贴门听了听。

"外头在嚷些什么？"

李进忠转过头，面上阴晴不定："貌似在说……校哥儿不见了！"

更多精彩，敬请期待大结局《徐霞客山河异志4》

《徐霞客山河异志4》
即将出版，精彩预告：

一月之间，大明连丧二帝。皇权的更迭，在朝野内外激起层层波涛。宫墙外，数顶浴血小轿匆匆奔行在通往京城的小路上；宫墙内，坑洼的旧宫道上人影憧憧，徐霞客、王安等人已布下局中迷局，却全然不知，有更大的危险正逐渐逼近……

待社稷渐安，昔时的老仆李进忠野心不断膨胀，竟趁此机会，逐步爬上权力的巅峰，在四海之内掀起腥风血雨；辽东的宿敌兵强马壮，一点点侵蚀着大明的土地。乱世之中，徐霞客历经生离死别，这场跨越多年的山河奇旅，最终在一场惊天动地的大爆炸中迈向了结局。

扫描紫焰二维码，并回复"徐霞客4"
抢先试读《徐霞客山河异志》第四部！